KB132235

뱀과 물

배수아
소설

뱀 과   물

문학동네

차 례

눈 속에서 불타기 전 아이는 어떤 꿈을 꾸었나

나는 갈라진 땅에서 솟아난 것처럼 트럭 앞에 서 있었다.

원래는 말 운반용인 트럭은 산처럼 거대해 보였다. 고개를 들어 위를 보니 트럭의 짐칸은 이미 사람들로 가득했다. 그래도 누군가가 손을 뻗어 나를 끌어올려주었다. 손은 누렇고 넓은 옷소매에서 튀어나왔고, 엄지를 포함한 열 개의 손가락 모두에 금빛 반지를 끼고 있었다. 하지만 손의 주인은 볼 수 없었다.

내가 시선을 돌리는 곳마다 짙은 연무가 매의 머리 모양으로 뭉쳤다가 흩어지기를 반복했다. 트럭은 안개와 구름 속에서 완전히 벗어나지 못한 것처럼 차갑고 축축했으며 습기 때문에 더욱 역겹게 느껴지는 재와 말 오물 냄새가 진동했다.

트럭에 탄 이후에 알았지만, 내 가방은 이미 트럭 위에 올라와 있었다. 달리 빈 공간이라곤 없었으므로 나는 검고 커다란 가방 위에 올라가 앉았다. 가죽가방의 표면이 비에 젖어 미끄러웠으므로 트럭이 달리기 시작하자 내 몸은 가벼운 뼈처럼 사방으로 요동쳤다. 나는 손을 뻗어 트럭의 난간을 잡았다. 녹슨 난간은 섬세한 물방울에 젖어 있었다. 그것은 낮은 대지로부터 솟아오르는 짙은 습기였다. 바람을 타고 역류하는 무거운 빗방울이었다.

사람들은 등을 트럭의 난간에 기대어 앉은 자세였다. 중앙에 앉은 사람들은 트럭의 짐칸을 가로지르는 밧줄을 붙잡고 있었지만 돌투성이 스텝 평원을 달리는 트럭이 한 번씩 흔들릴 때마다 모든 사람의 몸이 미친듯이 요동쳤다. 나는 그들의 얼굴을 볼 수 없었다. 다들 두건으로 머리를 감싸거나 테두리에 누런 털이 달린 푸른색 비단 삼각형 모자를 눌러쓰고 있었기 때문이다. 그리고 간혹 그들이 얼굴을 쳐들면, 그 자리에는 매의 머리 모양으로 짙은 회색빛 구름이 형성되었다.

트럭은 길도 없는 평원을 오래오래 달려갔다. 도중에 강이 나타났다. 강은 모습보다 소리로 먼저 나타났다. 강철처럼 불투명한 밝은 회색빛 물살이 세차게 흘렀다. 물속에서 바위가 튀어오를 정도로 세찬 물살이었다. 트럭은 주저 없이 강으로 들어갔다. 보기보다 얕은 강이었다. 나는 난간 아래로 트럭의 거대한 바퀴가 일으키는 사나운 물살을 내려다보았다. 물보라가 소용돌이치면서 강물에 흰 거품이 일었다. 고개를 아래로 하고 있으니 지독한 휘발유 냄새 때문에 숨을 쉴 수가 없었다. 눈을 들면 시선이 닿는 곳마다 부유하는 공기가 매의 머리 모양으로 짙은 물방울 구름을 형성했다가 서서히 풀어지기를 반복했다. 사방에서 대기의 물이 강의 물과 결합했다. 내 몸은 가벼운 뼈처럼 사방으로 요동쳤다. 강 건너편에서 트럭은 멈추었다. 흰 뼈와 돌로 덮인 나지막한 구릉이 눈앞에 펼쳐졌다. 구릉 위에는 돌과 이끼로 만든 오두막집이 한 채 보였고 그뒤로 날카로운 원뿔형의 바위산이 솟아 있었다. 사람들은 트럭에서 내렸다. 나는 이곳이 어디냐고 물었다.

"스키타이족의 무덤이다" 하고 얼굴이 보이지 않는 누군가가 대답을 했다.

그들은 너른 지역에 흩어져 살지만, 일 년에 한 번씩 축제가 있는 날이면 이 자리에 모이는데 오늘이 바로 그날이라고 했다. 그래서 그들은 트럭을 타고 먼길을 달려왔다. 나는 한 손으로 가방을 끌고—트럭에서 내린 이후에 알았지만, 내 가방은 이미 트럭에서 내려져 있었다—돌투성이 길을 힘겹게 걸었다. 빗물에 젖은 외투가 무겁게 땅에 질질 끌렸다. 두건에서는 물이 뚝뚝 떨어졌다. 이제 나는 두 손을 사용해서 가방을 끌어당겨야만 힘겹게나마 한 발자국씩 옮길 수가 있다. 구릉의 위로 향하는 길이 점점 오르막으로 바뀌는데다가 젖은 가방도 점점 더 무거워졌기 때문이다.

간신히 구릉 위에 도착하자 대지를 갈기갈기 찢어발길 기세로 바람이 불어왔다. 구릉 위 땅은 노송나무의 초록빛 잎사귀와 갈색 가지들로 덮여 있었다. 이곳의 노송나무들은 바람 때문에 바닥에 달라붙은 채 구불구불하게 자라나며 대지를 뒤덮었다. 노송나무의 둥그런 무늬들이 흙의 눈동자처럼 나를 올려다보았다. 노송나무 아래에는 눈에 띄지 않는 작고 노란 꽃들이 비밀스럽게 몸을 숨기며 피어 있었다. 꽃들의 가냘픈 줄기 밑에는 연초록색 이끼가 깔려 있었다. 나는 바람에 날아가지 않으려고 가방을 꼭 붙들고 앉았다가 마침내 한 그루의 어린 노송나무가 되어 바닥에 구불구불한 모양으로 누웠다. 그러자 내 몸에서 노송나무의 냄새가 났다. 노송나무를 불태울 때 나는 흰 연기와 강한 허브의 향기가 났다. 누군가가 나를 노송나무로 착각한 듯 내 등을 밟고 지나갔다. 비구름에 덮인 바위산 아래에서 매의 머리를 한 사람들의 노랫소리가 들려왔다.

흰 구름 위로 솟은 산
흰 눈의 봉우리
저 산으로 떠나간
내 아버지의 수염처럼.

아버지를 마지막으로 본 것은 한여름의 유원지에서였다.

나는 잠에서 깨어난 다음에야 아버지가 사라진 것을 알았다. 그곳은 싸구려 플라스틱 유원지였다. 우리는 컨테이너 모양으로 지은 플라스틱 집에서 묵었다.

아버지는 늘 그렇듯이 잠이 들기 전 나에게 책을 읽어주었다. 우리는 자동차를 타고 그곳으로 왔고, 컨테이너 집의 창밖으로 우리가 타고 온 낡은 이인용 차가 보였다. 먼지투성이 창틀에는 플라스틱 조화가 장식되어 있었다. 바닥에 타일 모양의 초록색 벽돌이 깔린 유원지 한가운데에는 거대한 대관람차가 있었다. 나는 세상에서 그처럼 거대한 것을 본 적이 없었다. 그것은 아마도 지구 자체, 혹은 그 이상으로 커다란 어떤 것이었다. 바닥으로 내려온 대관람차에 올라타면, 그것이 가장 높은 꼭대기로 올라가는 데는 몇 년 혹은 그 이상의 세월이 걸릴 것 같았다. 대관람차의 가장 높은 꼭대기는 구름 위로 솟아 있기 때문에 아예 보이지도 않았다. 올라타는 사람도 내리는 사람도 없었지만 대관람차는 밤이나 낮이나 일정한 속도로 돌아가고 있었다. 밤이면 대관람차는 테두리에 불을 밝힌 시뻘건 눈동자로 변하여 활활 타올랐다. 여름밤은 열병에 걸린 것처럼 덥고 답답했으므로 우리는 늘 창문을 열어두었다. 꿈속에서도 대관람차는 불붙은 바퀴가 되어 활활 타오르며 돌아갔다.

유원지에서 아버지가 읽어준 책은 '눈snow 아이'라는 제목으로 한 빨치산 소녀에 관한 것이었다. 빨치산 부대원이던 소녀는 결국 적군에게 잡혀서 화형을 당했고, 불타다 남은 그녀 육신의 잔해는 흰 눈이 내리는 한겨울 내내 학교 운동장에 설치된 화형대에 매달려 있었다. 아버지는 나에게 책을 내밀었다. 그러고는 말했다. "자, 봐라!" 화형대에 매달린 소녀의 사진이 있었다. 처형 직전과 직후를 찍은 두 장의 사진이었다. 직전의 사진에서 소녀의 목은 참으로 길었는데, 왼쪽으로 급격하게 기울어 있었다. 소녀의 눈동자는 잠이 든 것처럼 가느스름하고 엷은 눈꺼풀로 덮여 있었다. 눈이 가득 내려 운동장은 새하얗고 학교 건물을 뒤덮은 엷은 얼음의 날카로운 반짝거림이 흑백사진 속에서도 베일 듯이 예리하게 느껴졌다. 처형 직후 소녀는 더이상 소녀가 아니었다. 그녀는 화형대 나무토막의 일부가 되었다. 마찬가지로 뭉툭하고,

마찬가지로 시키면.

책이 바닥에 떨어지고, 나는 잠이 들었다.

아침에 잠에서 깨자 방에는 나 혼자만 있었다. 창문은 여전히 열린 채였지만 창밖에 자동차는 보이지 않았다. 유원지 서커스의 북소리가 들렸다. 둥둥둥. 가느다랗고 높은 뼈피리 소리도 들려왔다. 삐리리삐리리. 아이들의 웃음소리, 사람들의 말소리, 분수의 물방울 소리, 막대사탕의 비닐 포장지를 힘겹게 벗겨내는 소리가 커다랗게 증폭되어 들렸다.

한참을 누워 있었지만 아버지는 오지 않았고, 그 누구도 아침식사를 갖고 오지 않았다. 나를 일으켜 씻겨주는 사람도 없었다. 아마도 나는 잠이 들었다가 다시 깨기를 반복했던 것 같다. 그림자의 위치와 크기가 순식간에 바뀌었다. 창가의 플라스틱 조화가 시들었다가 다시 피어났다. 구름이 서커스 천막 위를 가득 덮었다가, 다음 순간 태양이 분수의 물방울 하나하나를 웃음을 터뜨리는 찬란한 알갱이들로 바꾸어놓았다. 마지막으로 우박이 쏟아지면서 천둥이 쳤다. 마침내 내가 침대에서 일어날 때는, 현기증 때문에 머릿속이 하얗게 비어버렸다. 이미 세상은 저녁처럼 어둑했다. 그러나 어떤 저녁인가? 어느 날의 저녁인가? 창밖에는 불그스름한 하늘을 배경으로 막 불을 밝히기 시작한 대관람차가 여전히 같은

속도로 느리게 돌아가고 있었다. 그제야 나는 올라타는 사람
도 내리는 사람도 없는 그 대관람차가 사실은 대관람차가 아
니라, 시간의 실체를 실어나르는 바늘 없는 시계라는 것을
깨달았다.

창밖에는 제복을 입은 경찰관 한 명이—유원지 경찰관이
다—두 손으로 허리를 짚고 서 있었다. 그는 타일로 문양이
들어간 벽돌 길 위를 느릿느릿 걷는 공작새를 바라보고 있었
으므로 내 손짓을 금방 알아차리지는 못했다.

"무슨 일인 거지?"

공작새보다 더 느릿한 걸음으로 다가온 경찰관이 창가에
팔꿈치를 기댄 채 물었다.

"아버지가 없어졌어요."

나는 조그만 소리로 말했다.

"언제?"

경찰관의 목소리는 친절했지만, 전혀 큰일이라고 여기지
않는 기색이 역력했다.

"어젯밤에 아버지가 책을 읽어준 다음, 불을 끄고 우리는
잠이 들었는데 아침에 일어나보니 아버지가 보이지 않아요."

"이런, 큰일이 났구나."

경찰관은 조금은 생각에 잠긴 표정으로 우리의 플라스틱

컨테이너 안을 흘끔 들여다보았다.

"그런데 아버지가 어디 다른 곳에 잠시 나간 건 아닐까? 네가 이렇게 늦잠을 자니 말이야. 식당에 갔거나 산책을 갔거나."

"하지만 하루종일 기다려도 돌아오지 않는걸요."

"이런, 큰일이 났구나." 이번에 경찰관의 말투는 한숨처럼 들렸다. "그렇다면 네 아버지를 내가 좀 찾아보도록 하지. 아버지 이름은 뭐지? 그리고 아버지가 어떻게 생겼는지 말해봐라."

나는 아버지의 이름과 아버지의 생김새를 설명해주었다.

"그것 참 어렵겠구나." 이번에 경찰관은 노골적으로 한숨을 푹 쉬었다. "네 아버지의 이름은 정말로 흔한 이름이니 말이다. 게다가 생김새도 너무 평범하잖니. 길 가는 남자들을 모두 붙들고 일일이 네 아버지가 아니냐고 물어봐야 할 것 같다."

그리고 그는 실제로, 무슨 일인지 내가 채 깨닫기도 전에, 커다란 소리로 아버지의 이름을 외쳐 부르는 것이었다. 그러자 정말로, 유원지 곳곳에서 아이들의 손을 잡고 돌아다니던 모든 남자가, 각양각색의 외양을 한 크고 작은 모든 남자가 일제히 고개를 돌리고 경찰관을 쳐다보았다. 내가 바로 그 사람인데, 무슨 일인가요? 하고 질문하는 눈빛으로.

"거봐라. 내 말이 맞지." 경찰관은 자신이 맡은 임무가 상상 이상으로 어려운 일임을 인정해달라는 표정이었다. "게다가 저 남자들이 모두 네가 묘사한 네 아버지의 그림인 듯 흡사하잖니."

그의 말은 틀리지 않았다.

"그런데 넌 이름이 뭐지?"

"눈 아이."

나는 시선을 내리깐 채 침대 아래에 떨어져 있는 빨치산 소녀 동화책에 눈길을 주면서 대답했다. 경찰관은 아무런 의심도 없이 수첩을 꺼내 연필로 내 이름을 적어넣었다.

"그것참 신기하구나." 경찰관은 새삼스럽게 내 얼굴을 빤히 쳐다보았다. "내 딸 이름도 눈 아이였는데."

잠시 후 나는 경찰서의 긴 나무 벤치에 앉아 있었다. 내 곁에는 커다란 여행가방이 있었다. 내가 있는 방은 수십 명의 아이로 가득했다. 나보다 큰 아이도 있었지만, 작은 아이가 더 많았고, 심지어 유모차에서 빽빽 울고 있는 갓난아기도 있었다. 우리는 유리문에 '분실물―미아 센터'라는 글자가 붙어 있는 방에 있었다. 아이들은 모두 울고 있었다. 눈물을 흘리며 울고, 발을 구르며 울고, 주먹을 쥐고 유리창을 두드리며 울었다. 울다 지치면 훌쩍거리고 딸꾹질을 하면서 잠이 들었다가, 잠시 뒤 기운이 나면 다시 울었다. 울지 않는 아이는 단둘뿐이었다. 머리에 커다란 리본을 단 눈먼 여자아이하나, 그리고 나였다. 눈먼 여자아이는 등을 똑바로 펴고 곧은 자세로 앉아 있었기 때문인지, 방에 있는 아이들 중에서가장 나이가 많아 보였다. 그녀의 눈동자는 가느스름하고 얇은 눈꺼풀에 덮여 있었다. 사방에서 들리는 울음소리 때문에귀가 먹먹하고 머리가 아팠다. 여경 하나가 쟁반에 음료수병을 가득 들고 들어와 아이들에게 하나씩 나누어주자 울음소리는 곧 잦아들었다. 여경은 플라스틱 스푼으로 분홍색 음료수를 떠서 갓난아기에게도 먹였다.

잠시 후 경찰서의 입구가 분주해지면서 사람들이 몰려왔다. 그들은 기마대처럼 발을 맞추어 달려왔다. 아이들이 있는 분실물─미아 센터는 순식간에 아수라장으로 변했다. 사람들은 소리를 지르고 울부짖고 외치고 심지어는 바닥을 데굴데굴 구르기도 했다. 여자들은 머리를 풀어헤치고 남자들은 흥분해서 눈자위에 핏발이 서고 입가에는 침을 뚝뚝 흘렸다. 눈먼 여자아이가 누군가에게 손목이 잡혀 나갔고, 뒤이어 갓난아기를 실은 유모차도 방을 나갔다. 아이들은 하나하나 내 주변에서 사라졌다. 거짓말처럼 짧은 순간, 방은 텅 비었고, 빈 음료수 병과 잃어버린 장난감, 바닥에 떨어진 분홍색 음료수 방울, 사용한 기저귀, 그리고 아이들의 냄새만 남았다.

나는 문으로 달려가 유리를 주먹으로 두드렸다.

키가 아주 큰 여자가 유리문 앞을 지나갔다.

나를 이곳으로 데려온 경찰관이 그 여자의 뒤를 따랐다.

머리에 리본을 단 눈먼 여자아이가 경찰서 문을 나서는 것이 보였다. 서 있는 소녀의 목은 더욱 길어 보였다. 눈먼 여자아이의 손을 잡아끄는 것은, 비록 뒷모습뿐이지만 내 아버지처럼 보였다. 나는 소리를 질러서 그들을 멈추게 하려고 했다. 아버지는 뭔가 착각한 까닭에 눈먼 여자아이를 나라고 믿고 데려가려는 것이 분명했다.

벽에 걸린 시계에는 바늘이 없었다.

갑자기 유리문이 열렸다. 그리고 조금 전의 경찰관이 키 큰 여자와 함께 들어왔다. 가까이서 보니 여자의 키는 정말로 커서, 아마도 이 미터는 되어 보였다. 굽이 높은 구두를 신었고 머리까지 높이 틀어올리고 있었으므로 더욱 커 보이는 듯했다. 여자의 얼굴은 종이처럼 메마르고 윤기 없이 하얀 낯빛에 왼뺨에는 자주색 반점이 있었다.

"눈 아이야, 네 아버지에게 널 데려가줄 방법을 찾았단다.

그러니 이제 걱정할 필요가 없어."

경찰관은 기쁜 듯이 말했다. 이제 보니 그는 아주 선량한 사람이었다. 살짝 아래로 처진 눈꼬리는 피곤하고 게을러 보였지만 눈빛은 아주 유순하고 따뜻했다. 내가 뭐라고 말할 사이도 없이 내 손은 키 큰 여자의 손안에 들어 있었다. 하지만 나는 다른 손으로 가방을 움켜쥐는 것을 잊지 않았다.

"그건 뭐지?"

키 큰 여자가 내 가방을 손가락으로 가리키며 물었다.

"이건 내 가방이에요, 아줌마."

"아줌마가 아니라 선생님이라고 불러야 한단다. 이분은 경찰 소속의 아동 심리학자니까."

경찰관이 내게 이렇게 주의를 주었지만 키 큰 여자는 별다른 표정의 변화 없이 내 가방을 빤히 쳐다보기만 했다.

"그렇다면 그 큰 가방을 들고 '스키타이족의 무덤'까지 가겠단 말인 거니?" 하고 여자가 진지하게 물었다. 그녀가 말을 할 때 황새처럼 기다랗고 마른 목이 까딱까딱 움직였다.

"스키타이족의 무덤이 어디인데요?"

"그건 여기서 아주 멀어. 네 아버지가 거기 있을 거라는 말을 들었다. 그래서 우리는 널 그곳으로 데려다줄 사람들을 수소문해서 찾아냈어."

경찰관이 말했다. 우리는 어느새 경찰서 복도를 지나가는 중이었다.

"하지만 그전에 나와 잠시 이야기를 나누는 편이 좋겠지." 이렇게 말하면서 키 큰 여자는 자신의 사무실인 듯한 방문을 열고 나를 먼저 들어가게 했다. "어쨌든 그게 내 일이니까. 부득이한 사유로 경찰서에 온 아이들과 대화를 나누는 것 말이다."

키 큰 여자는 커다란 책상 뒤편 자신의 자리로 가서 앉았다. 그녀의 기다란 몸이 불안하게 자리를 잡자 낡은 의자가 삐걱거렸다. 나는 그녀의 맞은편 등받이 없는 동그란 의자에 기어올라가 앉았다. 의자가 높아서 내 다리는 바닥에 닿지도 않았다. 가방은 의자 곁에 두었다. 넓은 사무실은 책상과 의자 말고는 아무런 가구도 없이 황량했다. 책장이나 캐비닛이나 화분도 없었다. 심지어 책상 위도 물건이라곤 하나도 없이 깨끗했다. 사방의 벽은 병원처럼 흰색이었다. 장식이라고 할 만한 것은 단 하나, 책상 뒤 그녀의 머리 위 벽에 걸린, 바람이 휘몰아치는 구릉을 찍은 사진 액자가 전부였다. 흰 구름이 안개처럼 퍼진 구릉 위에는 돌과 이끼로 만든 작은 오두막집이 한 채 보이고 그 뒤에는 기묘할 정도로 대칭을 이룬 날카로운 바위산이 솟아 있었다. 바위산 꼭대기는 구름에 가려 보이지 않았다.

"저 사진이 스키타이족의 무덤인가요?"

내가 키 큰 여자 심리학자에게 물었다.

"네가 그렇게 생각하고 싶다면." 여자 심리학자는 왼뺨의 자주색 반점을 긁적거리며, 사진은 쳐다보지도 않고 대답했다. "사실은 나도 가보지 않아서 그곳이 정확히 어떻게 생겼는지 모르지만, 중요한 것은 그 지역이 스키타이족의 무덤이라고 불린다는 사실이지. 어떻게 생겼느냐는 그다지 문제삼을 필요가 없을 테니까 말이야."

"아버지는 왜 저곳으로 갔나요?"

"좋은 질문이야." 여자 심리학자는 책상 서랍을 열고 노트와 연필을 꺼냈다. 그러고는 주머니에서 안경 케이스를 꺼내 알이 조그만 안경을 코에 올렸다. "하지만 질문은 우선 내가 너에게 좀 했으면 하는데, 그래도 되겠니?"

"무슨 질문인데요?"

"제발." 여자 심리학자는 안경알 너머로 나를 빤히 바라보면서 정색한 목소리로 말했다. "질문에 질문으로 대답하는 건 좋은 습관이 아니야."

"그러면 이해하지 못하는 질문에는 어떻게 대답해야 하나요?"

여자 심리학자는 정말로 화가 난 표정이 되었다.

"자, 첫번째 질문." 그녀는 내 말을 무시한 채 내 눈을 똑바로 보면서 물었다. "이건 너를 보자마자 떠오른 내 개인적인 질문이기도 해. 눈 아이, 넌 여자애인가 아니면 남자애인가."

"……"

"설마 모르는 건 아니겠지."

"난 일곱 살 생일까지는 남자애예요. 그리고 이후에 여자애가 돼요."

"그게 무슨 소리지?"

여자 심리학자는 엄격한 눈길로 사내아이처럼 짧게 깎은 내 머리와 푸른색 셔츠, 그리고 무릎까지 오는 보이스카우트 반바지를 쳐다보았다.

"여왕 때문이에요."

"여왕 때문이라니?"

"아버지는 여왕이 어린 여자아이를 잡아가서 새로 만들어버리기 때문에 남자로 변장을 해서 여왕을 속여야 한다고 했어요. 여왕은 여자아이가 변해서 된 새들의 울음소리를 제일 좋아하니까요. 그래서 난 머리를 사내아이처럼 짧게 하고 다녔죠. 사내애처럼 바지를 입고, 사내애인 것처럼 말해요. 그러다 일곱 살이 넘으면 이제 여왕에게 잡혀갈 위험이 사라진 셈이니 여자아이로 살아도 좋은 거래요. 일곱 살 생일이 되려면 아직 일주일이 남았으니깐, 지금 난 사내애예요."

"그래 알았다. 그럼 두번째 질문." 여자 심리학자는 안경을 추켜올리며 질문이 적힌 노트로 눈길을 주었다. "너와 아버지 두 사람만이 살았다면, 그러면 네 어머니는 어디에 있는 거지?"

"어머니는 서커스단에서 일해요. 아버지가 직업이 없기 때문에 어머니가 나를 낳은 이후에도 아이가 있다는 사실을 숨기고 서커스단에서 일해야 했다고 아버지가 말해주었어요. 아이를 낳은 여자는 서커스단에서 일할 수 없으니까요. 아버지는 원래 서커스단의 조련사였어요. 눈표범 조련사요. 아버지는 어머니를 서커스단에서 알게 된 거죠. 하지만 서커스단에 단 한 마리 있던 눈표범이 죽어버렸어요. 어느 한겨울 눈오는 날, 우리 밖으로 뛰쳐나온 눈표범을 경찰관이 총으로 쏘았거든요. 그것은 이 세상 최후의 눈표범이었어요. 사실상 눈표범은 이미 멸종된 동물이었으니까요. 그래서 눈표범은 이제 어디에도 없고, 따라서 아버지는 더이상 조련사로 일을 할 수가 없었어요. 내가 태어난 이후로 나를 돌본 건 아버지예요. 어머니는 곁에 있지만 보이지 않아요. 아버지는 항상 어머니 이야기를 했지만 난 어머니 얼굴을 본 적이 없어요."

"서커스라면, 지금 유원지에서 공연중인 그 서커스단을 말하는 거니?"

"네, 맞아요. 서커스단은 짧게는 일주일, 길게는 한 달 정도 공연을 한 뒤에 다른 장소로 떠나요. 그러면 나와 아버지도 자동차를 타고 뒤따른답니다. 서커스단이 다음 공연을 위해서 어디로 갈지, 우리는 미리 알 수 없어요. 그리고 날씨가 안 좋거나 추운 겨울에는 공연이 없답니다. 그럴 때 서커스단은 공터에 텐트를 치고 캠핑을 해요. 우리는 서커스단 캠프가 눈에 들어오는 거리에, 하지만 너무 가깝지는 않은 곳에 머물러요. 밤에 내가 잠이 들면 아버지는 몰래 어머니를 만나러 간다고 말했어요. 반드시 내가 잠이 든 다음에요. 반드시 내가 꿈속으로 들어간 다음에요. 너무 위험하므로 나는 가면 안 된다고 했죠. 어머니가 눈에 보이면, 그것은 우리에게 수입이 끊어진다는 의미와 같으니까요. 어머니는 내 꿈속에서만 있어야 해요. 그리고 내가 꿈에서 깨어나면, 아버지는 항상 내 곁에 돌아와 있었어요."

"어머니는 서커스단에서 어떤 일을 하지? 곡예사인가?"

"어머니는 여자 마술사예요. 어머니의 특기는 모습을 보이지 않게 하는 마술이라고 들었어요. 어머니는 지금 내 나이일 때부터 그 마술을 했어요. 어머니는 검은 옷을 입고 검은

26

두건을 쓰고 무대에 등장해요. 깊고 큰 두건에 가려 어머니의 얼굴은 보이지 않아요. 사람들은 숨죽이며 긴장하죠. 어머니는 두건을 벗어요. 그러나 그 안에 어머니의 머리는 없고 두건은 공허하게 풀썩 가라앉아요. 어머니는 외투를 벗어요. 그런데 어머니의 몸이 있어야 할 그 자리에 아무것도 들어있지 않아요. 외투는 공허하게 풀썩 무대에 가라앉아버리죠. 두건 달린 외투, 그것이 어머니의 전부이자 잔해로 남아요. 사람들은 한동안 말을 잊어요. 그리고 잠시 뒤, 마술사의 조수가 와서 보이지 않는 어머니의 몸에 다시 외투를 걸쳐요. 그리고 두건을 머리에 씌우죠. 그러면 어머니는 다시 어머니가 되어요. 어머니는 손을 들어 관객들에게 인사해요. 어머니는 걸어서 무대 뒤로 돌아가요. 무척 간단하고, 오락적인 내용도 없어요. 하지만 그것이 우리 가족이 살아가는 유일한 생계수단인 거죠. 그래서 아버지가 걱정을 떨쳐버리지 못한다는 것을 난 잘 알고 있어요. 왜냐하면 완전히 모습을 사라지게 하는 마술은 매우 많은 에너지를 필요로 하기 때문에, 어머니는 마술을 한 번씩 진행할 때마다 알아차리지 못하게 조금씩 소모되어간다고 해요. 소모된다는 것은, 모습이 다시 돌아오는 게 점점 더 힘들어진다는 뜻이죠. 사라지는 방식은 테크닉이고, 회귀하는 방식은 에너지라고 했어요. 마술이 능숙한 어머니는 사라지는 데 어려움을 겪지는 않지만, 나이가 들수록 점점 더 다시 돌아오기가 힘들어진다고 해요. 이미 오래전부터, 거의 일생 동안 그 마술을 해왔기 때문에 어머니는 상당히 많이 소모되어버린 상태예요. 만약 어머니가 다시 돌아오는 데 너무 오랜 시간이 걸린다면, 관객들은 지루해할 거예요. 그들은 어머니의 회귀를 기다리지도 않은 채, 텅 빈 어머니를 놓아두고 하품을 하면서 서커스를 떠나버리겠죠. 그러면 어머니는, 아버지가 그랬던 것처럼 더이상 서커스단에서 일할 수 없을 거예요. 그러면 당연히 우리는 돈을 구할 수 없고요. 하지만 다른 무엇보다도 아버지가 두려워하는 것은, 어느 날 늙고 기운이 몽땅 소진된 어머니가 다시는 회귀하지 못하는 일이 발생하는 거죠. 그러면 우리는 돈도 없고, 어머니도 없는 거예요. 그래서 나는 빨리 자라면 안 돼요. 내가 자라난 만큼 어머니가 늙을 테니까요."

"알았다. 그러니까 너는, 아버지를 찾아가겠다는 거로구나. 네 어머니가 바로 곁에 있는데도 말이지?"

"그래요. 사실 나는 어머니를 모르니까요. 그리고 어머니도 나를 알아보지 못할 거예요. 이미 말했듯이 나는 단 한 번도 어머니 얼굴을 본 적이 없어요. 나를 돌봐주는 사람은 아버지예요."

"네 아버지는 아주 먼 곳에 있다고 하는구나."

"스키타이족의 무덤⋯⋯"

"물론 그곳은 그냥 그렇게 불릴 뿐이야. 넌 그 사실을 잊으면 안 된다. 그건 어느 한 장소의 이름일 뿐이라고. 실제로 스키타이족이나 무덤을 연상하면 안 돼."

"그런데 왜 아버지는 그곳으로 갔을까요?"

"좋은 질문이야." 여자 심리학자는 노트를 덮으면서 말했다. "어쨌든 오늘은 너무 늦었으니 내일 아침에 떠나도록 해라. 그리고 네가 있던 숙소는 이미 계약이 만료되었어. 그러니 오늘은 그냥 여기서 자도록 해."

"이 방에서요?"

"그래."

여자 심리학자는 서랍을 열고 노트를 집어넣은 다음 꽃무늬가 들어 있는 따스한 이불 하나, 폭신한 베개 하나, 캠핑용 에어 매트리스 하나를 꺼내 책상 위에 펼쳤다. 그러자 순식간에 책상이 침대로 변했다. 창밖은 어느새 어둠이 내려 깜깜했다. 네모난 밤이 창밖에 있었다. 여자 심리학자는 마지막으로 서랍 속에서 분홍색 음료수가 든 병을 꺼내 나에게 내밀었다.

"이것을 먹고 자도록 해라. 내일 아침 일찍 사람들이 와서 널 스키타이족의 무덤으로 데리고 갈 거야."

여자 심리학자는 내 목까지 이불을 덮어주었다.

유원지 서커스의 북소리가 들렸다. 둥둥둥. 가느다랗고 높은 삐피리 소리도 들려왔다. 삐리리삐리리. 아이들의 웃음소리, 사람들의 말소리도 들렸다.

"공연을 시작하나보다."

창가로 다가가서 서커스 천막의 불빛을 찾아보려고 했다. 하지만 이 방의 창은 서커스 천막이 있는 곳과는 반대 방향으로 나 있어서, 서커스도 대관람차도 전혀 보이지 않았다.

여자 심리학자는 다시 서랍을 열고 두건 달린 긴 검은 외투를 꺼내 어깨에 걸쳤다. 그녀의 얼굴이 두건 속에 푹 파묻혔다. 그녀는 검은 외투 속에 잠긴 그늘로 변했다.

"그럼 잘 자라."

그녀는 방을 나가면서 벽에 달린 스위치를 내려 불을 껐다. 나는 잠이 오지 않았다. 이불 밖으로 손을 내밀어 책상 옆에 놓인 가방을 만져보려고 했으나 팔이 짧아서 가방까지 닿지는 않았다. 어슴푸레한 어둠의 농담 속에 가방은 그 자리에 있었다.

전혀 피곤하지 않았지만 이상하게도 나는 어느새 잠이 들었다. 그리고 내가 잠이 들자마자, 여자 심리학자가 와서 나를 흔들어 깨웠으므로 나는 아무런 꿈도 꾸지 못한 채 다시 눈을 떴다. 창밖은 여전히 어두웠다. 여자 심리학자는 방을 나가기 전과 똑같이 두건이 달린 검은 외투 차림이었다.

"지금 떠나야 해." 여자 심리학자가 서둘렀다. "지금 널 태우고 갈 트럭이 밖에서 기다리고 있어."

"이제 꿈이 시작되는 건가요?"

"바보 같은 소리 하지 마라."

"트럭을 타고 가나요?"

"그래."

나는 여자 심리학자의 뒤를 따라 경찰서 밖으로 나왔다. 보이지 않는 비가 내리고 있었다. 길을 잘못 든 세상이 구름 속으로 들어와버린 것 같았다. 짙은 안개 속에서 불을 밝힌 대관람차가 돌아가는 것이 멀리 희미하게 보일 뿐이었다. 세상이 오직 안개와 대관람차로만 이루어진 것 같았다. 그 어떤 소리도 들리지 않았다. 여름인데도 날은 이상스럽게 차가웠으며 공기는 회색이고 무거웠다. 여자 심리학자는 입고 있던 두건 달린 검은 외투를 벗어 나에게 입혀주었다.

"비가 오니까 이걸 입고 가도록 해라."

엄청나게 키가 큰 그녀의 외투는 당연히 나에게 터무니없이 커서 나는 그대로 외투 속에서 사라져버릴 것만 같았다.

외투 자락이 절반이나 바닥에 질질 끌렸다.

"하지만 이 옷은 너무 큰걸요."

"앞으로 계속해서 날씨가 추워질 테니 입고 가는 편이 좋을 거야."

그녀는 긴 옷소매를 절반이나 접어서 내가 손을 내밀고 가방을 들 수 있게 해주었다.

"트럭에 널 데려다줄 사람들이 기다리고 있어."

"트럭은 어디 있나요?"

"이제 곧 도착할 거야."

이 말이 끝나기가 무섭게 나는 갈라진 땅에서 솟아난 것처럼 트럭 앞에 서 있었다.

원래는 말 운반용인 트럭은 산처럼 거대해 보였다. 고개를 들어 위를 보니 트럭의 짐칸은 이미 사람들로 가득했다. 그래도 누군가가 손을 뻗어 나를 끌어올려주었다. 손은 누렇고 넓은 옷소매에서 튀어나왔고, 엄지를 포함한 열 개의 손가락 모두에 금빛 반지를 끼고 있었다. 하지만 손의 주인은 볼 수 없었다.

얼이에 대해서

그 여자는 아이들의 정부情婦였다. 노인들, 그리고 외로운 개들과 쥐의 연인이기도 했다. 그 여자가 골목을 지나갈 때면 우리는 모두 뒤를 따라가면서 입을 모아 짖었다. 우리는 그 여자를 사랑했다. 그 여자가 주름투성이 커다란 젖가슴을 가진 암소여서도 아니고 그 여자의 혓바닥이 사탕처럼 짙은 보라색이어서도 아니었다. 그 여자는 참으로 사랑스러웠으므로 우리 모두는 단 한 번이라도 좋으니 그 여자의 뺨을 때리고 얼굴에 못을 박아 그 여자가 우는 것을 보기를 소망했다. 하지만 그 여자는 우는 법을 몰랐고, 그 대신 자주 웃었다. 추워도 웃었고 아파도 웃었으며, 고통을 느끼거나 배가 고플 때도 웃는 것 같았다. 그리고 아마도 슬플 때도—그런데 그 여자가 과연 슬픔을 알았을까?—웃고 있을 것이다. 그 여자의 몸에서는 늘 코를 찌르는 비린내와 해초 냄새가 났다. 마치 차갑고 먼 바다에서 막 올라온 나체의 인어처럼. 그 여자는 죄의 상징이었다. 우리는 비록 죄가 뭔지 구체적으로는 알 길이 없었지만, 적어도 그 여자를 향해 "미친년이 간다!" 하고 말해도 어른들에게서 별다른 제재를 받지 않는다는 것은 알고 있었다.

"얼이에 대해서 말해봐."

은주가 내 앞에 서 있었다. 방과후 교실은 조용했다. 아주 조용했다. 금이 간 낡은 벽을 조금씩 갉아먹는 쥐들의 이빨 소리가 들릴 정도였다. 수업이 끝나고 아이들이 모두 돌아가 버렸으니 당연하게도 교실에는 나와 은주뿐이었다. 창밖에서 몰래 훔쳐보는 두세 명의 사내아이의 그림자를 제외하고는.

"얼이는…… 깡말랐어요. 눈은 노랗고 머리털은 밤송이 같고."

나는 좀 더듬거렸다. 한 번도 '얼이에 대해서' 생각해본 적이 없었으니까. 얼이는 이웃에 사는 아이인데 학교에서는 내 짝이기도 하다. 거의 대부분 점심을 우리집에서 함께 먹기도 한다. 그런데 얼이가 누구이며 얼이의 생김새가 어떠하다는

36

것, 이런 내용은 모두 은주 자신도 알고 있는 것이 아닌가.

"누가 그런 얘기를 물었어? 얼이가 어제 네게 무슨 말을 했는지, 어제 너희 둘이 무얼 했는지, 그런 걸 말해보란 말이야."

은주가 짜증스럽게 다그쳤다.

어젯밤 얼이는 아무도 모르게 밤기차에 올라타고 반두로 갔는데, 이것은 절대 말하면 안 되는 비밀이다.

나에게만 말해주는 거라고 얼이가 소곤거렸다. 우리는 밤기차가 지나는 철길 침목 위에 나란히 머리를 대고 누워 있었다. 미지근하게 데워진 선로가 정수리에 닿았다. 구름이 없는 맑은 초저녁이었다. 아직 어둠이 내리지도 않았는데 박쥐들이 퍼덕거리는 소리가 들려오는 것 같았다. 마을 뒤편 산그림자가 불그스름한 빛 속에서 흐릿하고 영롱하게 보였다. 호랑이의 눈 모양을 한 얼룩나비가 우리의 눈꺼풀에 내려앉을 듯낮게 날아갔고 침목에서는 은은한 석유 냄새가 났다.

우리들의 키는 선로와 선로 사이의 공간에서 많이 벗어나지는 않았다.

얼이의 어머니는 동네에서 모르는 사람이 없을 정도로 유명했다. 일 년 내내 악취 나는 똑같은 옷을 겹겹이 껴입고 옷으면서 돌아다녔기 때문이 아니라, 미쳤기 때문이다. 하지만 그녀가 미쳤다는 것은 사람들이 그렇게 생각하는 것뿐이지, 그녀 스스로 자신이 미쳤기 때문에 온종일 야산으로, 무허가 채마밭으로 쏘다니며 비가 와도 뛰지 않고, 봄이면 민들레와 흙을 집어먹는 거라고 해명한 적은 없었다. 그녀는 자신의 상태에 대해서 한마디도 하지 않았다. 단지 웃기만 했다.

나는 기억한다. 동네에서 우연히 그녀의 모습을 멀리서라도 보게 되면 우리는 항상 입을 모아 "저기 미친년이 간다!"라고 소리질렀던 것을. 그녀는 얼굴 옆으로 검은 불꽃처럼 휘날리는 산발 머리에 세 개의 스웨터와 세 개의 두꺼운 치마를 겹쳐 입고, 발목까지 오는 누더기 외투 위에 다 떨어진 담요를 둘둘 두르고 다녔다.

열이 오른 듯 번들거리는 둥그런 붉은 얼굴.

우리를 발견한 그녀는 소리내어 웃었다.

최근에 내가 외투 위에 담요를 두르고 외출을 하는데 하교하는 아이들이 키득거리며 손가락으로 나를 가리켰다. 그들의 얼굴 표정에서 나는 과거에 내가 얼이의 어머니에게 했던 말을 그대로 읽는다. 저기 미친년이 간다.

이 비밀스러운 결속이 나는 기쁘다.

얼이는 노랗고 깡말랐다. 약간 앞으로 불쑥 튀어나온 두

눈은 신기하게도 노르스름한 갈색이면서 동그랬는데 항상 어딘가 먼 곳을 바라보는 눈빛이었다. 그건 얼이가 어린 명상가라는 말은 아니다. 단지 시력에 좀 문제가 있었던 것 같다. 옷은 일 년 내내 닳아빠진 스웨터 차림이었다. 목 부분에 방사형으로 무늬가 들어간 푸른 스웨터는 너무나 오래 입어서 천이 종잇장처럼 하늘하늘해졌으므로 한여름에도 더울 리가 없었다. 소매가 짧아서 손목이 훤히 드러났다. 얼이의 손목은 내 손목보다 훨씬 가늘었고 겨울이면 피부가 터서, 그리고 여름이면 땀띠로 항상 불그스름했다. 집에서 자른다는 얼이의 머리털은 밤송이 같았다.

　얼이의 아버지는 일을 하느라 전국을 돌아다녔다. 그래서 몇 달에 한 번씩만 집에 들렀다. 그는 서커스단에서 일하는 마술사였는데 우리는 그의 마술을 한 번도 본 일이 없었다. 그가 일하는 서커스단이 우리 동네에는 들어오지 않았기 때문이다. 그가 돈을 많이 번다는 소문이 있었다. 가방 하나가 가득찰 정도의 지폐. 하지만 그는 나이가 많은 남자였다. 머리는 완전한 백발이고 잘생긴 얼굴에는 주름이 가득했다. 걸음걸이는 춤추는 광대처럼 가볍고 날렵했다. 얼이의 설명에 의하면 아버지가 집에 있을 때는 평소와는 달리 먹을 것이 풍족하여 세끼 밥 이외에도 항상 과자나 콜라, 아이스크림을 먹는다고 했다. 얼이의 아버지는 흰 여름 양복을 입고 다녔다. 나는 얼이가 아버지의 손을 잡고 식당으로 가는 광경을 몇 번이나 목격했다. 얼이의 어머니는 어디에 있는지 보이지 않았다.

하지만 그는 나이가 무척 많은 남자였다. 머리는 완전한 백발이고 잘생긴 얼굴에는 주름이 가득했다. 사람들이 말하기를 사실은 그가 얼이의 할아버지이고, 얼이의 어머니는 할아버지가 어렸을 때부터 데려다 키운 양녀인데 자란 다음에는 할아버지의 부인이 되었다고 한다. 그러니까 할아버지가 아버지가 되었다는 얘기다. 나는 왜 어른들이 그 얘기를 한 다음에 키득키득 웃는지 이해하지 못했다. 사정이 어쨌든 간에 얼이의 어머니는 미친 것이 분명해 보였다. 미치면 살이 찐다고 하는데, 비록 두꺼운 옷을 겹겹이 걸치고 있었지만 그녀의 몸은 하루하루 불어나는 것이 뚜렷했다.

"우리는 반두로 갈 거야" 하고 얼이는 선로 침목에 머리를 반듯하게 대고 누워서 말했다. "밤기차를 타고 북쪽으로 네 시간 반을 가야 해."

"밤기차는 이 도시에 안 서." 내가 대꾸했다. "그리고 이곳을 지나는 밤기차는 석탄을 싣고 가는 화물열차야."

"야간 화물열차의 한 칸에는 승객들이 탈 수 있어. 반두로 가려면 그걸 타면 돼. 그리고 그 기차는 항상 자정에 역이 아니라 이곳 철교 바로 앞에서 아주 잠깐만 멈춰. 그것도 기다리는 승객이 있을 경우에만. 승객이 없으면 기차는 멈추지 않고 그냥 지나쳐버려."

"처음 듣는 말이네. 그런데 도대체 반두가 어디야?"

"북쪽으로 네 시간 반."

얼이는 짧게 대답했다.

"거길 왜 가는데?"

"고향으로 돌아가는 거야. 물론 나는 여기서 태어났으니까 거기가 내 고향인지 아닌지는 잘 모르겠지만, 하여간 아버지의 말에 따르면 내 고향은 반두야."

"고향으로 돌아간다고? 그럼 다시 안 오는 거야?"

내가 놀라면서 물었다.

"아마도. 나중에 내가 어른이 되면 다시 밤기차를 타고 이곳에 올 수도 있겠지만, 일단은 아주 가는 거지."

"그거 유감이야" 하고 나는 말했다. 나는 종종 누나가 입술을 내밀면서 그거 유감이야, 하고 말하는 것을 들었는데, 잘난 척하는 것이 분명한 그 말투가 반사적으로 내 입에서 흘러나오는 바람에 속으로 좀 놀랐다. "그러면 학교도 전학을 가겠네. 반두라는 곳은 여기보다 더 큰가? 학교는 얼마나 크고 아이들은 얼마나 많은지 알고 있니?"

"반두는 바닷가에 있어" 하고 얼이는 말했다. "바닷가에 있는 작은 도시야…… 여기보다 크지 않아. 분명 더 작을 거야. 하지만 난 그곳에서 학교를 다니지는 않을 거야."

"학교를 안 다닌다고? 그러면 뭘 할 건데?"

"사실 이건 비밀인데 말이야……" 얼이는 처음으로 고개를 돌려 나를 똑바로 바라보았다. "예전에, 마술사가 되기 전에 우리 아버지는 반두의 왕이었어."

"뭐라고??!! 하하하!!" 나는 갑자기 웃음이 터져서 정수리를 선로에 세게 부딪히고 말았다. 하지만 아픔에 얼굴을 찡그리면서도 계속 웃어댔다. "우리나라에 왕이 어디 있어? 지금은 대통령이 왕이야. 옛날 왕들은 모두 다 죽었잖아! 그리고 왜 하필이면 반두에 왕이 있다는 거지? 거긴 서울도 아니야. 왕이란 원래 부하를 많이 거느리는 거잖아! 그렇다면 왕은 당연히 사람이 많은 서울에 있어야지."

"반두는 아주 작은 곳이야. 사람들도 많지 않아. 하지만 거긴 사람들보다 백배 천배나 더 많은 쥐들이 살고 있지."

얼이는 엄청난 비밀을 털어놓듯 목소리를 낮추어 거의 속삭이다시피 했다. 주변에 사람이라곤 아무도 보이지 않는데도.

"쥐는 어디나 많지. 여기도 쥐들이 많아. 부엌에도 살고 시궁창에도 살고 숲에도 살고 산에도 있고." 나는 시큰둥하게 대꾸했다. "심지어 학교에도 있어. 하지만 쥐는 아무리 많아도 소용없지. 쥐들은 부하가 아니잖아."

그러나 얼이는 입가에 야릇한 미소를 띠면서 이렇게 말할 뿐이었다.

"그래도 반두에는 쥐들이 정말 많아. 눈송이처럼 많단다. 그리고 반두에는 항상 눈이 내리지. 거기는 일 년 내내 겨울이거든."

"뭐라고? 거짓말하지 마." 나는 주먹으로 얼이의 허리를 한 번 쳤다. "그리고 네 아버지는 왕이 아니라 마술사잖아. 서커스단 마술사. 네 아버지가 왕이었다면 왜 지금은 마술사를 하고 있는 건데?"

나는 계속해서 따져 물었다.

"내가 태어나기도 전에 반란이 일어나서 젊은 왕이던 아버지가 왕좌에서 쫓겨난 거야. 그래서 우리는 여기로 왔어. 아무도 우리가 반두에서 왔다는 것을 몰라야 해. 그래서 우리는 신분을 감추고 살았던 거고."

"왜 사람들이 알면 안 되는데?"

"반란의 무리가 우리를 노리고 있으니까. 우리를 배반하고 반란을 일으킨 새 여왕은 우리가 언젠가 다시 돌아가 왕이 되려 한다고 생각하고는 우리를 찾아내서 죽이려고 해. 그런데 이제, 들려오는 소문에 의하면 반두인들이 여왕에게 염증을 내기 시작했어. 얼마 전에는 새 여왕에 반대하는 무리가 들고일어났다는 거야. 이 소식을 전해주러 온 밀사가 말했어, 반두인들은 우리가 돌아오기를 원한다고. 그래서 돌아가는 거야."

"재미있구나." 나는 고개를 끄덕였다. 얼이의 말이 점차 정말로 재미있게 느껴졌다. 반란이라는 단어는 의미가 좀 모호했지만 뭔가 싸움과 폭력의 느낌으로 다가왔다. 그래서 좀 으스스하기도 했다. "그런데 이제 반란이 완전히 끝났다는 거야? 그 여왕인지 뭔지가 정말로 쫓겨났단 말이지? 그래도 아직 그 일을 비밀로 해야 된다는 거야?"

"그래, 여전히 비밀이야. 사실은 네게도 이렇게 얘기하면 절대로 안 되는 거야." 얼이는 심각한 표정으로 강하게 고개를 끄덕였다. "반란은 끝났지만 그동안 반두를 지배하던 여왕의 추종자들이 여기저기로 달아났으니 그들은 여전히 우리를 노릴 거야. 우리가 없어져야만 그들이 다시 반두의 왕자리를 차지할 수 있을 테니까. 그러니 반두에 도착할 때까지는 죽어도 비밀을 지켜야 한다고 했어. 그러니 너도 이걸 절대로 입 밖에 꺼내면 안 돼. 무조건 비밀을 지켜야 해."

"그래, 무조건 비밀을 지킬게."

나는 얼이에게 약속했다.

하지만 내가 얼이의 말을 그대로 믿은 것은 물론 아니다. 비록 일곱번째 생일이 아직 다가오지 않은 나이이지만 나는 이 나라에 왕이 없다는 것 정도는 알고 있었다. 우리는 학교에서 민주주의, 대통령이란 단어를 배웠다.

뿐만 아니라 얼이는 평소에도 거짓말이나 엉뚱한 말, 사람들을 속이는 말이나 환상을 사실처럼 그럴듯하게 말해서 시선을 받고 싶어하는 편이었다. 하지만 얼이 역시 나와 같은 나이의 어린아이에 불과했으므로 그런 거짓말들은 대개 그 자리에서 당장 들통이 나고 말았다. 어른들은 얼이 아버지가 마술사라는 말도 완전히 믿지는 않는 눈치였다. 아무도 그의 마술을 본 적도 없고 모든 것은 그냥 얼이 가족의 입에서 나왔을 뿐이니까.

분명 서커스단의 허드레꾼일 거야, 하고 어른들은 자기들끼리 말하곤 했다. 광대 일을 하기에는 너무 늙었잖아.

하지만 그가 집으로 올 때마다 그의 가방에는 지폐가 한가득이라고 얼이는 말했었다. 세끼 밥 이외에도 항상 과자나 콜라, 아이스크림.

햇살이 좋은 날 그의 어머니는 채마밭 한가운데에 앉아서 한가롭게 오줌을 누었다. 무허가 채마밭의 주인인 무허가 불당의 승려가 손에 막대기를 든 채 뒤에서 그 광경을 오래오래 지켜보았다.

그렇지만 얼이가 당장 내일부터 학교에 나오지 않는다는 것은 얼이의 말이 사실이냐 아니냐를 떠나서 내게는 구체적으로 다가오는 문제였다. 그때까지 얼이는 내게 유일한 친구였으며 교실에서도 같은 책상을 나누고 나란히 앉는 사이였기 때문이다. 얼이가 없으면 당장 나는 내일부터 혼자 학교에 가고 혼자 앉아서 공부하고 다시 혼자 집으로 돌아와야 하는 것이다. 그건 싫었다.

"가지 마" 하고 나는 말했다. "네가 가버리면 나는 짝이 없어지잖아."

"그래도 가야 해." 얼이는 일부러 거드름을 피우며 어른스러운 어투로 말했다. "반두는 왕이 필요한 곳이야."

"여기는 왕이 없어도 아무 문제가 없는데."

"말했잖아, 반두는 아주 작은 곳이지만…… 쥐들의 숫자는 훨씬 더 많고…… 그래서 그들은 왕이 필요해."

"그럼 다시는 우리집에 놀러오지도 않겠네."

나는 갑자기 묘한 기분이 되었다. 어느 늦가을 아침, 얼어죽은 제비가 전깃줄에 매달린 채 흔들리는 것을 보았을 때와 비슷한 기분.

"엽서를 보낼 수는 있어." 얼이가 제안을 했다. "반두시 반두궁전으로 보내면 돼."

"반두시 반두궁전? 번지는 없어?"

"왕이 사는 궁전은 하나뿐이니까 내 이름을 쓰면 잘 배달될 거야."

나는 기분이 좀 좋아졌다. 중학생인 누나의 방에는 우편엽서가 많았다. 라디오 방송에 항상 엽서를 보내고 있기 때문이다. 누나 몰래 한두 장 가져오는 것은 전혀 어렵지 않았다. 누나는 그렇게 쓴 엽서를 학교 가는 길목에 있는 빨간 우체통에 던져넣었다. 그러면 엽서가 저 혼자 멀리 여행을 한다는 것이다.

"저녁 먹으러 가야 해."

나는 몸을 일으켰다. 등이 배기고 아팠다. 우리는 나란히 선로 위를 걸었다. 아버지가 집에 없을 때면 얼이는 자주 우리집에서 저녁까지도 먹곤 했다. 하지만 지금은 얼이의 아버지가 집에 있다. 그러면 집에 콜라와 아이스크림이 많을 테니까 얼이는 당연히 자기집으로 갔다.

집으로 가는 길이 이상하게도 더욱 멀게 느껴졌다. 철교 너머 저멀리 기찻길이 산등성이를 돌아 사라지는 자리에 석양이 새빨갛게 타올랐다. 얼이의 노란 얼굴이 붉게 물들었다. 우리는 침목에서 침목으로 깡충거리며 건너뛰었다. 우리는 들토끼와 개들의 흉내를 냈다. 펄럭이는 박쥐와 까치, 그리고 등을 구부리고 바쁘게 종종걸음치는 시궁쥐의 흉내를 냈다. 철길 주변은 원래 인적이 없었다. 그런데 철길 옆 관목 숲 사이 어디에선가 갑자기 한 남자가 불쑥 튀어나왔다. 그는 우리를 향해서 똑바로 걸어왔다. 야구방망이 같은 막대기를 어깨에 걸쳤는데 막대기 끝에는 묵직한 자루가 매달려 있었다. 하지만 그가 조금 더 가까이 다가오자 우리는 그 막대기의 정체가 커다란 날이 달린 곡괭이임을 알 수 있었다.

우리는 서로 약속이나 한 듯이 걸음을 우뚝 멈추었다. 처음 보는 남자가 성큼성큼 다가오고 있었다. 그가 걸음을 옮길 때마다 묵직한 자루가 그의 등뒤에서 덜렁덜렁 흔들렸다. 남자의 얼굴에는 시커먼 턱수염이 나 있었다. 남자는 더러운 손가락으로 입가를 문질렀다. 우리는 그가 우리를 보고 기분 나쁘게 씩 미소 짓는다는 생각을 했다.

"너희들 이리 와봐!"

남자가 커다란 목소리로 우렁우렁 외쳤다.

우리는 놀라서 얼어붙었다.

"안 들려? 와보라니깐!"

석양을 등진 남자의 얼굴은 짙은 음영이 져서 더욱 험상궂게 보였고 목소리는 위협적이었다. 이유는 알 수 없지만, 금방이라도 남자가 곡괭이를 휘두를 것만 같았다. 와락 겁을 먹은 우리는 동시에 달리기 시작했다. 선로가 있는 가파른 둑길을 정신없이 내려가 두 팔을 흔들면서 마을을 향해 마구 달렸다. 남자가 성큼성큼 쫓아와 우리의 목덜미를 낚아챌 것만 같았다. 마을 입구의 골목길에 들어서서야 우리는 숨을 헐떡이며 멈추어 섰다. 남자는 쫓아오지 않았다. 철둑길 그 어디에도 남자의 모습은 보이지 않았다. 저녁은 셀로판지 같은 불그스름한 빛 속에서 여느 때와 다름이 없었다. 구멍가게 주인이 손에 파리채를 들고 문밖을 내다보았다. 보석처럼 반짝이는 몸을 가진 커다란 금파리가 파리채를 피해 멀리 날아갔다.

"그 사람 뭘까?" 나는 가슴이 터질 듯했다. "처음 보는 사람인데. 넌 혹시 아니?"

"나도 모르는 사람이야."

얼이가 고개를 저었다.

집으로 올라가니—우리 가족은 조그맣고 낡은 소아과 병원 건물 이층에 살았다—이미 저녁상을 차려놓은 누나가 눈을 흘겼다.

"도대체 넌 언제쯤 저녁시간에 맞춰서 들어올 건데?"

나는 손을 씻고 식탁에 앉아 밥을 먹었다. 우리집은 병원이라서, 아이들의 생명을 위협하는 온갖 종류의 병균이 득시글댔다.

"이제 곧 방학이니 생일 선물로 누나와 함께 서울 고모님 댁에 보내줄게."

아버지가 아주 기쁜 소식이라도 전하는 것처럼 말했다. 하지만 작년 여름에도 나는 누나와 함께 고모님 댁에 갔고 그때도 생일 선물이라고 들었다. 그리고 재작년도 마찬가지였다. 기억은 나지 않지만 그전에도 마찬가지였을 것이다. 내 생일은 한여름이니 앞으로 계속해서 학교가 방학을 할 때마다 나는 선물로 서울에 가게 될지도 몰랐다. 서울이나 고모님 댁이 싫은 건 아니었지만 왠지 맥이 빠지면서 한숨이 나왔다.

"누나는 생일도 아닌데 왜 가요?"

내가 물었다.

"네가 혼자 갈 수가 없잖아, 바보야."

누나가 핀잔을 주었다. 그러고는 아버지를 향해서 늘 하는 불평을 털어놓았다.

"얘 머리 좀 봐요. 창피해 죽겠어요. 언제까지 저 꼴로 다니게 할 거예요?"

아버지는 이발소에 다녀온 지 얼마 지나지 않은 내 머리통을 힐끗 바라보고는 늘 하는 대답을 했다.

"그냥 놔둬라. 애들은 원래 저러다가 저절로 좋아지는 법이야."

나는 밋밋한 내 머리통을 쓰다듬었다. 앞머리가 너무 짧게 바싹 깎여 있었다. 누나는 내 짧은 머리를 좋아하지 않았다. 나의 다른 부분도 좋아하지 않기는 마찬가지였다. 그래서 길에서 나와 마주치기라도 하면 모른 척하고 지나가버렸다. 내가 누나를 부르면서 교복 치맛자락을 잡기라도 하면 얼굴을 일그러뜨리면서 울상을 지었다.

다음날 아침 아버지가 내 방에 들어와 나를 깨웠다.

"어젯밤에 네 여동생이 태어났단다."

어머니는 아이를 낳기 위해서 몇 달 전부터 서울의 병원에 입원해 있었다. 이걸 얼이에게 말해주어야지, 하는 생각이 들었다. 신기해할 거야.

"그러면 어머니가 이제 집으로 오겠네요?" 하고 내가 물었다.

"아니, 어머니는 병원에 좀더 있어야 해. 아이가 너무 늦게

나와서 수술을 했단다. 그리고 외갓집으로 가서 한동안 지내다가 올 거다."

나는 좀 실망했다. 어머니가 없는 집에서는 누나가 왕이었는데, 아니 이 경우 여왕이 되겠지만, 이미 말했듯이 누나는 나를 좋아하지 않기 때문이다.

"아버지."

나는 방을 나가는 아버지를 불렀다.

"왜 그러니?"

"반란이 일어나면 왕은 비밀이 되는 거예요?"

"그게 무슨 소리냐?"

"그러니까 반란이 일어나면…… 왕은 다른 직업을 갖고 사는 거냐고요. 자기가 왕이라는 말도 못하면서."

"난 또 무슨 소리라고…… 반란이 일어나면 왕은 외국으로 도망가야 한단다. 나라 안에 있으면 죽게 되지."

"그러면, 우리집에 쥐가 있나요?"

"우리집에 쥐는 없다." 아버지는 장담했다. "정기적으로 소독도 하고 쥐약도 놓으니까. 하지만 집 바깥에는 득시글득시글할 게다."

갑자기 오싹해진 나는 이불 속으로 고개를 파묻었다. 얼이에게 당장 이야기해주어야겠다.

하지만 그날 얼이는 학교에 모습을 나타내지 않았다. 4교시가 모두 끝날 때까지도 내 옆자리는 차갑게 비어 있었다.

수업을 마친 후 책가방을 집어들고 교실을 빠져나가는 나를 은주가 등뒤에서 불렀다. 그러곤 다짜고짜 말했다.

"얼이에 대해서 말해봐."

내 기억에 의하면 얼이는 학교를 빠진 적이 없었다. 우리는 반년 전부터 학교를 다니기 시작했는데, 내가 학교에 나온 날이면 얼이도 항상 내 옆자리에 있었다. 내가 학교를 빠진 적이 없었으니 얼이도 마찬가지인 것이다. 때때로 얼이는 감기에 걸려 누런 코를 훌쩍였고 맨발로 놀다가 발바닥을 못에 찔려서 피가 났으며 머리에 부스럼이 있었고 손목은 항상 피부염으로 벌겠지만, 그리고 수업시간에는 대개 한눈을 팔고 있었고 심지어 자기 이름조차 아직 쓸 줄도 읽을 줄도 몰랐지만, 한 번도 학교를 빠지지는 않았다.

얼이는 우리 병원이랑 아주 가까운 골목길 끝 집에서 살았다. 그리고 대개는 우리집에서 점심을 먹었으므로 나는 얼이와 함께 나란히 우리집으로 들어서는 것에 익숙했다. 얼이가 학교에 오지 않은 그날 혼자 집으로 돌아오려니 낯설고 이상했다. 햇빛이 유난히 따끔거리는 기분이었다. 내 발길은 병원을 지나 저절로 얼이의 집으로 향했다. 금방이라도 이층에서 누나가 내려다보고 빽 소리를 질러댈 것 같았다. "너 집에 안 들어오고 어딜 가는 거야!" 하고. 누나는 나에게 소리질러 대는 재미로 살았다. 그렇지만 아직 누나가 학교에서 돌아올 시간은 아니었다.

얼이의 집 대문은 늘 그렇듯이 열려 있었다. 내 기억에 의하면 그 대문은 한 번도 잠긴 적이 없었다. 나무 빗장이 이미 옛날에 썩어서 망가져버렸고 문짝 하나도 경첩이 떨어져나가서 기울어진 채 매달려 있기 때문이다.

얼이의 아버지는 대문을 고치는 마술을 부리지 않았다.

얼이의 집 마당은 널찍했지만 돌보지 않아서 온통 풀 천지였다. 서걱거리는 날카로운 독풀이 내 키의 절반을 넘었고 마루는 썩어서 내려앉았으며 하나뿐인 방의 천장도 마찬가지였다.

주인 없는 흰 개 한 마리가 수풀 속에 엎드려 있다가 내가 들어서자 몸을 조금 들면서 으르렁댔다. 개의 배가 묵직한 자루처럼 축 처진 것이 보였다. 그리고 뱃속에서 뭔가가 꿈틀대듯이 뱃가죽이 울럭울럭거렸다. 시뻘건 것이 개의 꽁무니에서 주르륵 흘러내리고 있었다.

바람도 없는데 풀들이 불길하게 흔들렸다. 수풀 사이로 땅

54

바닥 여기저기에 구멍들이 움푹움푹 패어 있었다. 엄청나게 커다란 녹슨 쥐덫이 톱니 입을 쩍 벌린 채 마루 아래 놓여 있는 것이 보였다. 피처럼 검붉은색의 쥐덫이었다. 얼이의 낡은 운동화는 보이지 않았다. 집안에는 아무런 인기척이 없었다. 나는 개가 무서웠으므로 더이상 집으로 가까이 다가가지 못한 채 엉거주춤 대문간에 서 있었다. 방문이 활짝 열려 있었다. 어둑한 방안에는 초라한 세간과 벽에 걸린 허름한 옷가지들, 그리고 흐트러진 이불 등이 보였다. 모든 것이 평소와 다름이 없었다.

그때 갑자기 방안의 이불 더미 아래에서 손 하나가 불쑥 튀어나와 문턱을 잡았으므로 나는 놀라서 심장이 멎을 뻔했다. 그 손은 얼이 어머니의 손이었다. 그녀는 막 잠에서 깨어난 듯했다. 나를 발견한 그녀는 늘 그렇듯이 입을 벌리고 소리 없이 웃었다.

전체가 땀으로 번들거리는 둥그런 붉은 얼굴.

그녀는 나를 바라보면서 웃기를 멈추지 않았다.

평소와 마찬가지로 "저기 미친년이 간다!" 하고 외치면서 달아나야 했는지도 모른다. 이 경우 '가는' 것은 그녀가 아니고 내가 될 터이지만.(그런데 우리의 언어에서 그녀는 항상 '간다'는 행위만을 하는 것으로 표현되었다. 우리는 그녀가 오줌을 누고 있거나 사타구니를 긁고 있거나 양지바른 담벼락에 앉아 이를 잡고 있어도 항상 "저기 미친년이 간다!"라고만 말할 줄 알았다.)

하지만 나는 바보처럼 쭈뼛거리며 한심하게 물었다.

"얼이 있어요?"

그녀는 내 말을 알아듣지 못했다. 그녀는 미쳤으니까.

그녀는 여전히 웃고 있었다.

몇 분 동안 멀뚱멀뚱 서 있던 나는 결국 몸을 돌려 집으로 돌아왔다. 그때 코끝에 싱싱한 피비린내가 확 스치면서 보이지 않게 몸을 숨긴 흰 개가 다시 으르렁댔다.

쥐가 없어야 할 텐데.

얼이의 아버지는 원래 온다 간다 말 없이 훌쩍 사라졌다가 몇 달 만에 불쑥 나타나곤 했으므로 사람들은 그의 부재를 전혀 개의치 않았다. 하지만 얼이는 달랐다. 얼이의 부재에 가장 민감하게 반응한 것은 은주였다. 은주는 매번 출석을 부르면서 안경알 위로 못생긴 이마를 흉하게 찡그렸고 얼이의 빈자리 대신에 나를 노려보았다: 얼이에 대한 내 대답이 마음에 안 들었던 것이리라. 넓적한 은주의 콧잔등에 신경질적인 땀이 번들거렸다.

얼이는 다음날도 그 다음날도 계속해서 학교에 나오지 않았다. 얼이가 없으니 나는 철교 근처의 선로로 가서 침목 위에 누워 있을 마음이 생기지 않았다. 얼이가 사라진 후 나는 딱 한 번 그곳에 가보았다. 짙은 초록빛 관목숲 속에서 곡괭이를 둘러멘 험상궂은 남자가 불쑥 튀어나오며 너 이리 와봐! 하고 소리칠 것만 같았다. 호랑이의 눈 모양을 한 얼룩나비 한 마리가 따뜻하게 데워진 침목에 앉아 있었다. 검게 테 두리 진 호랑이의 노란 눈이 말없이 나를 지켜보고 있었다. 회색 담장과 시멘트 벽들, 기와지붕과 국기게양대가 노란 햇빛 속에서 가물거리며 내려다보였다. 투명한 기름 속에 잠긴 마을. 고요히 떠도는 휘발유 냄새. 나는 현기증이 났다.

  며칠 뒤 학교는 방학에 들어갔다. 누나와 나는 기차를 타고 서울 고모님 댁으로 갔다. 나는 햇빛이 비치는 차창에 기대앉아 빠르게 스쳐지나가는 단조로운 기찻길 풍경을 지켜보았다. 산과 나무들과 집들이, 간혹 도시의 변두리가 일정한 속도로 저절로 뒤로 물러났다. 자연의 바퀴를 달고 도망치는 것처럼. 규칙적으로 흔들리는 열차의 진동에 몸을 맡기고 있으니 몽롱한 졸음이 밀려왔다. 문득 수면이 금빛으로 반짝이는 강물에 보트가 한 척 떠 있고 그 위에 흰 드레스를 입은 소녀가 서 있는 걸 보았다는 느낌이 들었다. 나는 눈을 크게 뜨고 그 광경을 좀더 살펴보려 했으나 강은 이내 시야에서 사라져버렸다. 나는 창밖으로 고개를 내밀고 열차가 지나온 방향을 보려고 했다. 그러나 눈에 들어온 것은, 믿을 수 없을 만큼 많은 객차가 꼬리에 꼬리를 물고 거대한 쇳덩이의 장벽을 이룬 채 달리고 있는 육중한 기계의 몸, 내가 탄 열차의 모습뿐이었다.

반대편 선로에서 엄청난 속도로 다른 열차가 지나가는 바람에 깜짝 놀란 나는 다시 고개를 안으로 집어넣었다. 왜 반대 방향으로 가는 기차는 항상 현실을 초월한 무서운 속도를 내는 것일까. 나는 그 기차의 몸체에 나무 푯말이 붙어 있고, 거기에 '반두'라고 적힌 글자를 얼핏 본 것 같았다. 출발지인지 종착지인지는 알 수 없으나.

고모님 댁에는 비슷한 나이의 사촌이 셋이나 있어서 매일 시끌벅적하게 놀 수 있었다. 누나는 이동도서관으로 가겠다고 했다. 고모님 댁 인근에는 큰 공터가 있어서 방학 때마다 거기 이동도서관이 차려졌기 때문이다. 이동도서관은 흰 천막 지붕을 갖고 있었다. 금박 글자로 제목이 적힌 『안데르센 동화 전집』 열 권이 이동도서관의 간이 서가에 가지런히 꽂혀 있었다. 동전 하나만 지불하면 해질녘까지 하루종일 마음껏 책을 읽을 수 있었다.

피리 소리가 들려왔다.

너울거리는 물결, 보이지 않는 바람, 전깃줄과 전깃줄 사이의 겨울 하늘, 외톨이 해오라기의 울음소리를 연상시키는 가늘고 길며 구슬프게 늘어지는 피리 소리였다. 땅거미가 진하게 내린 어스름, 공터 한구석 빨랫줄에는 잊힌 빨래가 무겁게 드리워 있었다. 빨래통을 든 여인의 모습은 어디에도 보이지 않았다. 피리 소리에 섞여 둔한 북소리도 둥둥 울렸다. 무거운 슬픔과 흥겨움을 동시에 불러일으키는 그 기묘한 음악은 점점 가까워졌다.

　"저 소리는 뭐야?"

　내가 사촌형에게 물었다.

　"서커스 소리야." 사촌형이 대답했다. "공터에 서커스가 왔거든."

　"아, 그렇구나." 내가 고개를 끄덕였다. "우리도 보러 가는 거야?"

　"마술사 반두의 새 공연! 〈쥐의 왕〉을 보러 오세요!"

　화려한 금박 천으로 장식한 흰말 등에 올라탄 난쟁이들이 으쓱으쓱 어깨춤을 추며 입을 딱 벌린 구경꾼들 앞으로 지나갔다. "코끼리도 있어요, 곰도 있어요, 곡예사들이 공중을 훨훨 날아다니며 투명 그네를 탑니다!" 하고 외발자전거 위에서 광대 한 명이 확성기에 대고 외쳤다. 광대는 잠옷처럼 생긴 커다란 물방울무늬 블라우스 차림이었다. 목덜미에는 뾰족한 레이스가 달렸다. 이 세상의 것 같지 않은 높고 가느다란 피리 소리가 흐느적거리며 다시 울려퍼졌다. 우리의 영혼이 홀린 듯 피리 소리에 빨려들어갔다. 우리의 영혼은 피리 소리를 따라 어디든 갈 것만 같았다. 북소리가 울렸다. 둥, 둥, 둥. 발걸음이, 넋을 잃은 발걸음들이 입을 벌리고 피리 소리를 따라갔다. "마술사 반두의 새 공연이 있습니다! 〈쥐의 왕〉을 보러오세요!" 말 등에 올라탄 난쟁이들이 합창으로 외쳤다. 둥, 둥, 둥.

누나와 사촌들과 나, 우리는 서커스의 천막 지붕 아래 나란히 앉아 있었다. 오십여 명 정도 되는 관객은 아이들이 대다수였다. 풍선처럼 부푼 물방울무늬 블라우스 차림의 광대가 무대에서 재주넘기를 몇 번 하면서 사람들을 웃긴 다음 객석 사이를 돌아다니면서 입장권을 걷었다. 광대가 가까이 다가왔을 때 나는 광대의 얼굴 한가운데에 자리잡은 무서울 만큼 커다란 붉은 코와 섬뜩하게 찢어진 입술, 시체처럼 회칠한 피부와 핏발이 선 누런 눈동자를 볼 수 있었다. 악의와 피곤의 표정을 가진, 음침하고도 소름끼치는 얼굴이었다. 진한 분장에도 불구하고 나는 그의 얼굴이 어딘지 모르게 낯익다는 생각을 지울 수 없었다. 커다란 날이 달린 곡괭이를 어깨에 걸쳐 메고 우리를 향해 고개를 돌린다. 그러곤 사악한 목소리로 외친다. "너희들 이리 와봐!" 나는 화들짝 놀랐다.

곡예사들이 공중에서 그네를 탔다. 광대는 외발자전거를 타면서 접시를 돌렸고 색색의 화려한 리본을 매단 말들이 규칙적인 간격으로 무대를 빙글빙글 돌았다. 짧은 치마를 입은 난쟁이 여자가 뒤뚱거리는 발레리나처럼 허리를 굽혀 절을 했다. 곰과 코끼리는 수의사의 지시에 따라 오늘 공연에는 나오지 못하니 넓은 아량으로 이해를 해달란다.

"그리고 이제 오늘의 마지막 순서인 마술 공연이 시작되겠습니다. 마술사 반두의 마술 공연 〈쥐의 왕〉. 여러분, 큰 박수로 맞아주십시오!"

우리는 손바닥이 부서져라 박수를 쳤다. 말을 마친 광대는 마술사가 나오지도 않았는데 무대 뒤편으로 사라져버렸다. 그리고 잠시 뒤, 마술사 반두가 나왔다. 그는 커다란 검은 망토로 온몸을 휘감고 있었다. 머리에는 커다란 두건까지 뒤집어썼다. 그는 작은 항아리 하나를 손에 들고 있었다. 우리는 침을 꿀꺽 삼켰다. 망토 속으로 손을 집어넣은 마술사가 뭔가를 휙 끄집어냈을 때 나는 놀라서 그만 딸꾹질이 나올 뻔했다. 하지만 그건 조그만 피리였다. 손가락 하나보다 많이 길지는 않은, 작고 하얀 피리. 마치 누군가의 손가락 뼈처럼 보이는. 마술사는 삐리리삐리리 피리를 불기 시작했다. 그러자 그의 앞에 놓인 항아리 속에서 뱀이 꾸물꾸물 기어나왔고 춤추듯이 몸을 뒤틀면서 공중으로 일어서는 것이었다. 마술사의 피리 소리가 점점 빨라짐에 따라 뱀도 점점 더 높이 공중으로 몸을 곧추세웠다. 정말이지 꼬리까지 모두 항아리에서 나오고 나중에는 새처럼 공중으로 풀쩍 날아오르기라도 할 기세였다. 그러다가.

마술사가 갑작스럽게 연주를 딱 멈추고 피리를 입에서 떼었다. 그러자 뱀은 일 초 동안 허공에 그대로 정지해 있다가 마치 재로 변해버린 듯, 항아리 속으로 순식간에 풀썩 스러지며 가라앉는 것이었다. 썩은 동아줄처럼.

우리는 손바닥이 부서져라 박수를 쳤다.

마술사가 다시 피리 연주를 시작했다. 이번에는 더욱 느리고 애수가 담뿍 깃든 곡이었다. 죽은 뱀은 다시 살아날 것인가? 우리는 긴장된 목구멍으로 침을 꼴깍 삼켰다. 하지만 이번에 항아리에서 기어나온 것은 뱀이 아니라 쥐였다. 그것도 한두 마리가 아니라 열 마리 스무 마리 끊이지 않고 계속해서 꼬리를 물고 기어나왔다. 축축하고 짙은 갈색의 시궁쥐들이 무대를 가득 채울 기세로 기어나왔다. 그리고 실제로 수백 마리로 불어난 쥐들이 무대를 잔뜩 뒤덮어버렸다. 쥐가 한 마리라도 더 많았다가는 마술사의 발등에라도 올라서야 할 판이었다. 꾸물거리는 시궁쥐떼는 공포심과 역겨움을 불러일으켰다. 하지만 쥐들은 잘 훈련된 돌고래처럼 무대 위를 규칙적으로 빙글빙글 돌기만 할 뿐 한 마리도 무대를 벗어나지 않았다. 심지어 고개를 쳐들거나 꼬리를 움직이거나 하지도 않았다. 모든 쥐들이 똑같은 모양으로 무대를 돌았다. 마치 장난감 쥐의 태엽을 감아서 무대에 풀어놓은 듯했다. 그러다가.

마술사가 갑작스럽게 연주를 딱 멈추고 피리를 입에서 떼었다. 그러자 쥐들은 순식간에 돌처럼 굳은 채 그 자리에 멈추었다. 길고 통통한 꼬리도 허공에서 꼼짝하지 않았고 수염한 가닥, 털 한 오라기도 움직이지 않았다. 마술사는 두건을 벗었다. 그러자 놀랍게도 조금 전까지 무대 위에서 키득거리며 까불던 광대의 얼굴이 창백한 조명 아래 드러났다. 광대 마술사는 관객들을 바라보며 말했다.

"쥐의 왕 반두가 죽었으므로 이제 쥐의 왕국에는 새로운 후계자가 필요하게 되었습니다. 매번 공연 때마다 쥐들은 새로운 〈쥐의 왕〉을 선출하지요. 오늘도 역시 쥐들은 새로운 왕을 선출했고 그 사실을 나에게 알려주었답니다. 어떤가요, 여러분. 궁금하지요, 이번에는 과연 누가 새로운 쥐의 왕으로 선출되었는지."

"네에!"

우리는 목구멍이 찢어져라 커다란 고함으로 대답했다.

"바로 여러분 중에 새로운 쥐의 왕이 있답니다. 그게 누구냐 하면…… 너! 이리 와봐!"

나는 화들짝 놀랐다. 광대 마술사의 손가락 끝이 나를 똑바로 가리키고 있었기 때문이다. 충격과 공포심으로 순간 머릿속이 하얗게 비었다. 그때 무대 위의 쥐들이 꾸물꾸물 움직이기 시작했다. 한 방향으로 일렁이는 잿빛 파도가 되어서. 태풍이 불어오기 직전의 시궁창 바다를 이룬 채. 마술사는 손가락으로 여전히 나를 가리키며 한 발짝 한 발짝 다가오고 있었다. 그리고 그 뒤로는 쥐들이 둥실둥실 군무를 추면서 따라왔다. 보이지 않는 곳에서 북소리가 울렸다. 둥, 둥, 둥.

뺨이 화끈거렸다.

누나가 내 뺨을 찰싹 때린 것이다.

"네가 오자고 해서 구경 온 서커슨데 잠이 들면 어떻게 해? 내가 널 업고 집으로 가야겠니?"

"〈쥐의 왕〉은 어떻게 됐어?"

나는 어리둥절한 상태로 물었다.

"무슨 왕?"

"마술 공연 말이야."

"모자에서 새앙쥐 꺼내는 마술? 텔레비전에서 열두 번도 더 본 거잖아. 시시해서 혼났네."

누나는 새침하게 고개를 돌렸다.

방학의 나머지 기간 동안 우리는 유원지로 가서 회전목마를 타고 놀았다. 회전목마 흰색 말들의 몸체에는 화려한 금박 천이 둘려 있었고 목에는 진짜 리본이 달려 있었다. 회전목마는 마치 서커스 무대에서 말들이 그랬던 것처럼 변함없는 간격으로 무대를 빙빙 돌았다. 우리는 말 등에 올라탄 난쟁이가 되어 으쓱으쓱 어깨춤을 추었다. 우리는 동물원에도 갔고 수영장에도 갔고 과학박물관에도 갔다. 그리고 극장에는 두 번이나 갔다. 처음에는 〈엑스칼리버〉라는 총천연색 만화영화를 보았다. 그리고 두번째는 〈아기 사슴 밤비〉를 보았다. 역시 만화영화였다. 그사이 이동도서관에는 열 번쯤 갔으며 동전 하나를 지불하고 해질녘까지 하루종일 마음껏 책을 읽었다.

방학이 끝나고 누나와 나는 다시 기차를 타고 고향으로 내려갔다. 나는 햇빛이 비치는 차창에 기대앉아 빠르게 스쳐지나가는 단조로운 기찻길 풍경을 지켜보았다. 산과 나무들과 집들이, 간혹 도시의 변두리가 일정한 속도로 저절로 뒤로 물러났다. 자연의 바퀴를 달고 도망치는 것처럼. 수면이 금빛으로 반짝이는 강물에 보트가 한 척 떠 있고 그 위에 흰 드레스를 입은 소녀가 서 있었다. 소녀의 모습은 빠르게 사라져버렸다. 나는 등받이에 머리를 파묻고 햇빛 속에서 눈을 가늘게 뜬 채로 가만히 있었다. 차창 밖으로 고개를 내밀어 소녀를 돌아보려고 하지 않았다.

"어머니는 집에 왔나요?"

역에 도착하자마자 나는 마중나온 아버지에게 서둘러 물어보았다. 하지만 아버지는 고개를 저었다.

"아니다. 어머니는 외갓집에서 좀더 지내야 한단다. 여동생도 마찬가지고."

2학기가 시작된 날, 은주는 나를 불러서 얼이에 대해서 묻지 않았다. 얼이의 책상은 여전히 비어 있었는데도 말이다. 아니, 정확히 말하면 비어 있지 않았다. 책상 위에는 얼이의 책가방 대신에 흰 국화꽃 한 다발이 놓여 있었다. 은주가 손바닥으로 탁자를 탁탁 쳐서 개학을 맞아 와글와글 떠들어대는 아이들을 조용히 시켰다.

"얼이를 위해서 묵념을 해."

우리는 아직 묵념이 뭔지 몰랐다. 하지만 은주의 목소리에 담겨 있는 낯선 진지함은 우리를 눈을 내리깔고 입을 다물게 만들었다. 그렇게 일 분 동안 우리는 끽소리 없이, 죽은 쥐들처럼 가만히 앉아 있었다.

그때 교실 밖 복도에서 양복을 입은 낯선 남자 두 명이 교실 안을 향해 카메라를 들이댔다. 찰칵 하는 소리가 났다. 얼이의 책상 위에 놓인 흰 국화꽃을 찍은 것이다. 국화꽃 옆에서 죽은 쥐처럼 가만히 있는 내 모습도 함께.

묵념의 시간이 끝나자 은주는 흰 국화 다발을 학교의 사환에게 건네주며 교실 밖으로 갖고 가라고 했다. 그리고 우리에게 전에 없이 긴 설교를 했다. 낯선 사람이 말을 붙이고 다가오면, 설사 콜라와 아이스크림을 사준다고 하더라도 결코 현혹되지 말고 얼른 집으로 돌아가야 한다는 설교였다.

콜라와 아이스크림이라는 말에 아이들은 속으로 침을 꼴깍 삼켰다. 얼이는 지금 교실에 없어서 이 말을 듣지 못한다. 하지만 내 생각엔 상관없을 것 같았다. 얼이는 아버지가 집에 올 때마다 콜라와 아이스크림을 아주 많이 가져온다고 하니 굳이 낯선 사람에게 얻어먹을 필요가 없을 테니까.

그날 학교에서 돌아온 나는 몰래 누나 방으로 가서 우편엽서를 한 장 가지고 왔다. 누나의 서랍에는 우편엽서가 그득하게 쌓여 있으므로 내가 한 장쯤 빼와도 알아차리지 못할 것이다. 나는 얼이에게 엽서를 썼다. 아마도 얼이는 반두에서 행복하게 지내느라고 학교가 개학을 했다는 사실도 잊어버렸을 것이다. 어쨌든 얼이가 주소를 가르쳐주었으니 엽서 한 장쯤 써 보낸다고 해서 해가 될 것 같지는 않았다.

반두시 반두궁전 얼이에게
얼이야.
나야.
너 어디 있니?
학교는 개학을 했단다.
우리집에는 여동생이 태어났어. 아직 집에 안 왔지만 나중에 오면 너에게도 보여줄게.

얼이의 어머니가 울고 있었다. 두 팔을 하늘로 치켜들고 목이 터져라 엉엉 울었다. 우리는 그녀가 우는 모습을 처음 보았다. 그녀는 어린아이처럼 발버둥을 치며 사납게 소리 높여 울었다. 흰 제복을 입은 사람들이 그녀를 잡아서 병원차에 태우려고 했기 때문이다.

모두들 말없이 그것을 구경했다. 나는 엽서를 우체통에 넣었다.

그날 저녁 아버지는 저녁식사 자리에서 신문을 읽고 있었다. 나는 한 번도 신문에 관심을 가져본 적이 없었다. 신문은 색깔이 없으며 한문으로 제목이 적힌, 어른들의 사물이었기 때문이다. 하지만 그날만은 달랐다. 신문에는 커다랗게 얼이의 흑백사진이 나와 있었다. 그리고 책상 위에 놓인 흰 국화꽃도. 그러나 국화꽃 옆의 내 모습은 왼팔만 조금 보일 뿐이었다. 가장 큰 사진은 수염을 기른 남자의 얼굴이었다. 아버지는 내 시선을 느끼자 얼른 신문을 접어서 옆으로 치웠다.

"나 그 사람 알아요." 나는 접힌 신문을 가리키면서 말했다. "무서운 얼굴을 하고 '너희들 이리 와봐!' 하고 말했어요."

"낯선 사람과 함부로 말하면 안 돼." 누나가 참견했다. "그러면 얼이처럼 된단 말이야."

"얼이가 어떻게 됐는데?"

누나는 대답하지 않았다. 하지만 아버지가 날 안심시키며 말했다. "얼이에게 무슨 일이 생긴 건 아니야. 모두 오해라는구나. 너희들이 서울에 가 있는 동안 철교 아래 강에서 발견된 죽은 사내아이는 다른 마을의 아이라고 밝혀졌어."

"그럼 학교의 국화꽃은 다 뭐예요? 기자들까지 찾아왔잖아요."

"그게 모두 오해였다고 신문에 난 거야."

누나는 말없이 입을 삐쭉거렸다. 하지만 잠시 후 아버지가 다시 병원으로 내려가고 나자 설거지를 하던 누나는 나에게 얼이가 죽었다는 말을 해주었다. 수염을 기른 부랑자가 얼이를 쫓아가서 곡괭이로 때려죽였다. 부랑자는 얼이의 시체를 강물에 버렸고 그동안 산에 숨어 있었는데 어제 경찰에 잡혔다.

"그래서 얼이가 행방불명됐던 거야." 누나가 말했다. "이제 철길 근처에 가서 놀면 안 돼. 수염을 기른 수상한 남자와는 말을 하면 안 돼. 곡괭이까지 들었다면 더더욱 안 되고."

그날밤 아버지가 방으로 왔을 때 나는 물어보았다.

"그러면 여동생이 태어난 날 얼이가 죽었단 거예요?"

"얼이는 죽은 게 아니야. 죽은 사내아이는 얼이가 아니라 이웃 마을 아이라고 말했잖니."

"하지만 누나가 그러던데, 자루를 둘러멘 수염 난 남자가 경찰서에서 다 말했다고, 길을 물어보려고 너희들 이리 와봐! 하고 소리쳤는데 사내아이 둘이 대답하지 않고 달아나버리는 바람에 쫓아가서 한 명을 때렸다구요. 그건 바로 우리였어요. 내가 집에 간 다음에 얼이를 때린 거라구요."

"철길 옆에서 노는 아이들은 너희 말고도 많아. 얼이가 아닌 다른 사내아이였던 거야."

나는 누구의 말이 사실인지 판단할 수가 없었다. 혼란스러웠다. 하지만 그래도 물어보고 싶은 것이 있었다.

"여동생이 태어났기 때문에 얼이가 죽은 건가요?"

"무슨 소리냐?"

"내가 물었어요, 사람은 왜 죽는 거냐고. 그러니까 누나가 대답해줬어요, 한 명의 아기가 세상에 태어났기 때문에 누군가가 세상을 떠나는 거라고."

"그 말은 맞을 수도 있지만, 반드시 여동생 때문에 그 사내아이가 죽은 건 아니란다. 대개의 경우는 노인들이 먼저 죽으니까. 게다가 세상에는 사람만이 생명은 아니지. 고양이도 죽고 쥐도 죽는다. 그러니 누구 때문에 누가 죽었다고 우리는 말할 수 없어."

"난 여동생은 없어도 되는데……"

"그런 바보 같은 말 하는 거 아니야."

아버지는 화난 얼굴을 하고 방에서 나갔다. 아버지의 등뒤로 문이 닫히자 마루의 빛이 사라지면서 방안은 어두워졌다. 밤은 다른 밤보다 더욱 어두웠다. 내가 아는 밤 중에서 가장 어두운 밤이었다. 나는 잠이 들었다.

나는 반두에 있다.

쓸쓸하고 춥고 일 년 내내 습한 바람이 부는 곳. 버려진 해변에서는 파도가 거품을 부글거리고 있다. 절벽 위에서 내려다보면 거기 등을 보인 채 둥둥 떠 있는 한 사내아이의 몸. 그것은 나인가? 하지만 누나는 사내아이가 아니라고 말한다.

"제발 이제는 학교도 들어갔으니 어린애 짓 좀 그만해라" 하고 누나는 내 뺨을 찰싹 때리면서 잔소리를 한다. "언제까지 사내아이처럼 개구쟁이 짓만 하고 다닐래? 넌 여자애잖아. 너 때문에 창피해서 동네에서 고개를 못 들겠어."

"난 마술사가 될 거야."

"헛소리하지 마. 그건 다 눈속임이야. 애들이나 속여먹는 눈속임."

나는 해변에 누워 있다. 소금 알갱이처럼 끈적이면서 강하고 따가운 바람, 귓속을 울리는 지치지 않는 파도 소리. 눈을 감고 있으면 내 귀는 점점 커진다. 커다란 내부를 가진 몸의 동굴이 된다. 나는 까끌거리는 짙은 색 모래에 등을 대고 해변에 반듯하게 누워 있다. 차갑고 가벼운 거품들이 눈꺼풀과 뺨에 내려앉는다. 작은 발을 가진 초현실의 생물이 내 피부를 밟고 지나간다. 나는 천천히 눈을 뜬다. 흐릿한 구름의 장벽이 회색 하늘에 무겁게 드리웠고 회색빛 눈이 내리고 있다.

한 사람이 내 앞에 서 있다. 커다란 검은 망토에 두건까지 뒤집어쓰고 있어서 얼굴이 보이지 않았다. 하지만 바람이 휘몰아쳐서 그의 두건을 건드리자, 무서울 만큼 커다란 붉은

코와 섬뜩한 입술, 시체처럼 창백하게 회칠한 피부와 핏발이
선 누런 눈동자를 볼 수 있었다. 악의와 피곤의 표정을 가진,
음침하고도 소름끼치는 얼굴이었다.

"당신은 누구야?" 하고 내가 좀 떨리는 목소리로 묻는다.

"당신은 반두의 여왕이지" 하고 그가 대답한다. 그러나 그
말투는 어딘지 모르게 조롱하는 것처럼 들린다.

"그들은 어디 있는 거지? 내 친구들, 나를 여왕이게 해주
었던 자들, 지금까지 항상 내 곁에 머물렀던 친구들 말이야."
나는 외친다.

"그들은 이제 없어. 그들은 이제 당신의 친구가 아니야."
그의 목소리가 바람 속에서 딱딱 끊어지며 들린다.

"우리는 당신을 사랑해서, 우리의 종족도 아닌 당신을 여
왕으로 만들어주었지. 우리는 당신이 오랫동안 반두에서 살
도록 해주었어. 우리는 당신을 사랑해서, 원래 있던 우리들
의 왕도 쫓아내버렸지. 그리고 당신은 웃었어. 우리는 당신
을 사랑해서, 당신을 항상 웃게 해주었지. 우리는 당신을 사
랑했는데, 하지만 봐, 당신이 한 짓을!"

그는 긴 팔을 들어 등을 보인 채 바다에 둥둥 떠 있는 사내
아이의 몸을 가리킨다.

"아니야, 저건 내가 한 짓이 아니야!"

"아니, 맞아, 당신이 한 짓이야. 당신 자신만이 그걸 모르고 있을 뿐이지."

그는 소름끼치는 표정으로 히죽 웃음을 띠었다.

"당신에게 여동생이 태어난 것이 맞잖아, 안 그래?"

"그렇지만…… 여동생은 아직 집에 오지 않았어. 누구도 그 아이가 어디 있는지 몰라, 나는 여동생을 한 번도 본 일이 없단 말이야!"

"아니, 당신은 여동생을 보았지."

그는 말을 하면서 비린내 나는 해초를 이용해 내 팔다리와 몸통을 꽁꽁 묶는다. 그리고 어디선가 작은 배를 하나 모래 위로 질질 끌고 온다.

"기차를 타고 가면서, 보트 위에 있는 흰 원피스 입은 소녀를 보았잖아."

"난 그게 누군지 몰랐어! 나는 그 소녀를 보기를 원하지 않았다고! 난 여동생이 태어나기를 바라지도 않았어!"

하지만 그는 나를 가볍게 들어 배에 눕힌다. 온몸이 묶인 나는 팔다리를 움직일 수도, 일어나 앉을 수도 없다. 내 입은 자유로웠기 때문에 나는 비명을 지르면서 소리친다.

"여동생은 태어나지 않았어! 나는 그애가 어디 있는지 몰라! 나는 그애가 오는 걸 원하지 않았어!"

하지만 그는 대꾸를 하지 않는다. 오직 자신의 일에만 열중한다. 그는 내가 탄 배를 끌고 바다를 향해 간다.

"그래서 우리는 당신을 다시 돌려보내기로 결정한 거야" 하고 그는 심판을 내리듯이 단호하게 말한다. "이제 우리는 새로운 〈쥐의 왕〉을 원하니까."

"여동생이 아주 집에 오지 않는다면, 영원히 우리에게 오지 않는다면, 그러면 얼이는 다시 살아오는 건가요?" 하고 내가 아버지의 등뒤에 대고 묻는다. "정말로 그렇게 되는 건가요?"

"그런 바보 같은 말 하는 거 아니야."

아버지는 화를 내면서 방을 나간다. 아버지의 등뒤에서 문이 닫힌다. 밤은 다른 밤보다 더욱 어둡다. 내가 아는 밤 중에서 가장 어두운 밤이다. 눈발은 점점 거세게 날린다. 구름이 더욱 짙어지고 세상은 재를 뒤집어쓴 듯 어두워진다. 나는 눈을 비비고 싶지만 손이 묶여 있어서 그럴 수가 없다. 어느덧 나는 바다 위에 떠서 파도에 이리저리 흔들리고 있다. 검은 망토의 남자는 내가 탄 배를 더욱더 먼 바다를 향해서 민다.

가장 먼 바다를 향해서 민다.

나는 혼자다.

"머리가 길게 자라면 이제는 이걸 입고 다녀." 어머니와 여동생의 장례식이 끝난 후, 누나는 옷장 서랍을 열고 흰색 원피스를 내게 꺼내준다. "어린 여자아이를 잡아간다는 악령 이야기는 마술사가 꾸며낸 미신일 뿐이니까 겁낼 필요 없어. 더이상 사내아이 흉내를 낼 필요도 없어."

　사람은 아주 오랜 시간이 흐른 다음에 어린 시절의 친구를 만나는 경우가 있다. 하지만 항상 알아보는 것은 아니다.
　얼이는 내 엽서에 아무런 답장을 보내지는 않았지만 마을에 온 적이 한 번 있었다. 무슨 일로 왔는지는 알 수 없다. 적어도 자신이 살던 집이나 우리 병원을 찾기 위해서는 아니었다. 만약 그랬다면 내 방 창 아래로 그애의 모습을 볼 수 있었을 테니까. 얼이는 철교 앞의 철둑길에 서 있었다. 나는 그애가 얼이인 것을 금세 알아보았다. 얼이는 어린 시절의 모습에서 크기만 확대된 상태였다. 여전히 깡말랐으며 머리털도 밤송이 같았고 호랑이 눈처럼 노란기가 도는 두 눈동자는 여전히 앞으로 조금 튀어나와 있었다. 심지어 입고 있는 옷도 목 부분에 방사형으로 무늬가 들어간, 낡아서 하늘하늘해진 바로 그 푸른 스웨터였다. 마을을 떠나던 그날 이후로 단 한 번도 옷을 바꿔 입지 않은 듯했다. 짧은 소매 아래로 불그스름하게 피부병이 걸린 마른 손목이 불쑥 튀어나와 있었다.

얼이는 침목 위에 두 다리를 살짝 벌리고 서 있었다. 아무 것도 들지 않은 빈손이었다. 그 자세로 주변을 둘러보다가 나와 눈이 마주쳤다(그애의 눈동자는 항상 그랬듯 자신이 보는 것보다 더 멀리 있는 사물에 고정되어 있었다). 나는 쥐처럼 나직한 소리로 웃었다. 나는 그애가 날 알아본 것이라 생각했다. 그래서 너무도 당연하게, 나는 얼이가 예전에 그러던 것처럼 시궁쥐의 흉내를 내면서 침목을 깡충깡충 뛰어 나에게로 다가올 것이라고 기대했으나, 얼이는 그러지 않았다. 나는 기다리고 있었다. 얼이가 나에게 말을 걸면, 설명해주리라. 나는 아프다고, 오래오래 아팠다고, 그래서 집으로 돌아와 있는데, 옳은 결정이었는지는 알 수가 없다고. 아마도 조만간 나는 다시 내가 살던 곳으로 돌아갈지도 모른다고. 아 참, 너에게 엽서를 썼는데 왜 답장을 해주지 않았느냐고 물어보는 것도 잊으면 안 되겠지. 하지만 묻기도 전에 난 이미 이유를 알고 있기도 했다. 얼이는 한글을 쓸 줄도 읽을 줄도 몰랐다. 나는 그만 그 사실을 깜박 잊었던 것이다.

그런데 얼이는 나에게 아무런 말도 걸지 않았다. 한참 동안 나를 쳐다보기만 하던 얼이는, 마치 내가 그 자리에 없다는 듯이 나를 그대로 지나쳐서 기찻길을 따라서 걸어갔다. 얼이는 걸어서 마을을 떠나고 있었다. 얼이는 위태로운 철교 위를 흔들흔들 걸어서 갔다. 얼이는 강물 위를 걸어갔다. 두 팔을 휘적휘적 흔들면서, 뒤돌아보지 않고 낮은 회색 구름을 밟고 갔다. 회색 눈송이들이 내 얼굴에 내려앉았다. 새털처럼 가벼운 작은 발을 가진 축축한 초현실의 생물체들. 나는 춥지 않았다. 나는 한 번도 추웠던 적이 없다. 세 개의 스웨터와 세 개의 두꺼운 치마를 겹쳐 입고, 발목까지 오는 두꺼운 누더기 외투 위에 다 떨어진 담요를 둘둘 두르고 있기 때문이다. 얼굴 주변에서 검은 불꽃처럼 휘날리는 산발 머리에 열이 오른 듯 번들거리는 둥그런 붉은 얼굴.

얼이의 뒷모습이 산등성이를 돌아 완전히 보이지 않게 된 다음에야 나는 누워 있던 침목 위에서 일어섰다. 내 키는 침목을 훌쩍 넘을 정도로 자라 있었다. 얼이는 내가 사내아이로 변장한 채 살던 시절에 나를 알았다. 얼이는 마을의 미친 여자가 누구인지 알아보지 못했다. 단지 내 얼굴, 내 웃음이 그의 어머니의 것과 같았기 때문에, 그는 영영 떠나기 전 나를 오래오래 바라보았다.

1979

아이를 낳아야겠어요, 하고 그들이 결혼하던 날 교사는 아내가 된 여자에게 말했다. 당신도 알다시피 나는 이미 마흔네 살이니, 서둘러야 합니다. 시간이 별로 없어요.

그리고 이듬해 봄 어느 일요일, 교사는 딸을 가슴에 안은 아내와 함께 과수원집으로 갔다. 교사의 반 학생인 네 명의 소녀도 동행했다. 운이 나쁘게도 춥고 건조하며 쓸쓸한 봄이었다. 가족들은 집 앞에서 버스에 올라탔고, 아내가 아이를 안고 좌석에 앉아 있는 동안 출입문 근처에 바싹 붙어 서서 창밖을 뚫어져라 노려보고 있던 교사는, 소녀들이 기다리기로 한 버스 정류장에 도착하자 상반신을 버스 뒷문 밖으로 반이나 죽 내밀고 전신주 아래에 옹기종기 모여 있는 소녀들을 손짓해 불렀다. 소녀들은 교사의 기대를 저버리지 않고 재빨리 조르르 모여서 한 명씩 버스에 올라탔다. 체구가 비슷하고 외모도 비슷비슷한 네 명의 소녀는 나중에 알아차린 사실이지만 목소리나 머리 모양이나 옷차림까지도 서로 약속한 듯 어떤 동일한 유형을 갖고 있었다. 교사는 네 명의 소녀를 신기한 듯 관찰했다. 그가 담임을 맡고 있는 팔십여 명을 한 교실에서 한꺼번에 볼 때와는 매우 색다른 느낌이었다. 버스에 올라탄 소녀들은 수줍어하면서 고개를 숙였고, 교사와 정면으로 눈을 마주치려 하지 않았다. 소녀들은 다들 말수가 적었고 목이 가늘며 태도가 고분고분했다. 옷깃 사이로 드러난 목덜미에는 소름이 돋아 있었다. 모두 비슷한 모양의 운동화를 신었고 면바지와 티셔츠, 재킷 차림에 등에는 천 배낭을 멨다. 배낭에는 그날 점심에 먹을 도시락이 들어 있을 것이다. 교사가 도시락을 준비해오라고 시켰기 때문이다. 과수원에 딸린 교사의 과수원집에는 주방이 설치되어 있긴 했으나 아직은 음식 재료들을 갖다놓지 못해서 요리를 할 수는 없었다. 차 정도나 끓이는 것이 고작이었다. 소녀 한 명은 회색 체크무늬의 봄나들이용 모자를 손에 들고 있었다. 차양이 달린 얇은 천의 체크무늬 모자는 소녀에게는 좀 커 보였고, 싸늘한 바람이 부는데다 구름 사이로 파리한 햇빛이 흐릿하게 비치는 우중충한 날씨에는 어울리지도 않았다. 버스에는 빈자리가 하나도 남아 있지 않았으므로 소녀들은 교사와 함께 서 있었다. 함께라고는 하지만 교사에게서 약간 떨어진 곳에서 자기들끼리 머리를 맞대고 비밀을 나누듯이 소곤거렸고, 간혹 그중의 한 명이 입을 가리고 나직하게 웃기도 했다. 버스가 달리는 내내 별말 없이 창밖을 내다보는 아내의 팔에서 딸은 축 늘어진 자세로 잠들어 있었다. 꿈속에서 굶주림 혹은 몸뚱이가 검은 괴수를 만날 때마다 딸의 팔다리가 경련하듯 떨렸다. 간혹 딸은 병든 고양이 소리로 짧게 울었으나 버스의 요란한 엔진 소음 때문에 교사의 귀에는 아무것도 들리지 않았다.

　과수원은 버스 종점에서 이십여 분을 걸어가야만 했다. 과수원이라고 불리는 그곳은 완만한 경사를 이룬 황량한 산비탈, 아무것도 심지 않은 흐릿한 갈색 땅이었다. 그곳은 비 내린 다음에 땅 위로 기어나온 거대 지렁이처럼, 털 없는 피부를 스산하게 드러내고 죽어 있었다. 버스 종점의 지명이 과수원이었기에 사람들은 그 황무지를 과수원이라고 불렀다. 달리 이름이 없었기 때문이다. 교사에게 땅을 판 부동산 업자는 가까운 곳에 어느 부유한 여자 영화배우가 별장을 지을 예정이라고 알려주었다. 부유할 뿐 아니라 유명한 여배우라서, 모든 사람이 그녀의 이름을 안다고 했다. 정말일까? 정말로 그런 여배우가 이 황량한 곳에 별장을 지으려 할까? 분명하다고 부동산 업자는 장담했다. 여배우의 대리인이 별장을 지을 땅을 구입했으며, 여배우가 고용한 유명한 건축가가 몇 번이나 와서 설계를 위한 기초 작업을 했다는 것이다. 그 별장에는 야외 풀장이 설치될 것이라고 했다. 어쩌면 말도 한두 마리 기르게 될지도 모른다. 여배우가 승마를 좋아한다고 하니 말이다. 하지만 교사가 그곳에 땅을 산 것은 영화배우나 그녀의 야외 풀장 때문이 아니라, 적어도 주말만이라도 도시의 숨막히는 방 하나짜리 아파트를 떠나 탁 트인 전원에서 머물고 싶다는 오래된 꿈 때문이었다. 물론 그곳은 분명 도시는 아니었지만 당장은 전원이라는 이름에도 역시 어울리지 않았다. 방 한 칸과 손바닥만한 거실과 좁아터진 주방이 전부인 교사의 작은 벽돌집은 말라 죽은 마지막 살구나무를 뽑아낸 평평한 빈터 바로 곁에 있었다. 집을 짓기 위해서 인부들이 땅을 팔 때 흙더미 속에서 말의 유골이 나왔다.

그해 교사가 맡은 반에는 팔십일 명의 아이가 있었는데 소녀가 사십일 명, 소년이 사십 명이었다. 아니 어쩌면 소녀가 사십 명이고 소년이 사십일 명인지도 모르겠다. 첫날 그들은 마치 푸른 풍뎅이와 붉은 풍뎅이들이 오직 색깔 때문에 서로를 경계하듯이, 그렇게 복도 양쪽으로 나뉘어서 몰려 서 있었다. 정전기를 일으키는 비슷비슷하게 거칠고 건조한 천에 싸인 채 흐릿한 몸냄새를 풍기는 여든 개의 작은 육신이 두 종류의 무의식을 주장하며 교사를 사이에 두고 마치 길처럼, 두 갈래로 나뉘었다.

교사는 교실의 오른쪽 절반을 소녀들에게, 왼쪽 절반을 소년들에게 할당했다. 아직은 서로 잘 알지 못하기 때문에 아이들은 항상 조용했고, 간혹 연필이 바닥에 떨어져 도르르 굴러가는 소리만이 교사의 강의 사이사이 마치 말의 주인처럼 자리잡는 침묵을 깨뜨릴 뿐이었다.

아침마다 교사는 낮은 담장들로 이루어진 골목길을 걸어 학교로 출근했다. 개천을 따라 서 있는 거친 회색 벽돌담들은 희미한 구취를 풍기는 차갑고 편평한 입이었다. 그 입에서는 소리들이 흘러나왔다. 잘 가요. 잘 있어요. 그리고 꽝당 하고 문이 닫히는 소리. 신문지 찢어지는 소리. 인스턴트커피 병이 달그락거리는 소리. 교사는 익숙하면서도 정체불명인 그것들 사이를 통과했다. 젊은 여인이여, 내가 편지를 보낼 수 있도록 주소를 가르쳐주시겠어요? 하는 물음이 있었고, 이어서 대답이 들려왔다. 나에게 어떤 편지도 보내지 말아요, 나는 아직 열두 살이에요. 어떤 집에서는 이유를 알 수 없는 흰 깃발이 펄럭였다.

교사의 반에서 가장 키가 큰 아이는 소녀였다. 다른 아이
들보다 머리 하나는 더 컸고, 성인 남자치고는 작은 편인 교
사와 거의 비슷할 정도였다. 그 나이의 아이들은 성장이 빠
르기 때문에 여름방학이 지나고 나면 어쩌면 교사보다 더 크
게 자랄지도 몰랐다.

하지만 아침이면 작고 낮은 대문을 나서기 위해서 아직은
허리를 깊이 구부릴 필요가 없는 다른 대부분의 아이들에게
소녀는 엉거주춤 걷는, 미숙한 거인처럼 보였다.

교사에게는 스무 살 가까이 나이 차이가 나는 남동생이 있
었다. 교사와는 달리 남동생은 피부가 창백하고 몸이 가늘
고 길었다. 남동생은 결핵에 걸리는 바람에 고등학교를 중퇴
하고 몇 년 동안이나 집안에서만 지냈는데, 그동안 남동생이
무엇을 생각했는지 교사는 알지 못했다. 가족들이 모두 말하
기를, 남동생은 편지를 쓰면서 시간을 보낸다고 했다. 하지
만 남동생의 편지는 누군가에게 보내는 것이 아니었다. 남동
생이 단 한 번도 편지를 부치기 위해 우체국으로 간 적이 없
었기 때문이다. 다른 누군가에게 편지를 부쳐달라고 부탁하
지도 않았다. 물론 남동생에게 편지가 온 적도 한 번도 없었
다. 그것은 어쩌면 당연했다. 아무도 남동생을 몰랐다. 가족

들 말고는 남동생이 거기 있다는 사실을 아는 사람은 없었다. 다섯 명이나 되는 누이가 모두 결혼하여 집을 떠나고 나자 이제는 남동생이 쓰는 편지에 관심을 갖는 사람도 없어졌다. 이제는 가족들조차 남동생을 희미하게만 기억했고, 간혹 남동생에 대해서 이야기할 때면 무의식중에 과거형을 사용하는 가족들을 이상하게 여겼던 교사조차도 어느새 마찬가지로 과거형으로 말하곤 했다. 남동생의 편지에 대해서 이야기하는 가족은 이제 아무도 없었다. 그래도 교사는 일주일에 한 번씩 규칙적으로 남동생에게 전화를 걸었고, 불편한 곳은 없는지, 음식은 충분한지를 물었다. 남동생은 항상 똑같은 대답을 했다. 불편한 곳은 없으며, 음식은 충분하다고. 전화선 저편의 목소리는 항상 또렷했지만, 날이 갈수록 육체성을 상실했으며 모서리와 윤곽만으로 내용 없는 내용을 전달했다.

키 큰 소녀는 몸도 그만큼 성숙했기 때문에, 종종 사람들은 열두 살인 소녀를 성인 여자로 오해하기도 했다. 소녀가 책가방을 들지 않고 방과후에 어머니의 심부름을 가거나 할 때, 배달을 다녀오는 중국집 종업원이나 가스 검침원, 나이든 고시생과 같은 남자들이 소녀에게 다가가 말을 걸었고 커피, 혹은 좀더 대담한 경우라면 술을 한잔 사주겠다고 제안했다. 나는 열두 살이에요, 라고 소녀가 말하면 남자들은 거절하기 위해서 꾸며낸 서툴고 불쾌한 거짓말이라고 생각했다.

말의 유골은 목이 부러져 있었다. 인부 중의 한 사람이 하얗게 빛나는 길고 커다란 해골을 교사에게 내밀었으나 교사는 손을 저어 거절했다. 그러자 인부는 기쁨을 감추지 않으면서 해골을 자신의 집으로 가져가기 위해 커다란 자루에 담으려고 애썼다.

수업이 끝나면 소년들 중 몇몇은 말없이 소녀들의 뒤를 따라갔다. 아이들이 다니는 좁은 골목의 그늘진 길은 빗물과 하수 때문에 언제나 늪처럼 질척거렸고 문이 완전히 닫히지 않는 공중변소와 같은 냄새가 풍겼다. 투명한 푸른 벌레가 소녀들의 눈높이에서 날아다녔다. 한 소녀가 입에서 껌을 꺼내 손바닥 위에서 돌돌 만 다음 가장 친한 다른 소녀의 입속에 넣어주었고, 그 소녀는 잠시 그 껌을 씹은 뒤 마찬가지 방식으로 세번째 소녀에게 껌을 넘겼다. 그렇게 소녀들은 하나의 껌을 돌아가며 씹었고, 낡고 오래된 담장의 뜨끈한 구멍 속으로 손가락을 넣었으며, 물웅덩이가 나타날 때마다 손을 잡고 나란히 쪼그리고 앉아 거무스름한 수면에 비친 자신들의 거무스름한 얼굴을 오래오래 들여다보았다. 이윽고 마지막 모퉁이에 도달한 소녀들은 손을 흔들고 각자의 집 방향으로 흩어졌다. 그때 소년들은 말없이 낮은 담장에 몸을 찰싹 붙인 채 보이지 않는 풍뎅이를 관찰하는 척하면서, 자신을 스쳐지나가는 소녀들의 머리카락에서 풍기는 희미한 냄새에 집중했다.

키 큰 소녀의 뒤를 따라가는 소년은 아무도 없었다. 그것은 아마도 키 큰 소녀가 다른 소녀들과 어울리지 않고 늘 혼자 집으로 돌아가기 때문일 것이다. 홀로 걸어가는 소녀의 뒤를 따라가는 것은 저녁 땅거미를 밟으며 집을 떠날 때처럼 막연한 불안감을 유발했다. 키 큰 소녀는 그 누구와도 껌을 나누지 않았고, 담장 구멍 속으로 손가락을 넣는 일도 없었으며, 물웅덩이 가에 쭈그리고 앉지도 않았다. 키 큰 소녀는 빠르게 홀로 걸었다. 몇몇 소년이 경외에 찬 시선으로 지켜보는 사이, 키 큰 소녀는 저 먼 모퉁이를 돌아 정체 모를 흰 깃발 너머로 사라지곤 했다.

말의 해골이 지나치게 넓적했으므로 인부는 자루의 주둥이를 완전히 동여맬 수가 없었다. 자루 밖으로 불쑥 튀어나온 흰 말의 주둥이가 햇빛 속에서 비죽거리며 웃었다. 그대로 어서 집으로 가져가요, 하고 교사는 인부에게 손짓으로 말했다.

그런 농담은 조금도 우습지 않아요, 하고 기분이 상한 남자들은 키 큰 소녀를 향해 화난 표정을 지어 보였다. 싫으면

싫다고 할 것이지 열두 살이라니, 누굴 바보로 아나.

과수원집에 도착한 교사와 네 명의 소녀는 준비해온 도시락을 꺼내서 점심식사를 했다. 네 명의 소녀는 모두 김밥과 음료수를 싸왔다. 소녀들은 수줍게 입을 오물거리며 인형처럼 소리내지 않고 김밥을 먹었다. 교사의 아내가 잠든 아이를 방에 눕힌 다음 소녀들에게 차와 과일을 내주었다. 식사가 끝나자 교사는 소녀들에게 아침 내내 궁금했던 것을 물었다. 왜 너희들은 키 큰 소녀를 데려오지 않은 거지? 예상하지 못한 질문에 소녀들의 얼굴에는 잠시 미소가 사라졌다. 소녀들은 서로 얼굴을 마주보았다. 누군가가 대답을 해야 하는데 그 누군가가 누구여야 하는지 결정하지 못하는 눈치였다. 뭐라고 대답해야 하는지 모르는 것 또한 마찬가지였다.

지난주에 교사는 남동생에게 전화를 걸어서, 이번 일요일에 아이들을 데리고 처음으로 과수원집에 갈 예정이라고 말했다.

"아이들을 모두 데리고 갈 생각입니까?"

동생이 물었다.

"그건 당연히 불가능하지. 너도 알다시피 과수원집은 손바닥보다 작은데 내가 맡은 학급 아이들은 팔십 명이나 되니까, 아니 정확히 말하면 팔십일 명인데, 매주 네 명씩 데리고 간다면 도중에 날씨가 나빠서 갈 수 없는 날이나 방학 때를 제외한다고 해도 겨울까지는 모든 아이를 한 번씩은 데려갈 수 있을 거야."

"농장에 가면 무엇이 있습니까? 꽃이나 동물들이 있나요?"

"아직은 아무것도 없어. 나무 한 그루조차 심을 여유가 없었지. 하지만 이제 차츰 나아질 거야."

교사의 과수원집은 유명 건축가가 아니라 인근 동네의 미장이가 벽돌과 함석, 시멘트를 이용해 지었다. 미장이는 문과 창틀을 페인트로 칠했고, 교사가 부탁하지도 않았는데 군이 시멘트가 마르기 전 외벽에 흙손으로 물결무늬까지 능숙하게 새겨넣었다.

집이 완성된 날 교사는 서울의 방 한 칸짜리 아파트에서 아내와 딸과 함께 잠을 자면서 꿈을 꾸었다. 교사의 새집이 황무지 한가운데에 서 있었다. 집 주변에는 커다란 구덩이가 있었고, 구덩이 속에는 푸르스름한 물이 그득했는데 물 한가운데는 여자의 머리칼을 가진 나무가 자라났다. 교사는 두 다리를 구덩이를 향해 늘어뜨리고 물가에 앉아 있었다. 그런 것 같다고 생각될 뿐이었다. 교사의 모습은 꿈속 어디에서도 보이지 않았기 때문이다. 하지만 교사는 자신이 물가에 앉아 있다는 것을 알았다. 물속에는 길고 거무스름한 물체가 헤엄치고 있었다. 살이 찐 굵은 뱀 같기도 하고 어린아이의 몸 같기도 했다. 그때 어디선가 말이 달려왔다. 교사가 말의 모습을 채 확인하기도 전에 말은 구덩이를 훌쩍 뛰어넘어, 물가에 앉아 있는 교사의 머리 위를 뛰어넘어, 그리고 놀랍게도 방금 완성되어 채 마르지 않은 회반죽이 벽에서 주르륵 흘러내리고 있는 교사의 과수원집 함석지붕마저도 가뿐하게 뛰어넘어갔다. 말이 교사의 머리 위로 넘어가는 순간 교사는 고개를 들어 말을 올려다보았다. 말 위에는 여배우가 타고 있었다. 물론 교사는 여배우의 모습을 전혀 보지 못했으나 어쨌든 거기 여배우가 타고 있으며, 게다가 그녀가 바로 교사의 집 주변에 별장을 지을 예정이라는 그 여배우라는 사실을 알았다. 교사는 여배우의 모습을 전혀 보지 못했으나 여배우가 흰옷을 걸치고 굽이 높은 검은 구두를 신고 있으며, 한 손에는 명주실을 꼬아서 만든 묘한 장갑을 꼈고 다른 손에는 이상하게도 시장에서 산 듯한, 챙이 있는 싸구려 체크무늬 나들이용 모자를 들고 있다는 사실을 알았다.(그런데 사실 교사는 그 여배우를 몰랐고, 부동산 업자가 말한 그 이름을 한 번도 들어본 적이 없었으므로 꿈속에서 본 그녀의 얼굴이 실제 여배우의 얼굴인지 아니면 교사 자신이 상상으로 만들어낸 여인인지, 혹은 교사가 이미 알고 있기는 하

92

지만 여배우는 아닌 다른 어떤 여자의 얼굴인지는 확신할 수 없었다.) 그때 집 뒤편에서 누런 눈동자를 가진 누런 개가 한 마리 나타났다. 개는 네 다리를 각각 다른 방향으로 불규칙적으로 움직였기 때문에 앞으로 가고 있다는 사실이 신기해 보였다. 개는 그런 상태로 벙어리처럼 소리내지 않고 짖으면서 말의 뒤를 황급히 따라갔다. 모든 것은 차가운 흙먼지 속으로 사라졌다. 모든 것은 순식간에 일어났고, 순식간에 꿈의 시야에서 사라져갔다. 그러나 교사는 보았다. 말이 자신의 머리 위를 훌쩍 뛰어넘던 그 순간, 말의 배 부분에 커다랗고 하얀 구멍이 자리잡고 있었으며, 그 구멍은 마치 교사의 꿈을 비추는 엷은 가죽 거울과 같아서, 그 속에서 바로 교사 자신이 신기한 얼굴로 아래를 내려다보고 있었던 것을. 구멍 속 교사는 꿈속의 교사와 마찬가지로 물구덩이 가에 두 다리를 늘어뜨리고 앉아 있었고, 방금 완성된 작은 집이 그의 곁에 있었으며, 누런 눈동자를 가진 누런 개가 집 뒤에서 막 앞으로 뛰어나오려는 참이었다.

"그런데, 왜 아이들을 반드시 데려가려고 하는 겁니까?"

잠시 침묵이 흐른 뒤 전화기 저편에서 동생이 물었다.

"아이들은 소풍을 좋아하니까. 특히 부모들이 소풍에 데려가지 못하는 그런 아이들에게는 더더욱 소중한 경험이 될지도 모르니까."

"들어보니 아이들이 좋아할 만한 장소도 아닌 듯한데요."

"아이들은 그냥 나들이를 좋아하는 거야. 어린 시절이란 그런 법이잖아."

"어린 시절이라니, 그런 건 없습니다."

전화기 저편에서 동생이 짧게 큭큭 웃었다. 동생이 소리내어 웃는 것을 한 번도 본 적이 없는 교사는 순간 흠칫 놀랐다.

"어린 시절은 망상이에요. 자신이 어린 시절을 가졌다는 믿음은 망상이에요. 우리는 이미 성인인 채로 언제나 바로 조금 전에 태어나 지금 이 순간을 살 뿐이니까요. 그러므로 모든 기억은 망상이에요. 모든 미래도 망상이 될 거예요. 어린아이들은 모두 우리의 망상 속에서 누런 개처럼 돌아다니는 유령입니다."

키 큰 소녀는 책가방을 들고 교정을 나서려다가 혈색이 붉고 체구가 뚱뚱한 한 중년 남자와 마주쳤다. 남자는 키가 큰 소녀에게 마침 너를 만나러 가려던 참이었다, 하고 말했다. 소녀는 남자에게 고개를 숙여 인사했다. 그들은 한 동네에 사는, 서로 아는 사이였다.

"이번에 여자아이들로 합창단을 조직해서 순회공연을 떠나려고 하는데, 네가 노래를 잘하니 너를 데려가려고 한다."

중년 남자는 키 큰 소녀에게 다가오더니, 두툼한 손으로 소녀의 어깨를 친근하게 두드리며 선심을 쓰듯 말했다. 남자의 손아귀가 키 큰 소녀의 어깨를 고깃덩이처럼 주물렀다.

"아버지에게 물어보겠어요."

키 큰 소녀는 몸을 비틀어 중년 남자의 손길과 시선을 피하려 애쓰면서 대꾸했다.

"무슨 소리 하는 거냐. 이건 물어보고 말고 할 것도 없어. 너에게만 미리 말하자면, 우리 합창단은 미국에도 갈 거다. 내 딸이 살고 있는 미국 말이다."

"그래도 아버지에게 물어보겠어요."

"네 생각이 어떤지 그것만 말해보렴. 네 아버지 문제는 그 다음이야. 넌 미국에 가고 싶지 않으냐?"

"전 잘 몰라요."

"미국은 네가 알고 있는 이런 좁아터지고 곰팡내 나는 나라와는 달라. 금방이라도 전쟁이 나서 모든 것이 흙먼지 속으로 사라질 운명인 허무한 움막의 나라가 아니란 말이다. 미국은 그야말로 세계다. 가고 싶다고 아무나 어느 때고 갈 수 있는 곳이 아니란다."

"그래도 아버지에게……"

"그러면 넌, 아버지가 반대하면 미국에 가고 싶지 않단 말이냐?"

"전 잘 몰라요."

키 큰 소녀는 빠른 걸음으로 중년 남자를 지나쳐서 앞으로 걸어갔다. 그러자 남자는 소녀의 등뒤에다 대고 외쳤다.

"게다가 너는 진짜로는 아버지도 없지 않니? 그런데 누구에게 물어본다는 거냐? 미국에 가면 모든 게 달라! 아무것도 이곳과 같지 않단 말이다! 아버지 따위와도 비교가 안 되지!"

과수원집이 완성된 후 교사는 반에서 가장 성적이 좋은 여자아이를 불러서, 주말에 과수원으로 소풍을 가려 하니 네 명의 아이를 모아 오라고 시켰다. 네 명의 아이, 라고 했지만 교사는 그 말이 곧 네 명의 소녀를 의미하는 것임을 조금도 의심하지 않았다. 설명할 수는 없지만 교사는 그 네 명의 소녀 중에 키 큰 소녀도 들어 있을 것이라고 막연히 추측했다. 키 큰 소녀는 교실의 가장 뒷자리에 앉았고, 말수도 적었고, 성적도 중간 정도였지만 아마도 큰 키 때문에 교사는 첫날부터 소녀를 의식하지 않을 수 없었다. 교실의 어느 방향을 보아도, 교사의 눈에는 키 큰 소녀가 마치 교사 자신의 눈꺼풀의 그림자처럼 항상 들어왔다. 키 큰 소녀의 특징이라면 목소리가 아름다웠고, 노래 실력이 좋았다. 하지만 그 어느 것

도 소녀가 성인 여자의 평균 이상으로 큰 키를 가졌다는 특
징보다 더욱 두드러지지는 않았다. 그러나 교사의 기대와는
달리 그 일요일의 버스 정류장에 나타난 아이들 중에 키 큰
소녀는 없었다. 그래서 교사는, 이번에는 원래 소년들을 데
려가기로 했지만 마음을 바꾸어서, 월요일 수업을 마친 후에
키 큰 소녀를 직접 불러 네 명의 아이를 모아 오라고, 다가오
는 일요일에 과수원집으로 소풍을 가자고 말했다.

키 큰 소녀는 고개를 끄덕였다. 그러고는 이렇게 물었다.

"리우진을 데려가도 되나요?"

"그야 물론이지. 네가 데려가고 싶은 친한 친구들을 마음
대로 데려가도 좋아."

교사는 좀 당황하면서 대답했다. 교사는 리우진이란 여자
아이를 몰랐다. 반 아이들이 팔십 명이나 되지만, 아니 정확
히는 팔십일 명이지만, 그래도 이름 정도는 다 알고 있다고
생각했는데 키 큰 소녀의 입에서 나온 것은 아주 생소한 이름
이었다. 교사는, 그럴 가능성은 절대로 희박하지만, 자신이
아직 아이들의 이름을 미처 다 모르고 있거나, 아니면 키 큰
소녀가 다른 반 친구를 데려가고 싶어하는 거라고 생각했다.

"그런데…… 리우진이 누구지?"

할 수 없이 교사는 이렇게 직접 물어보는 편을 택했다.

"리우진은 교실 가장 앞자리에 앉는 아이예요. 그런데 교실이 너무 비좁아서 첫날 선생님이 리우진의 책상을 기둥 뒤편에 따로 만들어주셨어요……"

키 큰 소녀는 별로 놀라는 기색도 없이 차분한 목소리로 설명했다. 그제야 교사는 기억이 났다. 리우진은 반에서 가장 키가 작은 아이였다. 두번째로 키가 작은 아이보다 거의 한 뼘이나 더 작았다. 키뿐만 아니라 얼굴이나 몸집도 도저히 열두 살 아이로는 보이지 않게 어리고 작았다. 누구나 다 일곱 살 정도라고 생각했다. 사내아이처럼 짧은 머리에 항상 똑같은 무릎 길이의 반바지를 입고 학교에 왔다. 키 큰 소녀의 말대로 교사는 첫날 팔십 명, 아니 팔십일 명이나 되는 아이들에게 자리를 마련해주려 했으나 교실의 공간이 너무 비좁았다. 그래서 할 수 없이 가장 체격이 작은 리우진을—그런데 그 아이의 이름이 리우진이었단 말이지? 하지만 잠깐, 리우진은 여자아이가 아니라 사내아이였을 텐데?—일인용 책상과 함께 교실 모서리의 기둥 뒤쪽으로 옮겼던 것이다.

그런데 그 아이의 이름이 리우진이었단 말이지? 하지만 리우진은 여자아이가 아니라 사내아이였을 텐데?

"아아, 그렇구나. 내가 잠시 이름을 혼동했어."

교사는 서둘러서 변명을 했다. 그러고는 좀 주저하면서 덧

98

붙였다.

"하지만 리우진은 사내아이가 아니냐? 네가 사내애들과 더 친하게 지내는 줄은 몰랐구나. 친한 여자아이는 없는 거냐?"

"리우진은 여자아이예요."

키 큰 소녀가 대답했다.

"뭐라고?"

교사는 당황하여 얼굴이 붉어지는 것을 느꼈다. 그는 자신이 반 학생의 이름을 모르고 있을 뿐 아니라 성별까지도 혼동했다는 것에 충격을 받았다. 이십 년 넘게 교사로 일하는 동안 특별히 성실하고 훌륭했다고는 말할 수는 없지만 그래도 이런 일은 처음이었기 때문이다.

하지만 그 아이는 정말로 사내아이처럼 보였어.

"아, 이런. 내가 다른 아이와 잠시 혼동을 일으킨 거야. 물론 우리 반의 그 리우진은 사내아이가 아니라 여자아이가 맞지. 그걸 모를 수가 없지."

교사는 서둘러 변명했다.

"리우진을 데려가도 되나요?"

키 큰 소녀는 다시 한번 물었다.

"물론이지. 네가 원하는 반 친구들은 누구라도 좋아. 여자아이고 우리 반 학생이면 안 될 이유가 없단다. 친구들을 세

명까지는 데려와도 좋단다."

키 큰 소녀는 성인 여자들이나 입는 연한 분홍빛 블라우스를 입고 있었다. 어쩌면 이 아이는 아동복이 더이상 맞지 않아서 어머니나 언니 옷을 입고 온 것일지도 몰라, 하고 교사는 생각했다.

"그러면 리우진에게 물어보겠어요."

키 큰 소녀는 얌전하게 대꾸했다.

키 큰 소녀의 얼굴은 수면에 비친 키 큰 소녀 자신의 그림자와 같아서, 오랫동안 뚫어지게 바라보고 있으면 어느 순간 문득 아주 또렷한 모종의 의지와 표정이 떠오르지만, 그 찰나가 지나고 나면, 또다시 가벼운 바람이 불고, 또다시 아이가 울고, 또다시 버스가 지나가며, 또다시 들려오는 사이렌 소리, 그리하여 점차 빠른 속도로 흐릿하게 와해되는 듯하다고, 교사는 생각했다. 그러므로 소녀의 얼굴을 간직하기 위해서는 단순히 시선뿐 아니라 어떤 물리적인 행위가 필요할 것만 같았다. 예를 들자면 뺨을 새끼손가락 끝으로 짧게 쓸어보는 것 같은.

"미안하다." 교사는 얼른 사과했다. "머리카락이 눈을 가릴 것 같길래."

마치 아무 일도 일어나지 않았다는 듯이, 교사의 손가락이 얼굴에 거의 스칠 듯이 가까이 다가왔던 것을 전혀 알아차리지 못한 표정으로 키 큰 소녀는 가만히 있었다.

다음날 교사는 수업이 시작되자마자 출석부를 펼쳤다. 정말이었다. 아이들의 명단 가장 마지막에 리우진이 있었다. 하지만 리우진은 여자아이들의 명단이 아니라 사내아이들 끄트머리에 들어 있었다. 원래 그 이름은 여자아이들의 명단에 들어 있었지만, 이후 볼펜으로 죽죽 그어 지우고 사내아이들 뒤에 첨가한 것이다. 물론 그렇게 한 당사자는 교사 자신이었다. 내가 뭔가를 혼동한 것일까? 교사는 출석을 확인한다는 핑계로 교실 왼쪽 가장 앞줄, 기둥 뒤편을 살폈다. 사내아이들의 구역인 그곳에는 정말로 작은 일인용 책상이 달랑 놓여 있었다. 리우진의 자리다. 하지만 그 자리는 비어 있었다. 비어 있을 뿐만 아니라 마치 단 한 번도 사람이 앉지 않았던 자리처럼 보였다. 잊고 간 연필이나 지우개, 책상 위의 낙서, 칼로 그은 자국, 납작하게 말라붙은 껌 등 아이들의 책상에서 흔히 볼 수 있는 흔적이 전혀 없었고, 심지어는 냄새조차 없었다.

심지어는 냄새조차 없었다.

여기에 과연 리우진이라 불리는 작은 아이가, 사내아이처럼 차려입은, 교실의 왼쪽 사내아이들의 자리에 배치된, 심지어 출석부에조차 사내아이로 적혀 있는, 일곱 살처럼 보이는 열두 살 여자아이가 정말로 앉아 있었던 걸까, 교사는 문득 이런 기묘한 의문이 들었다. 그동안 단 한 번도 이 책상을, 이 기둥 뒤편을 눈여겨본 적이 없었다는 사실도 새삼 떠올랐다.

"리우진은, 오늘 결석을 했더구나."

그날 수업을 마친 후, 키 큰 소녀를 불러서 이렇게 말을 거는 교사의 목소리는 머뭇거리는 기색이 역력했다. 마치 키 큰 소녀가 갑자기 교사를 향해, 아니 리우진이라니, 그런 아이가 정말로 있다고 생각하시는 거예요? 내가 상상으로 만들어낸 아이인데 그것도 모르다니! 하고 깔깔 웃음을 터뜨릴까봐 두려워하는 것처럼. 하지만 키 큰 소녀는 아무런 대답이 없었다.

"혹시 그 아이가 왜 결석을 했는지 너는 알고 있어?"

어제와 다름없이 어머니 혹은 언니의 분홍빛 성인용 블라우스를 입은 키 큰 소녀는 잠시 주저하는 듯하더니 대답했다.

"어제 리우진에게, 일요일에 선생님의 과수원집으로 함께 가자고 말했어요."

"오, 그랬구나."

"그런데 일요일 외출은 아버지에게 물어봐야 한다고 했어요."

"그야 당연한 일이지."

"그래서 오늘 아버지를 만나러 가겠다고 말했어요."

"아버지를 만나러 간다고?"

"네."

"그 말은…… 리우진은 아버지와 함께 살지 않는다는 뜻인 거냐?"

"네, 리우진의 아버지는 다른 도시에서 일하고 있거든요. 아주 먼 곳이에요…… 아주 먼 곳이라고 말했어요."

"뭐라고, 아주 먼 곳이라고……?"

"네."

"그렇다면, 버스를 타거나 기차를 타고 가야 하는 곳……?"

"네, 그렇다고 했어요."

"그래서, 아버지에게 물어보고 오겠다고, 오늘 결석을 한 거란 말이지?"

"그럴 거예요. 아버지를 찾아가야 한다고 했으니까요."

"도무지 이해할 수가 없군. 아버지가 그렇게 멀리 있다면, 그러면 어머니나 함께 사는 다른 어른에게 물어도 상관없을 텐데. 아니면 전화를 걸어 물어봐도 되고 말이야. 혹시 리우진의 집이 어딘지 알고 있니?"

"네."

키 큰 소녀는 고개를 끄덕였다.

"그렇다면 네가 집에 가는 길에 잠시 들러서, 리우진의 다른 가족들에게 한번 물어봐주겠니? 리우진이 정말로 아버지를 찾아간 것인지, 아니면 다른 일로 학교에 나오지 못한 것인지 말이야."

교사는 하마터면, 나와 함께 가자, 내가 가서 직접 리우진의 가족을 만나봐야겠어, 하고 말할 뻔했다. 그러나 그는 수업 후에 있을 임시 교사 회의를 떠올렸고, 혀끝에서 맴도는 그 말을 간신히 억누를 수 있었다.

"네, 그렇게 할게요."

키 큰 소녀는 다시 한번 고개를 끄덕였다.

그날 오후, 교사에게는 언제나와 마찬가지로 쓸쓸한 일상이 기다리고 있었다. 분주하고 항상 시간에 쫓기면서도, 살짝 먼지가 덮인 허깨비처럼 쓸쓸한 일상. 그는 다음주에 있을 단체 예방접종과, 반공 영화 상영과, 화장실 소독과, 운동장 확장 공사와, 시골에서 올라오는 전학생들의 폭증으로 야기되는 교실 부족과, 그 해결책의 일환인 2부제 수업의 확대 운용과, 그리고 사실 이것이 중요한 안건인데, 최근 일어난 한 남교사의 여학생 성폭행 사건의 무마 방안에 관한 회의에 참석했다. 모든 것이, 살짝 먼지가 덮인 허깨비처럼. 교사는

등사기 잉크가 번진 회의 자료를 손에 들고 '교육'과 '행복'
이란 단어에 이유 없이 밑줄을 그었다. 발표가 진행되는 동
안 교사는 진지한 표정으로 듣고는 있었으나 속으로는 자신
의 행복에 대해서 생각하고 있었다. 교사의 눈에 옆자리 동
료의 책상 위에 놓인 그날 자 조간신문의 한 귀퉁이가 들어
왔다. 작은 기사의 제목이 교사의 눈길을 사로잡았다. '새처
럼 자유롭게.' 그것은 그해 일월 고국을 떠나 망명길에 올랐
고, 그동안 일시적으로 이집트와 모로코에 머물다가 이제 바
하마에 막 도착한, 하지만 자신의 비장암 치료를 위해 최종
적으로는 미국 입국을 희망하고 있는 레자 팔라비 전 국왕과
그 가족들에 관련된 내용이었다.

1979년 5월 13일 테헤란의 혁명정부는 현재 외국에 머물
고 있는 팔레비 전 국왕과 그의 아내 파라 팔라비, 아슈라프
공주, 국왕의 동생인 골람 레자 왕자 등에게 '마두르 우드 담',
즉 '새처럼 보호받지 못하는 자유'의 선고를 내렸다. 그 의미
는 야생의 새나 짐승과 마찬가지로 모든 종류의 법적 사회적
보호, 도덕적 보호, 인권의 보호에서 자유롭다는 것이다. 그리
하여 이후 그들을 죽이는 자는 누구든지 혁명재판소에서 위
임받은 임무를 이행한 셈이 된다. 그들의 시신은 아무도 거둘

의무가 없으며, 새와 짐승의 먹이로 내어주게 된다.

교사는 개천가 둑길을 따라서 걸었다. 해가 지려고 했다.
아직 어둠은 오지 않았다. 세상은 흐릿하게 늙은 붉음과 묽
은 회색 연기와 초록과 갈색이 섞인 낮은 구름, 그리고 도래
할 검은빛이 혼재해 있었다. 교사는 개천으로 내려가는 돌계
단 부근에서 문득 멈추어 섰다. 오늘은 수업을 마친 후에 남
동생에게 전화를 거는 날이었는데 임시 회의가 열리는 바람
에 그것을 잊었다는 생각이 떠올랐기 때문이다. 통화료를 절
약하기 위해서 그는 늘 집에서보다는 학교에서 전화를 거는
편이었다. 잠시 동안 교사는 지금 다시 학교로 돌아가서 전
화를 걸까, 그냥 집으로 가서 전화를 걸까 아니면 내일 학교
에 좀 일찍 출근하여 전화를 거는 편이 나을까 궁리해보았
다. 그곳은 집과 학교까지의 거리가 별 차이 없는 중간 지점
이었으므로 결정을 내리기가 쉽지 않았다. 집으로 서둘러 돌
아가야 할 이유는 없었지만, 그렇다고 반드시 오늘 동생에게
전화를 걸어야만 하는 이유가 딱히 있는 것도 아니었다. 교
사는 평소와 똑같은 질문, 불편한 곳은 없는지, 음식은 충분
한지를 물을 것이고 그러면 동생은 항상 똑같은 대답을 할
것이다. 불편한 곳은 없으며, 음식은 충분하다고. 규칙적인

행동이 몸에 밴 교사는 자신이 뭔가를 잊었다는 사실이 불편했으며, 방이 하나뿐인 집에서 딸을 돌보고 저녁을 준비하느라 분주하고 피곤한 아내 곁에서 동생과 침묵이 더 많은 무의미한 대화를 주고받는 것도 내키지 않았다. 형제간의 그런 대화를 아내가 듣고 있는 상황은 상상만 해도 땅거미를 밟으며 집을 떠나는 것처럼 불안했다. 그래서 교사는 다시 학교로 돌아가서 전화를 걸기로 마음먹었다. 그편이 아무래도 마음이 편할 것 같았다. 그때 교사의 눈에 계단 아래쪽 개천가에 모여 있는 한 무리의 아이들이 들어왔다. 아이들은 신기한 것을 발견한 듯 호기심에 가득차서 물이 줄어든 개천의 한 지점을 바라보고 있었다. 한 아이가 주저하면서 손에 든 긴 막대기를 뻗었다. 교사의 시선이 아이의 막대기를 따라 움직였다. 개천에 떠서 흘러가던 쓰레기와 찌꺼기 한 무더기가 바위틈에 걸려 있었다. 쥐라도 발견한 것일까? 그러나 아이들을 흥분시킨 것은 쥐가 아니라 쓰레기 더미에 섞여 있는 죽은 아기의 몸뚱이였다. 너무 오래 익힌 만두처럼 물에 퉁퉁 불은 얼굴에는 핏자국이 선명했으며 태어나자마자 버려진 듯 탯줄까지 달려 있는 작은 아기였다.

"그만둬, 건드리지 마!"

막대기를 든 아이가 죽은 아기의 몸을 기슭으로 끌어당기려고 하자, 교사는 자신도 모르게 큰 소리로 외치며 계단을 달려내려갔다. 아이들은 깜짝 놀랐고, 막대기를 든 아이는 저도 모르게 얼른 팔을 움츠리면서 막대기를 떨어뜨렸다. 교사는 아이들 중에서 가장 나이가 많아 보이는 한 소년, 바로 손에 막대기를 들고 있던 그 아이에게 얼른 달려가서 경찰을 불러오라고 시켰다. 그리고 나머지 아이들에게는, 죽은 아기를 절대 만지지 말고, 막대기로 건드려서도 안 된다고 말했다. 그건 무조건 안 되는 일이기 때문에, 그리고 무서운 세균이 묻을 수 있기 때문에, 라고 설명했다. 아이들은 겁에 질렸다. 전화 생각에 골몰해 있던 교사는 듣지 못했지만 아이들은 저것이 죽은 강아지인지 고양이인지 아니면 가능성은 좀 희박하지만 죽은 새끼 돼지인지 내기를 하는 중이었고, 그걸 알아본다는 핑계로, 하지만 사실은 호기심과 장난기, 정체불명의 공격성과 악의가 발동하여, 막대기로 죽은 그것의 살이 푹푹 들어갈 정도로, 필요 이상으로 가혹하게 쿡쿡 찔러댔던 것이다.

맞은편 둑길에서는 길 가던 몇몇 사람이 멈추어 서서 개천가의 이 작은 소동을 지켜보았는데, 그중에는 교사가 아는 키 큰 소녀의 얼굴이 있었다. 키 큰 소녀는 더 잘 지켜보기 위해 아예 쪼그리고 앉았으므로, 스커트 아래 허벅지 안쪽과

흰 속옷이 훤히 올려다보였다. 교사는 소녀의 얼굴이 평소와
는 좀 다르게, 붉은빛이 감도는 거무스름한 색이라고 느꼈
다. 불안을 유발하는 땅거미 때문일지도 몰랐다. 아니면 그
때가 마침 붉은빛이 감도는 거무스름한 해질녘이 막 시작된
순간이었기 때문일지도 몰랐다. 앉아 있던 소녀가 몸을 일으
킴과 동시에 교사는 반사적으로 돌계단을 뛰어올라갔다. 그
리고 어떻게 해야겠다는 구체적인 생각도 없는 채로, 좁은
둑길 위 임신한 여인이 끄는 녹슨 유모차와 주인 없는 누런
개 한 마리, 그리고 팔다 남은 주전자를 이고 집으로 돌아가
는 행상 여인네 사이를 헤치면서 반대편 둑길의 키 큰 소녀
를 뒤따르기 시작했다.

어린 시절은 망상이에요. 자신이 어린 시절을 가졌다는 믿
음은 망상이에요.

처음에 교사는 키 큰 소녀가 혼자인 줄 알았다. 하지만 곧,
소녀가 다른 한 아이와 함께 있는 것을 알아차렸다. 키 큰 소
녀보다 한참이나 더 작은 한 아이였다. 머리가 짧고 무릎까
지 오는 반바지를 입은 그 작은 아이는 어쩌면 키 큰 소녀의
남동생일지도 몰랐다. 그런데 키 큰 소녀에게 남동생이 있었
던가? 두 아이는 나란히 개천가의 둑길을 걸어갔다. 작은 아
이의 얼굴은 개천가를 지나다니는 사람들, 불안하고 기이한

빛, 누런 개, 키 큰 소녀의 분홍빛 블라우스 자락과 같은 저녁 사물들의 그늘에 가려 작고 검은 얼룩처럼 보였다.

마치 교실의 기둥 뒤편 보이지 않는 구석에 홀로 앉아 있는 아이처럼.

그제야 교사는 갑작스럽게, 저 작은 아이가 바로 리우진이라는 것을 알아차렸다. 몇 달 동안 교실에서 매일 마주쳤음이 분명한, 그러나 교사의 기억에는 이상하리만큼 거무스름하고 불분명한 인상으로만 남아 있는 아이. 일요일 외출을 허락받기 위해 아버지를 찾아 먼 곳으로 떠났다는 아이. 그러나 그것은 학교를 결석하기 위한 핑계일 뿐이고, 둑길 위에서 개천에 떠내려오는 사물들을 바라보면서 학교 없이 무료한 하루를 보내고자 원했던 아이.

교사는 반대편 둑에서 그들과 거의 나란히 걸었다. 그러면서도 아이들이 있는 쪽으로 자연스럽게 건너갈 수 있는 방법을 찾아보려고 애썼으나, 아쉽게도 다리는 물론이고 더이상은 돌계단도 보이지 않았다. 사실 이 작은 개천은 다리가 크게 필요하지 않았다. 어른이고 아이고 급할 경우 둑길의 경사면을 곧장 내려가서, 물이 많을 때라도 발목 이상을 넘지 않는 개천의 돌과 바위를 밟으며 건넌 다음 다시 반대편 둑길의 잡초 우거진 나지막한 비탈을 올라가면 되기 때문이다.

계단이 없어도 불가능한 일은 아니었다. 교사도 마침내 그렇게 하려고 했다. 언제 아이들이 방향을 돌려 담장과 담장 사이로 수없이 나 있는 좁은 골목길 틈새로 사라질지 몰랐기 때문이다. 하지만 그러다가 아이들이 자신을 발견하게 되면? 그러면 뭐라고 말해야 할지 교사는 알지 못했다. 교사의 불안은 적중하여, 사람들의 통행이 뜸한 지점에 이른 아이들은 서로 손을 마주잡더니, 정체불명의 흰 깃발이 펄럭이는 어느 작은 집 모퉁이를 돌아 어른 한 명이 간신히 지나다닐 수 있을 만큼 좁은 골목길로 사라져버렸다. 교사는 그 자리에서 개천으로 이어지는 둑길의 경사로를 다급하게 내려갔다. 이끼와 오물과 진흙 냄새가 났다. 개구리를 밟은 교사는 둑길 위로 길게 미끄러졌다. 잡초 사이에 버려진 대머리 큐피드 인형의 커다란 눈동자가 쓰러진 교사를 빤히 마주보았다. 교사는 허둥지둥 일어나 축축한 돌들을 위태롭게 디디며 얕은 개천을 건넜다. 이끼에 덮인 짙은 청록색 바위가 어스름 속에서 이빨을 드러내고 웃었다. 구름 위 어디선가 비행기가 지나가는 소리가 들렸다. 다시 반대편 둑길을 기어올라간 교사가 고개를 들자 거기 바로 코앞에 누런 개가 한 마리 서 있었다. 털뿐만 아니라 눈동자까지 누런 개였다. 깜짝 놀란 교사는 손으로 개를 쫓았다. 개는 느리게 뒤로 물러났다. 꼬리에 젖은 신문지를 덜렁덜렁 매단 개는 좀 떨어진 곳에서 계속해서 교사를 지켜보았다. 교사는 손을 털고, 흰 깃발이 달린 집을 지나 아이들이 사라진 골목으로 들어섰다. 골목은 좁고 길었으며, 마치 흙과 물과 벽돌들 스스로 숨을 쉬는 것처럼 희미한 입냄새로 가득했다. 교사는 걸었다. 아이들의 모습은 보이지 않았으나, 길이 두 갈래로 갈라지지 않는 한 그들은 교사와 같은 골목길에 머물 것이다. 문득 교사는, 자신이 원래는 동생에게 전화하기 위해 학교로 가려던 참이었다는 생각이 떠올랐다. 그리고 개천에 버려진 태아도 있었다. 어쩌면 지금쯤 경찰이 도착해서, 최초의 신고자에 해당하는 교사를 찾고 있을지도 몰랐다.

지난주에 전화했을 때 동생은 이런 말을 했다.

"나는 좀 지쳤어요. 쉬고 싶어요. 고향으로 내려갈까 해요."

그래서 교사는 대꾸해주었다.

"고향이라니, 넌 서울에서 태어났잖아."

"길이 두 갈래로 갈라지는 곳이 고향이에요."

동생은 이렇게 말했다.

정말로 길이 두 갈래로 갈라지는 곳에서 교사는 두 아이의 뒷모습을 발견했다. 아이들은 나란히 걷고 있었다. 아이들의 걸음은 놀랍도록 빨라서, 어른인 교사가 따라가기에도 벅찰 정도였다. 키 큰 소녀라면 몰라도 작은 리우진이 그토록 빨리 걸을 수 있다니 믿기 힘들었다. 교사는 거의 달리다시피 했다. 길이 또다시 두 갈래로 갈라진다면, 그때 아이들을 완전히 놓쳐버릴까봐 두려웠기 때문이다. 시간이 지날수록 어둠은 점점 무겁고 어두워졌다. 교사는 은은하게 어른거리는 키 큰 소녀의 분홍빛 블라우스를, 아니 블라우스의 분홍빛을 바라보면서 무의식적으로 걸음을 옮겼다. 분홍빛은 빠른 속도로 거무스름해졌다. 아이들의 형체가 거무스름한 빛 속에 갇혔다. 세상의 모든 사물과 색채가 빠른 속도로 거무스름해졌다. 손을 잡고 걷던 거무스름한 아이들은 낡은 담벼락 앞에서 멈추어 서더니 각자의 손가락을 담벼락의 구멍 속으로 집어넣었다. 조금 떨어진 곳에서 그것을 지켜보던 교사는 거칠고 딱딱한 흙과 광물, 바스러진 뱀의 알과 곰팡이, 죽은 애벌레의 감촉을 손가락에 느꼈다. 마침내 구멍 깊숙한 곳에 숨어든 한낮의 꿈과 같이 미끈미끈한 온기에 손끝이 닿자, 교사는 자신도 모르게 온몸을 움찔거렸다. 잠시 후 손가락을 구멍에서 꺼낸 리우진이 이번에는 자신의 입속에 손가락을 넣어 붉은 사탕을 꺼냈다. 그러더니 그것을 키 큰 소녀의 입속에 넣었다. 키 큰 소녀는 입을 벌려 그것을 받아먹으며, 손끝으로는 입가에 묻은 침과 설탕물을 닦아냈다. 키 큰 소녀는 입을 몇 번 오물거리다가 마찬가지로 손가락을 입속에 넣어, 더 작아지고 더 촉촉해진 붉은 사탕을 꺼내, 새처럼 벌린 리우진의 입속에 넣었다. 교사의 입속으로, 마치 어린 시절과도 같은 혼몽하고 은은한 단맛이 퍼졌다. 교사는 손끝으로 입가에 묻은 침과 설탕물을 닦아냈다. 그러자

어느 날 밤, 잠에서 깨어난 교사가 어둠 속을 손으로 더듬을 때 그의 침대는 텅 비고, 집안 어디에도 아내와, 마흔다섯이나 되어서 얻은 딸의 흔적이 없을 것이고

그들은 마치 처음부터 거기 없었다는 듯이 한 줄의 편지도 남기지 않고

심지어 냄새조차 없으며

"모두 우리의 망상 속에서 누런 개처럼 돌아다니는 유령입니다."

법정에서 새처럼 자유로울 권리를 선고받은 남자는 이듬해 이집트의 한 병원에서 비장의 암으로 죽고, 그들 부부의 네 아이 중 두 아이가 스스로 목숨을 끊으며

교사가 알지 못하는 고향으로 떠난다고 했던 동생은 소식이 없고

수화기 속에서는 혼선된 목소리가 들려오며

"젊은 여인이여, 내가 편지를 보낼 수 있도록 주소를 가르쳐주시겠어요?"

"나에게 어떤 편지도 보내지 말아요, 나는 아직 열두 살이에요."

그 어떤 여배우도 교사의 과수원집 부근에 수영장 딸린 저택을 짓지 않으며

"새처럼 자유로울 권리의 선고."

사람과 사람을 이어주는 것은 죽음의 전언만이 유일한 때가 곧 오리라는 사실을 아직은 전혀 알지 못하면서도

교사는 비장을 파고드는 날카로운 통증을 느꼈다.

노인 울라Noin Ula에서

"이제 곧 노인 울라에 도착한다."

차장이 지나가면서 이렇게 말했으나 등을 불편하게 구부린 채 잠이 들어 있던 나는 그 말을 듣지 못했다.

그리고 한 명의 승객이 내렸다. 배웅 나온 사람은 없었다. 창밖으로 손을 흔드는 사람도 없었다. 한동안 고요히 있던 기차는 육중한 몸체를 움직이며 다시 출발했다. 앞으로 전진하는 것이 아니라 왔던 방향으로 되돌아갔다.

노인 울라는 가장 북쪽에 있는 역이기 때문이다.

기차에서 내린 단 한 명의 승객은 나였다. 그러므로 이것은 그 누구의 꿈도 아니다.

눈이 내리고 있었다. 커다란 눈송이는 무겁고 습했다. 바람이 빠르게 휘몰아쳤다. 내가 걸친 코트는 터무니없을 정도로 크고 너무 길어서 땅바닥에 끌렸다.

그을린 듯이 거무스름한 벽돌로 지은 작은 역사 안은 의자도 없이 텅 비어 있었다. 눈은 점점 더 심하게 쏟아지는 것 같았고 사방은 급속도로 어두워졌다. 어디엔가 마을이 있을 것이다. 나는 희미한 불빛의 흔적이라도 찾아보려고 했다. 그러나 불빛 대신에 바람에 흔들리는 나무들의 그림자가 눈앞에 나타났다. 아홉 그루의 느릅나무였다. 누군가가 잎이 떨어진 죽은 겨울 느릅나무 위에 흰 모자와 흰 담요를 걸쳐놓았다. 담요 자락이 바람에 크게 펄럭였다. 그 아래서 창백한 군인들의 얼굴이 나타났다가 다시 사라졌다. 그들의 가슴에는 흰 화살이 꽂혀 있었다. 나무들이 걷고 있었다. 죽은 나무들이 비스듬하게 내리는 눈 속으로 걸어갔다. 그제야 나는 그것이 나무가 아니라 흰 담요를 걸친 키 큰 군인들이라는 것을 알아차렸다.

나는 군인들을 부르려고 했다. 마을이 어디에 있는지 물으려 했다. 하지만 그들의 뒷모습은 일순간 밤에 흡수되듯이 사라져버렸다.

손전등을 든 제복 차림의 남자 하나가 갑자기 나타났다. 그는 모자 대신 목도리로 머리를 칭칭 감고 있었다.

"원래 역에는 의자가 하나 있었는데, 사령관의 부하들이 가져가버렸어."

그 남자는 목도리 속에서 웅얼거리듯 말했다. 그러곤 좀 수상쩍다는 눈길로, 내가 입고 있는 엄청나게 긴 코트와 내 얼굴을 번갈아 쳐다보았다.

"오늘 도착하는 사람이 있다던데, 난 생각도 못했구나, 그 사람이," 남자는 잠시 어둠 속에서 쿨럭거리며 기침을 했다. "그 사람이 혼자서 여행하는 아이일 줄은."

"여기서 내리면 아버지가 있는 곳으로 날 데려가줄 사람이 마중 온다고 했어요."

나는 나를 기차에 태워준 경찰관이 했던 말을 그대로 되풀이했다.

"아버지라고?"

남자는 의아한 표정으로 되물었다.

"무슨 소리인지 모르겠다. 나는 이곳 노인 울라 역의 역장인데, 기차에서 내리는 손님을," 남자는 잠시 말을 멈추고, 과연 내가 그 손님이 맞는 걸까 잠시 궁리하는 표정이 되었다. "사령관에게 데려다주라고, 전화로 그렇게 연락받았을 뿐이야."

"그러면 사령관이 내 아버지로군요!"

"나는 그것까지는 모르겠구나. 사령관이 네 아버지인지 아닌지는 네가 더 잘 알지 않겠니."

"가장 북쪽 역에서 내리면 사람들이 날 아버지에게 데려다줄 거라는 말을 들었어요."

"네 아버지가 도대체 누군데?"

나는 아버지의 이름을 말하고 외모를 설명했다. 아버지는 거인이고, 아버지는 언덕 위에 선 느릅나무처럼 멀리서도 한눈에 들어온다고. 하지만 남자는 고개를 가로젓기만 했다.

"사령관의 이름은 난 몰라. 사령관에게 왜 이름이 필요하겠니? 사령관은 이 마을에 한 사람뿐이고, 우리는 아무도 다른 사령관을 알지 못하는데. 그러니 그냥 사령관이라고 부르면 되는 거지. 사령관은 다른 장교들처럼 군복 위에 흰 망토를 걸친단다. 하지만 절대로 그를 다른 사람과 착각할 일은 없지. 사령관은 거인이니까. 아마도 마을에서 가장 큰 사람일 거다. 하지만 그건 사령관이라면 당연한 것 아니겠니. 게다가 그의 수염은 숯처럼 새까맣고 느릅나무 가지 모양으로 펼쳐졌어. 그러나 그가 정말로 네 아버지인지 아닌지, 그건 확실하게 말할 수가 없구나."

"그러면 혹시 사령관이 아버지를 알고 있을지도 모르겠네요."

"글쎄, 그야 뭐 그럴 수도 있는 일이고, 아닐 수도 있겠지."

남자의 마지막 말은 목도리 속에서 울리는 혼잣말에 가까웠다. 역사의 문에 사람 머리만한 커다란 구식 자물통을 채운 그는 나와 함께 마을을 향해서 눈을 맞으며 걷기 시작했다.

"마을에 사령관이 있다면, 그러면 군인들도 있겠네요."

남자는 내 말에는 대답하지 않은 채 고개를 숙이고 걷기만 했다.

"조금 전에 아홉 명의 군인이 눈보라 속을 지나가는 걸 보았어요. 사령관의 부하들이었나봐요."

나는 남자에게 말했다.

"군인들은 모두 사령관의 부하가 맞지."

남자는 심드렁하게 대꾸했다.

"하지만 눈 때문에 네가 잘못 보았을 거야. 나는 아무 연락도 받지 못했고, 또 오늘은 역에 너 말고는 아무도 오지 않았단다."

눈이 쏟아졌다. 희고 축축한 눈송이는 살아 있는 새들이 되어 나에게 덤벼들었다. 화살처럼 뾰쪽한 부리를 가진 새들이었다. 나는 두 손으로 흰 새들의 몸을 헤치면서 걸었다.

나는 우리가 밤새도록 걸어야만 마을에 도착할 거라고 생각했다.

그러나 갑자기 땅에서 솟아나듯이 문이 나타났다. 낡아서 칠이 다 벗겨진 녹슨 창살문이었다. 문 뒤편은 넓은 운동장처럼 보였는데, 거무스름하게 휘몰아치며 묽은 어둠을 발산하는 밤의 눈 말고는 아무것도 보이지 않았다.

"여기는 어딘가요?"

내가 물었다.

"여긴 원래 학교였단다. 지금은 폐쇄되었고 대신 사령관의 군대가 주둔하고 있지."

남자는 주머니에서 열쇠를 꺼내 창살문에 달린 자물쇠를 열었다. 그러고 나서 나를 문안으로 들어가게 한 다음, 자신도 안으로 들어와서 다시 자물쇠를 잠그고 열쇠를 주머니 속에 넣었다.

"이쪽으로 와라."

그는 아무것도 없는 황량한 운동장을 가로질러갔다. 눈의 장막 뒤에서 흐릿한 건물의 형체가 드러났다. 평범한 사각형의 이층 콘크리트 건물이었다. 이빨 모양의 유리창이 어둠 속에서 검게 번득였다. 건물 앞에는 국기게양대가 서 있었다.

건물로 다가가자, 나는 조금 전 국기게양대처럼 보였던 것이 사실은 교수대라는 것을 알아차렸다. 동그랗게 고리를 만든 텅 빈 밧줄이 매달려 있었다.

"무서워할 것 없다."

내 표정을 눈치챈 남자가 나를 안심시키려 했다.

"저건 마을 사람들과는 관련이 없어. 흉노 때문에 사령관이 과시용으로 설치해놓은 거란다. 그냥 겁을 주자는 거지. 흉노의 침략에서 마을을 지키는 것이 사령관의 임무니까."

"흉노라고요?"

"야만인들이지."

남자는 별 감정 없이 말했다.

"야만인 침략자."

"정말 야만인이 근처에 있단 말인가요?"

"아니. 이미 오래전에 사령관이 그들을 황야 저멀리로 쫓아버렸으니까. 그들은 감히 사령관의 군인들에게 맞설 수가 없지."

"도시에는 흉노가 없어요. 사람들도 그들을 몰라요. 난 한 번도 흉노를 본 일이 없어요."

"도시 사람들이야 흉노의 존재 자체를 믿지 않겠지."

남자는 코를 훌쩍였다.

"도시 사람들은 흉노가 이미 오래전에 멸망한 부족이고 변방의 마을에 떠도는 미신일 뿐이라고 여긴다더군. 실제로 흉노를 본 사람이 없으니 다들 그렇게 생각하는 것도 당연해."

남자는 다시 한번 코를 훌쩍였다.

"흉노들은 기차나 자동차 대신 항상 말을 타고 달리는데, 절대로 말에서 떨어지는 법이 없거든. 믿기지 않긴 하지만 그들은 말 위에서 태어나. 말 위에서 활을 쏘고, 말 위에서 밥을 먹고, 그리고 죽을 때도 말 위에서 그냥 죽지. 주인이 죽으면 말은 그를 실은 채 그대로 흉노의 무덤에 함께 묻힌단다."

"그러면 실제로 흉노를 본 사람은 아무도 없단 말인가요?"

"그렇지. 하지만 그들이 무섭고 잔인한 야만인이라는 건 누구나 다 알아. 그들은 적의 두개골을 잘라 만든 사발에 산양 젖을 담아 마시고 멀쩡한 어린아이들의 눈동자에 독풀 즙을 짜넣어서 눈을 멀게 해버린다는구나. 그러나 조금도 걱정할 것 없다. 사령관의 군대가 있는 한 이곳은 안전해."

그는 다시 주머니에서 조금 전의 것보다 약간 더 작은 열쇠를 꺼내 건물 문을 열었다.

"여기서 기다려라."

역장은 컴컴한 복도를 지나 창고처럼 작은 방으로 나를 안내하며 말했다.

"나는 여기서 의자를 찾아 돌아가야 해. 사령관의 부하들이 역사의 의자를 가져가버렸거든. 그전에 네가 덮을 만한 것을 가져다주마."

그가 스위치를 올리자 천장의 침침한 전등이 켜졌다. 나무 책상과 캐비닛, 긴 의자가 있는 방이었다. 잠시 어딘가로 사라졌던 역장은 담요를 두 장 들고 와서 긴 의자 위에 펴주었다. 그러고는 오늘은 너무 늦었으니 그만 쉬고 사령관은 내일 만나라고 말했다. 창이라고는 하나도 없는 작은 방은 의외로 따스했고, 하루종일 기차 여행으로 지친 나는 잠이 들었다.

다음날 아침, 누군가가 나를 가볍게 흔드는 바람에 잠에서 깨어났다. 가장 먼저 눈에 들어온 것은 책상 위에 가득한 연필이었다.

"네가 바로 새로 왔다는 연필 깎는 아이로구나."

나를 깨운 사람은 군복을 입은 젊은 남자였는데 피부가 희고 얼굴이 조각처럼 아름다웠다. 자신을 사령관의 부관이라고 소개한 그는 자루에 가득 든 연필을 막 책상 위에 쏟아놓은 참이었다.

"한동안 연필 깎는 아이가 없어서 사령관이 몹시 불편해했단다. 자, 봐라!"

그는 연필이 가득 든 두번째 자루를 가리켰다. 길거나 짧은 연필들은 모두 하나같이 끝이 뭉툭하게 닳아 있었다.

"그런데 이제 드디어 네가 왔으니 나도 마음이 얼마나 편한지 몰라! 그동안 내가 연필을 깎으려 해보았지만 솜씨가 신통치 않았거든. 연필을 깎기에는 내 손이 너무 크고 투박해서 말이야."

"나는 연필 깎는 아이가 아니에요."

나는 그에게 말했다.

"뭐라고? 연필 깎는 아이가 아니라고?"

그는 갑자기 멍청한 표정이 되었다.

"분명히 연필 깎는 아이가 도착할 거라고 들었는데. 연필 깎는 아이가 아니라면, 그러면 넌 여긴 왜 온 거냐?"

"난 아버지를 찾으러 왔어요."

"뭐라고?"

그는 긴 속눈썹을 성급하게 깜박거렸다.

"아버지를 찾으러 왔다니?"

"이곳에 가면 아버지가 있을 거라고 들었어요."

"네 아버지가 누군데?"

나는 아버지의 이름을 말했다. 그리고 아버지의 외모에 대해서도 말했다. 아버지는 거인이고, 아버지는 언덕 위에 선 느릅나무처럼 멀리서도 한눈에 들어온다고.

"뭐라고?"

다시 한번 잠시 멍청한 표정을 지어 보이던 그는 웃음을 터뜨렸다.

"넌 조그만 거짓말쟁이로구나! 그건 사령관의 외모잖아! 거인은 흔하지 않지. 게다가 느릅나무 같은 거인이라니! 그런 거인은 아마도 이 세상에 사령관 한 명뿐일 거다. 그러니까 네 말은, 이곳의 사령관이 네 아버지라는 거냐? 그런 거짓말이 어디 있어! 게다가 사령관에게 너 같은 아이가 있다는 말은 난 들어본 적도 없다."

"그래도 날 사령관에게 데려다줄 수는 있죠?"

나는 담요에서 빠져나오면서 물었다.

"그래, 알았다. 어차피 네가 장난치는 건 다 알고 있지만, 그래도 사령관의 연필 깎는 아이인데 사령관을 한 번쯤 만나는 거야 어려운 일은 아니겠지."

"언제 사령관을 만날 수 있나요?"

"그야 사령관이 돌아와야겠지."

"사령관이 여기 없나요?"

"사령관은 오늘 새벽 급히 떠났어. 얼마 전에 사라진 아홉 명의 장교를 찾으러 갔지…… 그래서 이곳 분위기가 좀 우울한 거야."

명랑하던 태도가 사라지면서 부관은 속눈썹을 슬프게 아래로 떨구었다.

"분명 그들은 흉노에게 당했을 거야. 흉노들은 보이지 않는 곳에서 날렵하게 화살을 쏘기 때문에 화살이 사람의 가슴에 꽂히기 전까지는 그 누구도 화살을 발견하지 못한단다. 아끼던 장교들이 사라져버렸으니 사령관의 상심은 매우 컸어. 그래서 흉노의 평원으로 직접 원정을 나간 거야. 아마 며칠 후에는 돌아올 거다."

나는 하루종일 연필을 깎으면서 사령관이 돌아오기를 기다렸다. 나는 건물의 입구로 나가 흐릿한 유리문 너머로 눈 내리는 운동장을 바라보면서 연필을 깎았다.

어느 날 식당에서 소녀를 만났다. 내 또래로 보이는 소녀는 긴 머리칼을 붉은 리본으로 묶고 있었다. 소녀가 시선을 눈앞에 고정시킨 채 두 손으로 허공을 더듬으며 움직였기 때문에 나는 소녀가 눈먼 아이라는 것을 알아차렸다.

그래서 나는 소녀 곁으로 다가갔다.

"난 눈 아이야" 하고 눈먼 소녀가 먼저 말했다. "네 아버지가 사령관일지도 모른다는 소문을 들었어."

"그럴지도 몰라. 하지만 아닐 수도 있어. 사라진 장교들 중의 한 명이 진짜 내 아버지일 수도 있어."

"그들은 모두 가슴에 화살을 맞고 죽었다는 소문이 있던데."

아버지의 모습이 영원히 보이지 않게 될 것이 나는 항상 두려웠다. 내 눈에서 눈물이 흘러내렸다.

"장교들이 영영 돌아오지 않으면 사령관은 크게 분노할 거야. 아마 흉노들과 진짜 전쟁을 벌이려고 할지도 몰라" 하고 소녀가 계속 말했다. 그러곤 작고 부드러운 손으로 내 뺨의 눈물을 닦았다.

"네 아버지는 어디에 있니?"

이번에는 내가 물었다.

"난 어머니만 있어."

소녀의 얼굴에 희미한 미소가 떠올랐다.

"비밀을 지켜줄 수 있어?"

나는 그러겠다고 고개를 끄덕였다.

"내 어머니는 흉노의 마법사였어."

소녀가 말했다.

"어머니는 아무도 쏘지 않은 화살이 날아가고, 날아가지 않은 화살이 적의 가슴에 꽂히도록 할 수 있었어. 어머니가 신령에게 기도를 하면 죽은 여자의 가슴에서 젖이 솟아나기도 했단다. 하지만 이건 정말 비밀이야."

"그렇다면 네가 바로 흉노 아이로구나?"

나는 두려움과 경외심을 갖고 소녀의 얼굴을 바라보았다.

그러나 그녀는 내 얼굴과 다르지 않았다. 조금도 다르지 않았다.

"알았어, 비밀 지킬게. 그런데 넌 왜 눈이 보이지 않는 거야?"

"내 눈동자에 검은 아네모네즙을 뿌려서 눈을 멀게 만든 건 어머니야. 어머니는 내가 흉노 여왕을 위해서 젖 짜는 여자가 되기를 원했거든. 흉노 여왕은 눈먼 소녀들에게 젖 짜는 일을 시켰어. 그건 성스러운 거니까."

"여기서 난 사령관을 위해서 연필을 깎아" 하고 나는 마치 그것이 비밀인 것처럼 속삭이며 털어놓았다. "이건 성스러운 일은 아니지만 그리 힘들지도 않아. 눈에 검은 아네모네즙을 짜넣을 필요도 없고. 그런데 넌 사령관을 본 일이 있니?"

"아니 없어." 눈먼 소녀는 고개를 가로저었다. "난 눈이 멀어서 그를 볼 수 없어. 하지만 사령관이 거인이라는 말을 들었어."

아버지는 거인이었다.

아버지는 언덕 위에 선 느릅나무처럼, 멀리서도 한눈에 알아볼 수가 있었다.

다음날 내가 텅 빈 식당으로 내려갔을 때, 소녀는 조금 더 자라 있었다. 여전히 머리에는 붉은 리본을 묶고 있었지만 소녀는 몸집도 커졌고 얼굴도 약간 바뀌었다.

"나는 빨리 자라" 하고 내 놀라움을 눈치챈 눈먼 소녀가 말했다. "아침에 일어나면 내 몸은 어제와는 달라져 있거든."

"아! 그렇담 넌 내가 갖지 못한 걸 가진 거야."

나는 그녀가 감탄스러웠다.

"내 어머니는 마법사였기 때문에, 그 어디로도 가지 않았는데도 그 자리에서 모습이 스윽 사라져버릴 때가 있었어."

소녀는 밥을 먹으면서 마치 비밀을 털어놓듯이 목소리를 죽여서 속삭였다.

"그리고 며칠 혹은 몇 주일이 지난 이후에 다시 그 자리로 스윽 되돌아오곤 했어. 눈에 보이지 않았던 동안 어머니는 실제로 다른 어떤 장소로 떠나버리는 거야. 어머니는 그것을 여행이라고 불렀어. 하지만 그 누구도 어머니가 여행을 떠나는 곳이 어디인지 알지 못했어. 어머니 자신도 기억하지 못했으니까. 어디로 가서 어떤 일을 겪고 보았는지 꿈처럼 어렴풋하게만 느낀다고 했어. 언젠가 그렇게 사라진 다음에 다시 돌아올 때 어머니는 혼자가 아니었다고 해."

눈먼 소녀는 머리칼을 묶은 리본 자락을 만지작거렸다.

"어머니의 품에는 아기인 내가 안겨 있었다고 들었어. 그게 나의 탄생이야."

"그러면 너는 여기서 무엇을 찾고 있어?"

"난 아버지를 찾고 있어."

눈먼 소녀는 말했다.

"어느 날 어머니는 그렇게 여행을 떠난 이후에 영영 돌아오지 않았어. 어머니가 사라진 자리에는 어머니가 머리에 묶고 다니던 리본만이 남았단다. 그래서 난 길을 떠난 거야. 강물의 얼음이 녹은 어느 날 여왕이 양떼와 말들을 몰고 여름 목초지를 찾아갈 때, 나는 어머니의 리본으로 머리를 묶고 반대 방향으로 걸었어. 그것이 나의 첫번째 여행이었지. 그렇게 난 이 마을에 오게 된 것이고."

"그러면 네 아버지도 사라진 장교들 중의 한 명일까? 아버지에 대해서 아는 것이 있니?"

"나는 아무것도 몰라."

소녀가 고개를 가로저었다.

"나는 아무도 모르는 여행중에 태어난 아이야. 그러니 아버지가 날 알아보기만을 기다려야 해."

"만약 사령관이 정말로 나의 아버지라면, 네가 아버지를 찾도록 도와달라고 부탁할 거야. 사령관이라면 모든 장교들을 한자리에 모아놓고 너를 만나게 해줄 거야. 그는 그럴 수 있을 거야."

"하지만 만약 사라진 장교들이 영영 돌아오지 않는다면, 그러면 사령관은 흉노들에게 화낼 거라는 소문을 들었어."

눈먼 소녀의 목소리는 조용하고 담담했다.

"내 어머니가 흉노의 마법사라는 것을 알면 사령관은 나에게도 화를 낼 거야. 그래서 날 도와주지 않을지도 몰라."

"그런 말은 아무에게도 하지 않을게. 난 비밀을 지켜. 네가 검은 아네모네즙 때문에 눈멀었다는 이야기도 하지 않을게. 네 얼굴만 보고 흉노 아이인지 아닌지 사람들은 알아차리지 못할 거야."

아버지를 잃어버린 후 경찰서의 미아 보호실에서 있었던 일이 문득 떠올랐다.

머리에 붉은 리본을 단 눈먼 소녀가 경찰서의 문을 나서고 있었다. 그런데 소녀의 손을 잡아끄는 것은, 비록 뒷모습뿐이지만 아버지처럼 보였다. 나는 소리를 질러서 그들을 멈추게 하려고 했다. 아버지는 뭔가 착각한 까닭에 눈먼 소녀를 나라고 믿고 데려가려는 것이 분명했다.

아버지는 눈이 멀어버린 것일까. 여왕이 아버지의 눈에 검은 아네모네즙을 뿌린 것일까.

밥을 먹은 다음 우리는 건물 입구로 가서 눈 내리는 운동장을 내다보았다. 대기는 맑고 희박하며 환한 검정이었다.

멀리서 흐릿한 그림자처럼 반짝이며 군인들이 지나갔다. 군인들은 줄을 지어 갔다. 그들은 긴 장화를 신고 흰 망토를 걸치고 있었다.

"나는 나중에 군인과 결혼하고 싶어."

유리창에 코를 박은 채 보이지 않는 눈동자로 군인들의 발소리를 응시하면서 소녀가 말했다.

"흰 망토를 걸치고 장화를 신은 군인. 검은 수염이 느릅나무 가지처럼 퍼지고 거인처럼 키가 큰 군인. 몸에서 느릅나무 냄새가 나는 군인. 하지만 만약 그렇게 되지 못한다면," 소녀는 고개를 내 쪽으로 돌리고 손가락으로 내 얼굴과 내입술을 만졌다. "만약 그렇게 되지 못한다면, 그때는 너랑 결혼할래."

우리는 어느덧 밖으로 나와 눈을 맞으며 나란히 섰는데, 발목이 드러나는 짧은 바지를 입은 소녀는 추위도 모른 채 눈 속에서 귀를 기울였다.

"사령관이 돌아오는 소리가 들리니?" 하고 내가 물었다.

"아니, 사령관이 돌아오는 소리는 없어."

멀리 눈 속으로 귀를 기울이던 소녀가 마치 어떤 비밀을 전하듯이 속삭이며 대답했다.

"화살이 하나 날아가는 소리, 그리고 수령의 무덤에 순장

당하기 전 코와 이마를 베인 소녀 노예들이 우는 소리가 들릴 뿐이야."

아버지는 거인이었다. 아버지는 언덕 위에 선 느릅나무처럼 환하고, 멀리서도 한눈에 들어왔다.

아버지는 거인이었다. 아버지는 언덕 위에 선 느릅나무처럼 환하고, 멀리서도 한눈에 들어왔다. 하지만 동시에, 마치 아버지가 읽어주는 그림책 속의 이야기처럼, 아버지는 아무것도 아니었다. 아버지는 눈보라치는 밤, 흰 담요를 뒤집어쓴 죽은 느릅나무였다. 혹은 묽고 희박한 검정이었다. 그래서 나는 아버지의 모습이 영원히 보이지 않게 될 것이 항상 두려웠다.

"지금 소식을 하나 들었는데, 어쩌면 네 아버지와 관련이 있을지도 몰라."

다음날 아침, 깎아놓은 연필을 가지러온 사령관의 부관이 기쁜 얼굴로 말했다.

"며칠 전 마을에서 좀 떨어진 들판에서 한 남자가 쓰러진 채 발견되었다는구나. 낯선 얼굴이었지만 누군가가 그를 알아보았어. 그는 여기서 걸어서 하루 정도 거리에 있는 가장 가까운 도시에서 공연하던 서커스단의 눈표범 조련사인데, 눈표범이 죽어버리는 바람에 더이상 서커스단에서 일할 수도 없게 된데다가 병까지 걸리고 말았지. 그래서 도시를 떠나는 서커스단이 아마도 그를 일부러 떨어뜨려놓고 갔을 거라는 추측이야. 무슨 이유에선지 알 수는 없지만 눈표범 조련사는 병든 몸으로 이곳 마을까지 걸어왔고, 그러다 그만 쓰러지고 말았던 거지."

이렇게 말하는 부관의 목소리는 들떴고, 얼굴은 기대감으로 환하게 빛났다.

"그런데 말이다, 사람들이 그러는데 지금 마을 진료소에 있는 그 남자가 거인이라는구나."

"거인이라고요?"

나는 멍하니 그의 얼굴을 쳐다보면서 앵무새처럼 반복했다.

"누가 말인가요?"

"누구긴 누구야, 눈표범 조련사지. 게다가 그의 수염은 숯처럼 시커먼데, 말라 죽은 느릅나무 가지처럼 이렇게 사방으로 뻗어 있다지 뭐냐."

부관은 손짓으로 수염 모양을 과장해서 그려 보였다.

"그러니 어쩌면 그 남자가 네 아버지일지도 몰라. 지금 나와 함께 마을에 가서 그 남자를 만나보는 거야. 오늘은 연필은 안 깎아도 된다."

방이 하나뿐인 초라한 진료소에는 나이든 약사 한 명이 근무하고 있었고, 침상이 하나뿐이고 환자도 한 명뿐이었다. 부관은 나를 침상 곁으로 이끌었다.

"자, 얼굴을 확인해보렴."

하지만 진료소의 약사가 흰 이불을 환자의 얼굴 위로 덮는 중이었다.

"너무 늦었어" 하고 약사가 말했다. "며칠 동안 계속 의식을 찾지 못하다가 방금 죽었거든."

죽은 환자는 정말로 거인처럼 키가 컸으므로 환자용 침상 바깥으로 맨발 두 개가 비죽 튀어나올 정도였다. 아주 커다란, 시커멓게 동상에 걸린 상처투성이 맨발이었다. 이불을 덮었음에도 불구하고 그의 몸에서는 느릅나무 냄새가 났다.

"아버지가 아니에요."

나는 부관을 향해 고개를 저어 보였다.

"아버지의 발은 저렇게 생기지 않았거든요."

"발만 보고 어떻게 안단 말이냐?"

부관은 좀 미심쩍다는 표정이었다. 그러고는 내 눈앞에서 이불을 휙 들추었다. 무섭도록 비쩍 마른 거인의 죽은 얼굴이 내 눈앞에 드러났다.

"얼굴을 확인해봐라. 정말로 수염이 나뭇가지 모양으로 자랐잖니."

"아버지가 아니에요."

나는 고개를 저었다.

돌아오는 길에 우리는 길가의 작은 돌 위에 앉아 사과를 먹었다. 사과는 부관이 진료소의 약사에게서 얻은 것이다. 부관이 문득 나를 돌아보며 물었다.

"그런데 생각해보니 지금까지 네 이름이 뭔지도 모르고 있구나. 이름이 뭐지?"

나는 사과를 씹으면서 대답했다.

"눈 아이."

"눈 아이라니, 그건 흉노의 아이 이름 같구나."

이렇게 말하면서 그는 티 없이 하얀 눈 위에 사과씨를 뱉어냈고 먼 곳을 바라보면서 휘파람을 불었다. 그러곤 덧붙였다.

"나는 나중에 돈을 많이 벌어 부자가 되고 싶어. 그러면 흉노 여자아이를 노예로 삼을 거야. 눈이 먼 아이라도 상관없어."

나는 눈 아이가 그리웠다.

사령관은 그 어떤 소문도 없이 돌아왔다. 그 어떤 깃발도 그 어떤 나팔수도 그를 수행하지 않았다. 그 어떤 백마도 그를 태우지 않았다.

사령관이 돌아왔다!

내 심장이 내 의지를 거스르며 뛰었다. 마치 내 가슴에 속하지 않은 어떤 독자적인 별처럼 스스로 점멸하고 반짝였다. 그는 사라진 장교들을 찾아서 데려온 것일까? 나는 좀더 자세히 사령관의 모습을 보기 위해서 유리창으로 다가갔다. 하지만 사령관은 혼자였다. 말은 가만히 서 있었고 사령관은 말 위에서 잠든 사람처럼 미동도 없었다. 말의 얼굴은 순록 모양의 뿔이 달린 나무껍질 마스크로 덮여 있었다. 눈이 비스듬하게 휘몰아치며 내렸다. 나는 사령관의 가슴에 꽂힌 화살을 본 듯해서 소스라치게 놀랐다. 그러면 사령관은 사라진 장교들과 마찬가지로 흰 담요를 뒤집어쓴 느릅나무가 되어 눈 속으로 사라져버리리라. 그리하여 보이지 않게 되리라. 사령관이 사라져버리기 전에 나는 문을 열고 밖으로 나갔다. 그러고는 사령관을 향해 달려갔다.

거인 사령관은 느릅나무 껍질처럼 희미하고 엷었다. 그는 앞면과 뒷면만 있고 두께는 갖지 못한 그림자처럼 보였다. 바람이 불어올 때마다 그는 흰 담요가 되어 앞뒤로 펄럭거렸다. 담요 아래서 그의 창백한 얼굴이 드러날 때, 그것은 누군가가 종이에 그려놓은 죽은 눈표범 조련사의 얼굴처럼 보였다. 눈송이가 흰 화살촉이 되어 그의 몸을 관통하면서 땅으로 낙하했다. 나는 눈보라 속에서 그를 불렀다.

"아빠!"

나는 눈 아이를 찾아다녔다. 그날 하루종일 눈 아이를 보
지 못했다. 식당에 눈 아이는 없었다. 밤이 되었으므로 눈 아
이는 아마 잠자리에 들었을 것이다. 그러나 나는 눈 아이가
잠드는 곳을 몰랐다. 마침내 내가 방으로 돌아오자, 내 잠자
리에는 놀랍게도 눈 아이가 누워 있었다. 그사이 눈 아이의
몸이 더욱 커져서 거의 내 어머니처럼 보인다는 것, 그리고
완전히 드러난 눈 아이의 왼쪽 젖가슴에서 눈처럼 흰 젖이
흘러나오고 있다는 사실도 나를 크게 놀라게 하지는 못했다.
그만큼 내 슬픔은 무겁고 컸다.

"눈 아이야, 사령관이 돌아왔어!" 하고 나는 말했다.

눈 아이는 보이지 않는 눈을 들어 나를 보았다. 그러고서
말했다.

"그거 잘됐구나."

눈 아이는 나를 안고 자신의 곁에 눕혔다. 우리는 몸을 밀
착한 채 서로를 꼭 껴안았다. 나는 눈 아이에게 소곤거렸다.

"그런데 말이야, 연필을 깎다가 문득 잠이 들었는데, 꿈속
에서 이상한 생각이 떠올랐어. 혹시 사령관이 내 아버지이면

서 동시에 네 아버지일 수도 있을까? 그가 나를 알아보면서 동시에 너를 알아볼 수도 있을까?"

"난 너무 많이 자라버렸어. 이제는 더이상 아이가 아니야. 설사 그가 내 아버지라 해도, 그는 날 알아보지 못할 거야."

눈 아이는 마치 비밀을 털어놓듯이 작은 소리로 내 귓가에 속삭였다. 그러더니 내 손을 잡아 자신의 가슴으로 이끌었다.

"봐, 내 가슴이 이렇게 커졌어."

나는 눈 아이의 가슴에서 흘러나오는 미지근하고 고소하면서 비릿한 젖을 빨아먹었다. 그렇게 스르르 잠이 들었다.

다음날 아침, 누군가가 나를 가볍게 흔드는 바람에 잠에서 깨어났다. 가장 먼저 눈에 들어온 것은 책상 위에 가득한 연필이었다. 부관이 새로운 자루에 가득 든 연필을 책상 위로 쏟고 있었다.

"어젯밤에 사령관이 돌아왔단다. 원정중에 사용한 연필이 한 자루나 되는구나. 네 일이 더 바빠졌어."

"눈 아이는 어디 있나요?"

나는 눈을 비비면서 물었다.

"그게 무슨 소리냐? 네가 눈 아이잖아."

"나도 눈 아이지만, 눈 아이도 이름이 눈 아이예요. 어젯밤에 그 눈 아이가 여기서 잠들었단 말이에요."

"알아듣질 못하겠네. 네가 아직도 잠이 덜 깼나보구나."

나는 맨발로 복도를 지나 건물 입구까지 달려갔다. 그러고 는 유리창 너머로 눈이 가득 쌓인 운동장을 내다보았다. 희 게 반짝이는 낮의 세상이 있었다. 하지만 사령관도 사령관의 말도 보이지 않았다. 운동장은 텅 비어 있었다. 어젯밤에 나 는 꿈을 꾸었던 것일까?

문을 열고 나는 밖으로 나갔다. 그러곤 눈 아이를 불렀다.

눈 아이야.

장교들이 왜 위험한 평원으로 나갔는지 처음에는 아무도 몰랐지. 그들은 모두 죽었단다. 그들은 차례차례 흉노의 화 살에 맞았어. 아무도 화살을 쏘지 않았고, 아무도 날아오는 화살을 보지 못했단다. 공기가 떨리는 소리조차 들리지 않았 어. 흉노 소녀가 그들을 향해서 걸어왔어. 흉노 소녀는 목구 멍으로 곰의 소리를 냈어. 흉노 소녀는 눈이 멀었고, 그녀의 젖가슴에서는 흰 젖이 흘러나오고 있었단다. 소녀의 몸에 난 털은 숯처럼 까맸지. 소녀의 털은 느릅나무 가지처럼 뻗어나 면서 자라 있었어. 소녀는 흉노의 여자 마법사야. 소녀는 흉 노의 젖 짜는 아이야. 소녀는 흉노 여왕의 양녀이자 노예야. 소녀는 곰의 젖을 짰고 곰과 결혼했으며, 산양의 젖을 짰고 산양과 결혼했어. 장교들이 왜 위험한 평원으로 나갔는지 처음에는 아무도 몰랐지. 흉노 소녀의 흰 가슴에서 흰 젖이 흘러넘쳤고 흰 눈 위로 떨어졌어. 장교들은 그것을 따라갔단다. 보이지 않는 화살이 날아오지 않았어. 죽은 장교들의 가슴에는 화살이 꽂혀 있었지. 아, 나는 나중에 돈을 많이 벌어 부자가 되고 싶어. 그러면 반드시 흉노 여자아이를 노예로 삼을 거야. 눈이 먼 아이라도 상관없어. 사령관은 화가 났단다. 사령관이 아들처럼 아끼던 장교들이 죽었어. 사령관은 흉노의 평원을 헤맸고, 흉노의 삼림에까지 들어갔어. 사령관은 곰을 죽여서 가죽을 벗겼고, 산양을 죽여서 가죽을 벗겼고, 흉노의 느릅나무를 죽여서 가죽을 벗겼어. 그리고 마침내 사령관은 흉노의 마법사 소녀를 찾아냈지. 눈 위에 흰 젖을 흘려서 장교들을 유인한 눈먼 소녀, 흉노 여왕의 양녀이자 노예인 소녀. 그러니 눈 아이야, 너는 절대로 뒤를 돌아보면 안 돼.

나는 뒤돌아보았다.

거기 눈 아이가 있었다. 군인들이 의자를 가져왔다. 군인들은 그녀를 의자 위에 올라가게 한 후 그녀의 머리를 교수대의 밧줄에 밀어넣었고, 노인 울라 역의 역장이 의자를 빼서 역으로 가져갔다.

"원래 역에는 의자가 하나 있었는데, 사령관의 부하들이 가져가버렸어."

눈 아이의 목이 불가능한 각도로 기울어지며, 뚝 하고 뼈
가 부러지는 소리가 들렸다. 작고 앙상한 상처투성이 맨발이
허공에 매달려 잠시 흔들렸다.

일곱 살 생일까지는 사내아이로 살지만, 일곱 살 생일이
지나면 너는 여자아이가 된단다. 나쁜 여왕이 어린 여자아이
들을 잡아가기 때문이야. 여왕은 여자아이들의 눈에 검은 아
네모네즙을 짜넣어 눈멀게 한 다음에 젖 짜는 소녀로 키우거
든. 그래서 넌 머리를 사내아이처럼 짧게 하고 다녀야 해. 사
내아이처럼 바지를 입고, 사내아이인 것처럼 말해야 해. 하
지만 일곱 살이 넘으면 이제 여왕에게 잡혀갈 위험이 사라진
셈이니 여자아이로 살아도 좋단다. 그때부터 네 머리는 검고
도 길고, 네 가슴은 하얗게 커질 거야.

나는 눈 아이의 몸 아래 떨어진 붉은 리본을 주웠다. 그날
은 내 일곱 살 생일이었다. 리본을 내 짧은 머리에 묶었다. 그
리고 나는 그대로 사라졌으므로, 이후에 노인 울라에서 나에
게 일어난 일을 아무것도 보지 못했다.

도둑 자매

처음 본 세상은 연극 무대와 같았다. 원근을 상실한 편평하고 창백한 하늘에는 반짝이는 흰 종이를 오려 붙인 태양, 어린아이가 그려놓은 듯 불안한 실루엣의 키 큰 미루나무, 아득한 흙먼지, 그리고 길 한가운데를 느리게 지나가는 거대한 흰 배.

배는 전체가 흰 꽃과 기다란 흰 천으로 덮여 있어서, 앞으로 움직일 때마다 천들이 마치 깨끗하게 잘 마른 빨래들처럼 너울거렸다. 처음에 나는, 흰 새들이 배를 가득 뒤덮은 채 거대한 날개를 일제히 펄럭인다고 생각했다. 배는 너무도 크고 높아서, 그 위에 무엇이 타고 있는지는 보이지 않았다. 하지만 배 아래 숨겨진 부분에 자동차처럼 바퀴가 달렸고, 그것들이 느리고 힘겹게 아스팔트 위를 굴러가는 것을 볼 수 있었다. 그 거대한 배를 끌고 가는 것은 무수한 사람들이었다. 그들은 모두 흰옷을 입고 있었다. 그들의 얼굴은 햇빛 아래서 고깃덩이처럼 붉었고, 땀을 흘리고 있었다. 더운 날이었기 때문이다. 햇빛이 뜨겁게 내리쬐는데 그 어디에도 그늘은 없었다. 번쩍이는 커다란 양철통을 어깨에 멘 늙수그레한 참전 군인이 그들의 곁을 따라가면서 하나뿐인 외팔을 마구 휘둘러댔다. 그리고 이해할 수 없는 말을 내뱉으면서 큰 소리로 침을 뱉고 웃었다. 검은 물이 고인 악취나는 도랑에는 죽은 강아지가 반쯤 가라앉아 있었다. 세상은 희면서 동시에 붉었고, 모든 것이 번쩍였으며, 모든 것이 환하면서 동시에 검었다.

그건 아마도 이틀 전에 내가 잃어버린 강아지가 분명했다. 그날밤, 문득 잠에서 깨었을 때, 현관으로 통하는 불투명한 유리문이 열려 있었고, 테두리가 불분명한 묽은 그림자들이 현관의 흐릿한 전구 불빛 아래 모여 서 있는 것이 모기장을 통해서 보였다. 밤의 비밀스럽고 불길한 두런거림. 도둑이 담을 넘어 들어왔고, 빨래 바구니의 옷가지와 달걀을 훔쳐갔다는 말이 얼핏 들려온 것 같았다. 도둑은 서둘러 달아나다가 현관 기둥에 걸린, 어머니가 일본에서 가져온 거무스름하게 낡은 주물 거울을 떨어뜨려 깨뜨렸으며, 모래 묻은 발자국을 현관의 푸른 타일 바닥에 어지럽게 남겼다. 그리고 강아지도 없어졌군, 하고 누군가가 말했다. 도둑이 강아지를 훔쳐간 것이 분명해.

나는 다시 잠이 들면서, 그날 낮에 내가 강아지의 목줄을 지나치게 길게 늘여서 강아지가 도랑에 빠져버렸던 일을 떠올렸다. 아직 어리고, 이름도 없는 강아지였다. 얼마 전에, 누군가가 강아지를 내 품에 안겨주었다. 아마도 그것은 내가 태어난 일을 축하하기 위한 선물이었으리라. 나는 내가 어디서 왔는지와 마찬가지로 강아지가 어디서 왔는지 몰랐다. 누군가의 손이, 구정물투성이가 된 강아지를 도랑에서 들어올렸다. 도랑에 빠졌던 강아지는 방향감각을 잃고 술 취한 듯 비틀거렸다. 곧 죽을 거다, 하고 누군가의 목소리가 말했다. 나는 강아지가 죽게 될까봐 두려웠다. 빨래통 위에 띄워둔 흰 종이배가 저절로 죽어버리듯이 그렇게. 누군가가 내게서 더러운 강아지를 받아들고는 다른 한 손으로 내 손을 잡았다.

도둑이 강아지를 훔쳐간 것이 분명해.

그러나 다음날 잠에서 깨어난 내가 물었을 때, 그건 꿈이었다고, 도둑은 들어오지 않았고, 도둑은 아무것도 훔쳐가지 않았으며, 도둑은 어머니가 일본에서 가져온 거무스름하게 낡은 주물 거울을 깨뜨리지 않았고, 도둑은 모래 묻은 발자국을 현관 곳곳에 남기지 않았고, 나는 밤중에 잠에서 깨지 않았으며, 현관으로 통하는 불투명한 유리문은 열려 있지 않았고, 나는 모기장을 통해서 묽은 밤의 그림자들을 보지 않았고, 나는 도둑에 관한 두런거림을 들은 적이 없고, 거울은 저절로 떨어져 깨졌으며, 강아지는 저절로 없어진 것이 맞고, 거울이 깨진 다음에는 원래 실제로는 아무 일도 일어나지 않는 법이니까, 왜냐하면 거울이 한번 비춘 것이 다시 세상으로 반사되지 못하므로, 일어나기로 약속된 일들은 그냥 약속으로 남고, 도둑도 없고, 따라서 강아지도 없고, 강아지는 그냥 거울 속에서 영원히 사는 것이고, 그러므로 우리는 여기 저절로 있다가, 언젠가 그레이하운드를 타러 가게될 것이라고, 한번 소리내어진 말들은 그렇게 저절로 이루어질 것이라고, 누군가의 목소리가 나에게 대답했다.

나는 도랑에 빠져 죽은 강아지를 다시 건져올려야 한다는 생각이 들었다. 수많은 사람이, 똑같은 흰옷을 입고 머리에는 흰 수건을 두른 수많은 사람이, 고깃덩이 얼굴에 땀을 흘리며 밧줄로 거대한 배를 끌고 있었다. 외팔이 군인은 양철상자를 두드리며 사탕 녹인 물과 붉은 염료를 섞어 얼린 얼음과자를 팔았다. 배는 느리게, 바퀴를 덜커덩거리며 한없이 느리게, 가슴 아플 정도로 느리게, 균일하지 않은 아스팔트의 표면을 굴러갔다. 강아지는 도랑물에 반쯤 잠겨 있었다. 내가 지나치게 길게 늘여놓은 목줄. 나는 대문을 나섰다. 도랑까지만 갈 생각이었다. 겨우 몇 발자국 거리였다. 더이상 멀리 가는 것은 두려웠다. 나는 한 번도 홀로 대문 밖을 나선 적이 없었기 때문이다. 그 순간 산더미처럼 거대한 배가 내 시야를 가렸다. 배는 죽어가는 흰 고래처럼 가쁜 숨소리를 냈다. 굴러가는 바퀴의 소음이 연약한 귀를 찢었다. 산처럼 거대한 맷돌이 귓속에서 사정없이 돌아가는 듯했다. 그것은 사람들의 함성이었던가? 항구에서 들려오는 축포 소리였던가? 해병을 실은 기차에서 들려오는 노랫소리였을까? 외팔이 군인의 욕설이었던가? 그가 양철 상자의 뚜껑을 사납게 닫는 소리였을까? 배의 몸체를 가득 뒤덮은 흰 꽃과 천들이 하늘로 날아오르며 펄럭이는 소리였던가? 시커멓게 젖은 강아지는 검은 도랑물에 반쯤 잠겨 있었다. 나는 손을 뻗어보았으나 강아지에게 닿지 않았다. 그것이 내 강아지인지 아닌지 나는 분간할 수 없었다. 강아지의 온몸은 이미 시커멓게 젖어 있었고, 강아지의 목을 칭칭 감고 있는 것이 내 분홍색 리본으로 만들어주었던 목줄인지, 아니면 도랑에 버린 죽은 쥐의 탯줄인지 알 수 없었기 때문이다. 그때 소녀가 나타났다. 열 살쯤 된 소녀는 흰 배 앞에 서 있었다. 나는 소녀가 배 위에서 훨훨 날듯이 지상으로 뛰어내린 것이라 생각했다. 소매 없는 검은 광목 원피스 차림에, 맨발에는 검은 고무신을 신고 있었다. 소녀는 이미 오래전부터 나를 보고 있었다. 나와 시선이 마주치자 소녀는 이를 드러내 보이며 활짝 웃었다. 그러자 내가 한 번도 본 일이 없는 굉장한 뻐드렁니가 드러났다. 몸매가 날렵한 회색 사냥개들이 먼지구름 속을 달려갔다. 사냥개와 비슷한 몸매의 사내아이들이 사냥개와 비슷한 표정과 몸짓으로 그 뒤를 따랐다. 언제나 말이 없고, 머리를 완전히 밀었으며, 햇빛에 탄 피부가 검고, 항상 반쯤 고개를 숙인 채 절도 있게 줄을 맞춰 걸어다니는 사내아이들, 삽을 어깨에 둘러멘, 소속을 알 수 없는 비밀의 군인들, 침묵의 무덤을 파는 사내아이들, 인근 소년 고아원의 원생들이다. 소녀가 웃으면서, 춤추는 듯한 걸음걸이로 나에게 다가왔다. 소녀는 나와 눈이 마주친 최초의 낯선 것이었다. 그 마주침으로 인해 소녀는 나이자 곧 세계가 되었다. 나는 강아지를 잊었다. 거대한 흰 배가 믿을 수 없이 느린 속도로 지나가고 있었다.

소녀는 내 손을 잡고 걸었다. 처음의 내 짐작과는 달리, 소녀는 흰 배에서 날아온 미의 여신도 아니고, 흰 배를 뒤따라가던 것도 아니었다. 소녀는 그냥 검은 광목 원피스와 검은 고무신 차림의 삐드렁니가 난 소녀, 먼지투성이 교외의 기찻길 소녀일 뿐, 너울거리는 흰 배와는 아무런 상관이 없었다. 소녀는 나를 향한 미소를 멈추지 않았다. 소녀는 길가에 앉아 고무신 속의 흙먼지를 털었고, 내 신발의 먼지도 털어주었고, 길가 우물에서 두레박으로 물을 길어 마셨으며, 내 입에도 두레박을 대어주며 한 모금을 마시게 했고, 고아원의 아치형 뾰족한 창살문 앞을 기웃거리면서 사냥개 같은 사내아이들의 뒷모습을 훔쳐보았다. 초록빛 창살문 뒤로 모래가 깔린 넓은 뜰 저 너머에 서 있는 연두색 지붕의 고아원 건물은 동화 속의 성을 연상시켰다. 그들이 건물 안으로 사라진 뒤, 모래 위에는 사냥개와 아이들이 지나간 흔적만 남았다. 햇빛에 탄 소녀의 거무스름한 얼굴이 살짝 분홍색으로 변했다. 하지만 소녀는 내 손을 놓지 않았고, 나와 눈이 마주칠 때마다 활짝 웃어 보이기를 멈추지 않았다. 포장이 되지 않은 흙길은 한여름의 먼지가 자욱했고 길가의 풀들은 말라비틀어졌으며, 물이 없는 개울에는 초록색 개구리가 커다란 파리를 잡아먹고 있었다. 소녀는 그 광경을 구경하면서 소리내어 웃었다. 해병들을 가득 실은 기차가 지나가기를 기다린 후에, 우리는 신발을 벗어 들고 뜨겁게 달구어진 철로를 맨발

로 디디며 건넜다. 용광로처럼 뜨거울 거야, 하고 소녀가 말
했다. 바람의 방향이 바뀌자 공기 중에는 희미한 강물의 악취
가 떠돌았다. 바다와 만나는 강의 하구에는 가난한 사람들의
동네가 있었다. 소녀는 치맛자락을 걷어 허벅지 위쪽의 오래
된 상처 자국을 보여주었다. 개에게 물린 자국이라고 했다.

"열흘 동안 침을 발랐더니 나았어."

소녀가 말했다. 그러더니 다시 입을 반쯤 벌리고 손가락에
맑은 침을 묻혀 상처 위에 문질렀다. 소녀는 내 몸에도 개에
게 물린 상처가 있으면 침을 발라주겠다고 했으나 나는 그런
상처가 없었다. 나는 다리가 아프고 지쳤다.

나는 이처럼 먼길을 떠나본 적이 없었다.

"내가 네 언니야."

지친 표정을 짓는 나에게 소녀가 말했다. 나는 그것이 무
엇인지 몰랐다. 하지만 소녀는 다시 말했다.

"내가 네 언니야."

그것은 마치, 내가 소녀를 영원히 따라가야 한다는 약속이
말해지는 것만 같았다. 내가 소녀의 낡고 검은 광목 원피스,
얼룩이 묻은 더러운 팔다리, 옆구리가 찢어진 검은 고무신,
허벅지의 상처, 무엇보다도 소녀의 엄청나게 커다란 뻐드렁
니에 속하게 될 거라고 말해지는 것만 같았다. 그 모두가 언

젠가 내 것이 된다고 말해지는 것만 같았다.

"내가 네 언니야."

이것이 말해졌을 때, 나는 신기하면서도 살짝 두려웠다. 하지만 소녀의 웃음은 좋았다. 축제의 대낮처럼 희고, 현관 바닥의 타일처럼 푸르고, 주물 거울처럼 거무스름한 웃음.

우리가 도착한 곳은 강 하구에서 가까운 산비탈의 작은 집이었다. 작고 초라하고 어두운 집에 비해서, 그 위를 뒤덮은 초가지붕의 풍성한 황금빛은 햇빛 아래서 금방이라도 불이 활활 붙어버릴 듯이 찬란하고 눈부셨다. 내가 한 번도 본 적이 없는 허름하고 가난한 마당으로 우리는 들어섰다. 개도 없고, 맨드라미가 핀 화단도 없고, 어린아이용 자전거도 없고, 거무스름하게 낡은 주물 거울이 걸린 푸른 타일의 현관도 없고, 포도나무도 석류나무도 없고, 향긋한 나무가 깔린 마루도 없고, 닭도 돼지도 보이지 않았다. 말라서 갈라진 목재 함지박과 작은 물항아리가 마루 귀퉁이에 놓여 있었다. 소녀는 내 신발을 벗기고, 좁은 마루 위로 올라가게 도운 다음, 동굴처럼 어두운 방안을 향해서 손을 휘저어 방안에서 윙윙대는 모기와 파리를 쫓았다.

"어머니."

소녀가 방안의 어둠을 향해 몸을 기울이자 검은 머리카락이 바람에 날리는 버드나무 그림자처럼 소녀의 뺨으로 쏟아져내렸다. 소녀가 속삭이듯이 말했다.

"어머니, 내가 없어진 동생을 찾아왔어."

방안에 썩은 나무토막처럼 길게 누워 있던 여인이 부스스 고개를 들고 나를 쳐다보았다. 소녀가 내 몸을 여인 쪽으로 살짝 밀자, 여인은 시커멓고 앙상한 팔을 뻗어 내 손을, 몸을, 내 옷과 머리카락을 마구 더듬었다.

"아이고, 내 아가, 내 강아지, 도랑에 빠져 죽은 줄 알았는데 살아 있었구나!"

"내가 안 죽었다고 했잖아. 그애는 죽지 않았어. 이렇게 살아 있잖아."

소녀가 말했다.

"나는 정말로 죽은 줄 알았지. 그런데 이렇게 살아 있었구나. 내 강아지가 그새 참 많이도 컸네! 갓난아기일 때 내가 도랑에 빠뜨려서 죽인 줄 알았는데! 그러고 나서 얼마나 후회했는데!"

여인의 손에서는 이상한 냄새가 났다. 손뿐만 아니라 여인의 온몸에서는 생선 썩는 냄새가 진동했으므로, 나는 여인이 나를 만지는 것이 싫었다. 나는 몸을 피했다.

"그러면 이제 어머니는 안 죽을 거지?"

소녀가 여인에게 물었다.

"내가 죽는다고 누가 그러디. 난 안 죽는다."

여인은 이렇게 장담했으나 흙빛인 안색과 죽은 나뭇가지처럼 무서우리만큼 가늘고 마른 팔, 누렇게 뜬 눈동자, 게다가 몸에서 풍기는 엄청난 악취는 조금도 나아지지 않았다. 여인은 스르르 무너지듯이 다시 누웠다. 그러곤 헉헉거리는 소리를 내다가 기절하듯이 잠이 들었다. 여인이 죽었다고 생각한 나는 이상스러운 절망에 빠졌고, 가슴이 터져나갈 듯이 울고 싶었다. 소녀가 나를 옆방으로 데려가 꼭 안았다. 우리는 둘 다 오징어 뼈처럼 가늘고 연한 상대의 갈비뼈가 자신의 가슴 위에서 오르락내리락하는 것을, 작고 어린 심장이 쿵쿵 절구질하듯 소리내어 뛰는 것을 느꼈다. 창고로 사용하는 조그만 옆방에는 곡식 자루와 못 쓰는 바가지, 놋쇠 손잡이 부분이 떨어져나간 고리짝, 더러운 이불이 아무렇게나 흩어져 있었다. 어두워지자 소녀는 성냥을 그어서 석유등을 켰다. 그을음이 일지 않도록 심지를 이리저리 움직여서 조절도 했다. 바닥의 물건들을 대강 치우고 이불 중에서 그나마 가장 덜 더럽고, 초록색과 붉은색 비단 겉감을 가진 누비이불을 찾아냈다. 눈앞을 어지럽히는 검은 모기들을 손을 휘저어 내쫓고, 까치발을 들고 모기장을 쳤다. 투명한 그물망이 내 머리 위로 스르르 쏟아졌다. 그곳은 소녀와 나를 위한 작은 동굴이었다. 밤이 되자 강물의 악취가 집안으로 스며들었고 생선 썩는 냄새가 더욱 지독해졌다. 무너진 벽 틈새마다 벌레들이 울기 시작했다. 가까운 곳에서 기차가 지나갔다. 기차의 소음에 섞여 들리는 젊은 해병들의 노랫소리가 모기장과 벽과 밤하늘과 우리들의 갈비뼈를 부서질 듯이 두들겨댔다. 소녀는 내 옷을 벗기면서 다시 한번 더 말했다.

"나는 네 언니야."

나는 이처럼 먼길을 떠나본 적이 없었다.

죽어가는 여인과 뻐드렁니의 소녀가 사는 집, 부엌 찬장에는 음식 대신 거미가, 아궁이에는 불씨 대신 차가운 회색 그을음, 광에는 쌀 대신 사악한 쥐들이 사는 집으로 다음날 아침 사람들이 몰려들었다. 이웃에 사는 아낙네들이 보건소의 젊은 의사에게 사정하여, 출근하기 전에 병든 여인을 잠깐만 봐달라고 부탁한 것이다. 흰 가운 차림의 의사는 나이가 많아야 스물두세 살 정도 되어 보였고, 아직 수염도 채 나지 않은, 생전 죽은 쥐조차 한번 만져본 적이 없는 듯한 뽀얀 피부의 토실토실한 청년이었다. 그는 여인이 있는 방으로 들어설 때부터 악취 때문에 기절할 듯이 창백해지더니, 살짝 떨리는 손으로 더듬더듬 여인의 가슴을 열어 피고름이 묻은 더러운 붕대가 드러나자, 청진기를 붕대 위에 대어야 할지 아니면 붕대를 걷어내고 대어야 할지 당황하여, 어쩔 줄을 모르며 손을 허우적거렸고, 몇 번 건성으로 청진기를 붕대 위에 대는 척하다가, 시선을 불안하게 두리번거리고, 목덜미의 땀을 닦고, 기침을 하고, 다른 아낙네들이 여인의 피고름을 닦아내는 것을 짐짓 꾸며낸 심각한 표정으로 들여다보고는, 서둘러 가방을 챙기고, 땀으로 축축해진 양말을 바닥에 문지르고, 마치 자신이 환자라도 되는 것처럼, 푸르죽죽하게 변한 낯빛으로, 도망치듯이 방을 나와, 사람들이 가지런하게 대령해준 구두에 서둘러 발을 꿰었다. 의사는 함께 온 아낙네에게 낮은 목소리로 소곤거렸다. 동굴 속 파도 같은 울음이 터졌다. 젊은 의사는 사라졌다.

"유방암이래요."

울음을 터뜨린 아낙네가 궁금해하는 다른 여자들에게 말했다.

"그건 지난번 의사도 그렇게 말했잖아? 다른 이야기는 안 해?"

좀더 나이가 많은 다른 아낙네가 물었다.

"큰 병원으로 가래요."

첫번째 아낙네가 말했다.

"그건 지난번 의사도 그렇게 말했잖아. 다른 새로운 얘기는 없어?"

"이대로 놔두면 죽기도 전에 썩을 거래요."

"그건 지난번 의사도 한 얘기잖아."

"자기가 자꾸 와도 소용이 없으니 다시는 부르지 말래요."

"아이구, 새로운 얘기를 해야지, 왜 의사들은 항상 똑같은 말만 하는 걸까."

"몰라요. 다른 말은 없었어요."

사람들이 떠나자 소녀는 아픈 여인의 방에서 환자용 요강을 꺼내와 비우고 구정물이 흐르는 집 앞 도랑으로 가서 씻었다. 그것은 찌그러진 함석 냄비였다. 소녀는 내가 마당 한구석에 눈 똥도 작은 삽으로 퍼서 변소에 갖다 버렸다. 나는 아픈 여인이 병들어서 얼굴이 검은 것이라고 생각했으나 자세히 보니 여인의 얼굴에는 원래 얼룩덜룩한 심한 화상 자국이 있었다. 전쟁중 피란길에서 미군의 네이팜탄에 맞아 그런 것이라고 했다. 여인의 검은 얼굴에 파리가 끊임없이 달라붙었다. 소녀는 나에게 파리를 쫓아달라고 했으나 나는 고약한 냄새 때문에 여인의 옆에 앉아 있기는커녕 방으로 들어갈 수도 없었다. 게다가 여인의 머리맡에는 악취가 진동하는 썩은 달걀 두 개가 이 빠진 사기그릇에 담겨 있기까지 했다. 무당이 가르쳐준 치료법이라고 했다.

누워 있는 여인의 얼굴을 볼 때마다 그녀가 이미 죽은 거라고 생각한 나는 이상스러운 절망에 빠졌고, 가슴이 터져나갈 듯이 울고 싶었지만, 놀랍게도 여인은 매번 벌떡 몸을 일으키고는 이해할 수 없는 외마디소리를 지르곤 했다.

소녀는 녹슨 깡통을 들고 한 손으로는 내 손을 잡고 우물로 갔다. 우물로 가는 길에 고아원의 창살문 안쪽을 훔쳐보는 것도 잊지 않았다. 번쩍이는 햇살이 가득한 고아원 마당 한가운데, 흰 속셔츠와 검은 반바지 차림의 마르고 키 큰 사내아이 한 명이 철봉에 거꾸로 매달려 있었다. 두 손을 가슴에 모은 사내아이의 자세는 고요했고, 조금도 흔들리지 않았다. 사내아이의 그림자는 모랫바닥에 단단한 얼룩을 만들었다. 그것은 마치 벌을 받고 있는 천사를 연상시켰다.

소녀는 우물물을 길어올려 깡통을 채웠다. 우리는 그 물로 함께 세수를 하고, 남은 물을 나누어 마셨다. 소녀는 손에 물을 묻혀 내 머리를 빗어주고, 자신의 머리도 가다듬었다. 우리는 손을 잡고 큰길을 따라 계속해서 걸었다. 나무판자를 세워서 만든 높은 울타리가 끊임없이 이어지는 넓고 긴 길이었다. 붉은 벽보가 어지럽게 붙은 전신주, 담뱃가게, 모

래를 실은 손수레, 미루나무가 있었다. 바구니를 이고 등에
는 아기를 업은 아낙네들, 함지박을 옆구리에 낀 식모아이
들, 노인들이 우리를 앞서서 갔다. 사람들을 따라가니 길 끝
에 시장이 나왔다. 나는 시장을 처음 보았다. 수많은 사람, 소
란스러운 외침, 등받이가 높고 따르릉 소리나는 화물용 자전
거, 물기가 가시지 않아 축축한 바닥, 걷지 않으려는 고집 센
새끼 돼지를 예쁜이라고 부르며 데리고 다니는 바람에 지나
간 자리마다 길게 끌린 자국을 남기는 젊은 돼지 장수. 시장
에는 비린내 나는 생선들, 모가지가 잘린 닭들, 잘라놓은 아
기 돼지의 발, 반토막 난 돼지 몸통, 팥이 든 과자, 사탕, 모
나카, 실과 바늘을 파는 가게들이 늘어서 있었다. 소녀는 화
덕을 내놓고 음식을 만들어 파는 가게들이 있는 골목을 주로
돌아다녔다. 몇몇 사람이 소녀의 깡통에 밥과 국수, 만두, 말
린 생선을 약간 담아주었다. 우리는 그것을 손으로 집어먹었
다. 다리가 아프면 모퉁이에 쪼그리고 앉아 지나가는 사람들
을 구경하기도 했다. 우리를 지나쳐가던 돼지 장수가 양손에
따뜻한 도넛 두 개를 들고 싱글싱글 웃으며 되돌아왔다. 기
름에 갓 튀긴, 굵은 설탕을 뿌린 달콤한 도넛이었다. 우리는
정신없이 먹고 손가락을 빨았다. 우리가 도넛을 먹는 동안
돼지 장수는 쪼그리고 앉은 소녀의 다리 사이를 뚫어지게 들

여다보고 있었다. 그러더니 소녀에게 물었다.

"예쁜아, 네 집이 어디니? 예쁜아, 네 집이 어디니?"

이가 몽땅 빠지고 앞니 두 개만 남은 달걀 행상 노파가 그 광경을 보면서 소리내어 웃었다. 나는 전신주에 붙은 붉은 벽보들 사이에서 내 사진을 발견했다. 그것은 얼마 전 생일날, 현관 거울 앞에서 찍은 사진이었다. 도랑에 빠져 죽기 전의 어린 강아지를 안고 웃고 있었다. 나는 거기 적힌 내 이름과, 몇몇 글자를 읽었으나, 전체 내용을 완전히 파악하지는 못했다. 아직 글자를 완전히는 익히지 못했고, 또 받침이 있는 글자는 읽을 줄 몰랐기 때문이다. 나는 몇몇 자음과 모음이 합류하여 만들어내는 소리의 의미를 알고 있다는 느낌을 받았지만, 바로 그 순간 그것들은 산산이 흩어진 채 두둥실 떠서 제각각 다른 방향으로 흘러가버렸다.

다음날 아침, 우리가 시장에 도착하자 음식을 파는 골목 입구에 제복 차림의 경찰들이 서 있었다. 사람들의 표정이나 분위기도 전날과는 달랐다. 소녀는 내 손목을 힘있게 잡더니, 걸음을 멈추었다. 영문을 알 수 없는 두려움이 우리를 얼어붙게 했다. 돼지 장수가 멀리서 우리를 발견하고는 손을 내저어 오지 말라고 신호를 했다. 왜 그러는지 이유도 모른

채 우리는 발길을 돌렸다. 고아원이 보이는 길가에 앉아서
꽃이파리를 따먹고 모래에 맨발을 문지르고 꿀벌의 뒤를 눈
으로 좇고, 고아원의 아치형 창살문 안쪽을 기웃거렸다. 흰
나비를 발견한 소녀의 눈동자가 커지고 입이 반쯤 벌어졌다.
그러나 나비는 너무도 빨리 사라져버렸다. 설탕 뿌린 도넛이
없는 기나긴 하루가 시작되었다. 해가 높이 뜰수록 세상은
답답한 정적 속으로 잠겨들어갔다. 사냥개들이 일제히 도랑
에 빠져 죽어버린 듯한 정적이었다.

지프 한 대가 먼지를 일으키며 지나갔다. 우리가 손을 흔
들지도 않았는데 지프가 멈추었다.

"태워줄까?"

지프에서 인상이 좋은 젊은 남자가 고개를 내밀고 물었다.
머리카락이 반들반들 윤기가 흐르는 남자였다. 우리는 고개
를 끄덕였다. 남자가 손짓을 하자 우리는 기쁜 마음으로 지
프 뒷좌석에 올라탔다. 지프에는 입에 파이프를 문 양복 차
림의 젊은 남자 혼자였다. 남자에게서는 새 양복 냄새, 진한
포마드 냄새, 그리고 향기로운 담뱃가루 냄새가 났다.

"어디로 가고 싶어?"

남자가 웃으면서 물었다.

"바다" 하고 소녀는 대답했다.

남자는 거짓말처럼 금세 우리를 해변으로 데려다주었다. 뜨거운 햇살 아래 넓게 펼쳐진 백사장 저멀리에 사내아이들이 사냥개들과 어울려 뛰어놀고 있었다. 더위에 혀를 길게 빼문 사냥개들은 사내아이들을 따라 매우 절도 있는 동작으로 물과 모래사장을 끊임없이 들락거렸다. 사내아이들도 사냥개들에 지지 않게 날렵하고 재빨랐으며, 마찬가지로 보이지 않는 엄정한 질서 아래 움직였다. 그 누구도 소리내어 웃거나 말을 하거나 떠들거나 고함치지 않았고, 그 어떤 사냥개도 짖지 않았다. 그 누구도 행복하거나 불행하지 않았다. 그들은 오직 해변에 유일한 얼룩을 선사하는 그림자일 뿐이었다. 그들의 움직임과 감정을 지시하는 것은 오직 파도였다. 그들은 지칠 때까지 끊임없이 파도의 감정과 마음을 모방했다. 우리를 내려준 지프의 남자는 바이바이 손을 흔들며 떠났고, 나와 소녀는 조금 떨어진 소나무 그늘에 서서 사내아이들을, 사냥개들을 가만히 지켜보았다. 그레이하운드. 내 머릿속에는 그 어휘가 떠올랐다가 사라졌다. 누군가의 목소리가 그 사냥개들을 보고 내 귓가에 대고 말해준 기억이 난다는 생각이 들었다.

　산다는 것은 그냥 거울 속에서 영원히 있는 것이고, 그러므로 우리는 여기 저절로 있다가, 언젠가 그레이하운드를 타러

가게 될 것이라고.

하지만 소녀는 그레이하운드가 아니라 소년들의 몸을 바라보고 있었다. 한여름의 뜨겁고 찬란한 햇살 속에서 오직 불분명한 실루엣으로 흔들리는 그들의 몸을, 두 무릎을 나란히 모아 세운 자세로, 바다 냄새 나는 소나무 그늘 아래 앉아서, 단 한순간도 눈을 떼는 법이 없이 바라보았다.

바다는 길고 단조로운 노래를 불렀다. 우리는 서서히 그 노래에 홀려갔다. 우리는 넋을 잃었다. 우리는 이해할 수 없는 그 노래의 일부가 되었다.

우리는 배고픔도, 갈증도, 더위도 잊었다. 바다는 모든 것의 경계 너머에 있는 먼 세상으로 우리를 데리고 갔다. 그곳에서 파도의 흰 거품이 우리의 어린 시절을 처형했다. 바다를 바라보고 있는 우리는 어느덧 늙고, 네이팜탄에 불타고, 유방암을 앓고, 초록 개구리에게 먹혔으며, 이 모두를 원한이나 공포 없이 자연스럽게 받아들였다. 그 누구도 행복하거나 불행하지 않았다. 머리 위에서 이글거리던 태양이 어느덧 살짝 기울어지기 시작했다. 어디선가 외팔이 군인의 양철 상자가 요란하게 덜그럭거리면서 달콤한 설탕물이 흐르는 얼음과자 냄새가 나는 것만 같았다. 돼지 장수가 웃으면서 다가와 우리에게 굵은 설탕이 뿌려진 달콤한 도넛을 건네는 것만 같았다. 눈을 감으면 뜨거운 기름과 설탕 냄새가 코끝에서 어른거리다가 눈을 뜨면 아무것도 보이지 않았다. 실제로 우리의 몸을 감싸는 것은 짙은 한여름의 소나무 향기, 보이지 않는 나무의 속살에서 진하게 응축되어 아주 느린 속도로 맺히는 호박색 송진의 끈끈함, 영원히 해독되지 않는 파도의 언어, 소금기 어린 바다 냄새, 해변에 널려 있는 죽은 불가사리들, 저멀리서 움직이는 사내아이들의 그림자, 그레이하운드 사냥개의 핑크빛 혓바닥과 소리 없는 헐떡임이 전부였다. 우리는 눈을 감았다. 눈을 오래 감고 있으면, 달콤한 도넛을 그만큼 더 오래 볼 수 있었기 때문이다. 그러고 나서 나는 다시 눈을 떴는데, 그사이에 참으로 많은 시간이 흐른 듯한 느낌이었다. 소녀가 나무 아래 쪼그리고 앉아 오줌을 누고 있었다. 해변은 텅 비었고, 사내아이들도 사냥개도 보이지 않았다. 소나무 사이 모래 위에는 새끼 돼지를 질질 끌고 간 듯한 자국이 남아 있고, 공기 중에는 희미한 돼지 냄새가 떠돌았다. "가자" 하고 오줌을 눈 소녀가 일어서면서 말했다. 소녀는 속옷이 없었다. 사냥개들은 어디로 갔을까, 사내아이들은 어디로 갔을까. 나는 내가 지켜보다가 잠이 든 대상, 사냥개인지 사내아이인지 알 수 없는 불명확한 누군가에게서 버림받은 기분이 들었다. 팔다리에 힘이 없이 나른하며 가슴이 무겁고, 울고 난 다음처럼 내 눈이 젖어 있었다. 나는 잠든 바닷가가 아닌, 똑같아 보이지만 사실은 다른 바닷가에서 잠이 깬 것 같았다. 잠든 내가 아닌, 똑같아 보이지만 사실은 다른 사람으로 잠이 깬 것 같았다. 그리고 아마도 내가 달라진 탓인지, 그사이 소녀의 모습도 조금 변한 듯 보였다. 정확히 말하면, 조금 더 자란 듯했다. 키도 커지고, 어깨와 가슴도 넓어졌으며, 머리카락도 조금 더 길었고, 손과 발도 커진 듯했다. 키가 커지는 바람에 원피스 자락도 조금 짧아졌다. 소녀가 나를 보면서 미소를 짓자, 언제나와 다를 바 없는 커다란 뻐드렁니가 드러났다. 하지만 그것조차 평소의 우스꽝스럽고 보기 흉한 느낌이 아니라, 어쩐지 조금 성숙하고 조금 신비해 보인다는 생각이 들었다. 소녀는 고개를 숙여 자신이 오줌 눈 자리를 유심히 살폈는데, 그러자 검은 머리카락이 바람에 날리는 버드나무 그림자처럼 소녀의 뺨으로 쏟아져내렸다.

기나긴 여름의 석양빛 아래, 우리는 집으로 가는 먼길을 걸었다. 시청사처럼 으리으리한 경찰서의 석조 건물 앞을 지날 때, 나는 미인 선발대회 광고지 옆에 나붙은, 내 얼굴이 들어 있는 벽보를 다시 발견했다. 내가 손가락으로 그것을 가리키자 소녀도 벽보를 올려다보았다. 하지만 소녀는 나와는 달리 받침이 없는 글자조차도 읽을 줄을 몰랐다. 소녀는 흐릿한 사진 속 강아지를 안은 아이가 나라는 것을 전혀 눈치채지 못했다. 미인대회 광고지에는 그동안 미의 여왕으로 뽑힌 여자들의 얼굴이 여럿 나와 있었다. 소녀의 눈길은 그중에서도 복사꽃처럼 둥그스름하고 뽀얀 미스 해병의 얼굴에서 떨어질 줄을 몰랐다. 소녀는 찢어져서 자꾸만 벗어지는 고무신을 한 손에 벗어 들고, 입으로는 허기를 잊기 위해 바다 냄새 밴 솔 이파리를 질겅질겅 씹으면서, 다른 한 손으로는 나를 잡고 걸었다. 기술학교에서 나온 한 남학생이 지나가면서 소녀의 등을 털어주었다. 소녀의 온몸은 모래투성이였다.

신발이 없어졌네.
도둑은 누구였을까.
강아지가 없어졌네.
도둑은 누구였을까.

학교를 마친 여자아이들이 골목길에서 고무줄놀이를 하면서 병아리 같은 입을 벌려 노래를 합창했다. 소녀 또래의 아이들이었다. 죽을 날이 얼마 남지 않은 노인들이 나무 그늘에 앉아 얼마 전 일본에서 비행기를 타고 돌아왔던 어느 가족에 대한 이야기를 나누고 있었다. 여자는 한 떨기 복사꽃 같았고 남자는 키가 훤칠한 미남이었는데, 그들에게는 어린 딸이 있었다. 남자는 이 도시에 세워질 예정인 제철소의 엔지니어로 일하기 위해 해외에서 초빙되어 왔다고 했다. 그의 아내는 둘째 아이를 임신중이었다. 그들의 건강하고 아름다운 모습은 보는 사람의 입가에 저절로 흐뭇한 미소가 떠오르게 만들었다. 그들은 행복이고, 희망이고, 약속된 미래였다. 그들은 앞으로 닦일 넓고 반듯한 도로, 광장에 자리잡을 위대한 황동상, 해변에 세워질 거대한 제철소의 상징이었다. 우리는 노인들의 곁을 느릿느릿 지나쳐서 걸었다. 간혹 소녀는 문득 생각난 듯이 내 손을 잡은 팔을 흔들었는데, 소녀 자신도 의식하지 못하고 하는 행동으로 보였다. 하루종일 아무것도 먹지 못한 우리는 목이 마르고 지쳤다. 저녁이 다가왔지만 아직 햇볕은 등줄기를 태울 듯이 뜨거웠다. 우리는 나무 그늘을 따라서 걸었다. 우리는 발목에 쇳덩이를 매단 것처럼 걸었다. 그날 우물은 유난히 깊고 검었으며 두레박은 소녀의 팔이 떨어져나갈 듯이 무거웠다.

변두리 산기슭의 초가집으로 돌아갔을 때, 소녀는 방안을 향해서 속삭이는 소리로 불렀다.

"어머니."

아무런 대답이 없었으므로 우리는 여인이 죽은 것을 짐작
했다. 소녀는 방안 어둠을 향해 몸을 기울였고, 검은 머리카
락이 바람에 날리는 버드나무 그림자처럼 소녀의 뺨으로 쏟
아져내렸다. 소녀가 속삭이듯이 말했다.

"어머니, 내가 없어진 동생을 찾아왔는데 어머니는 왜 죽
어."

여인의 얼굴은 완전히 시커멓게 타버린 가죽이었고 피딱
지 않은 마른 입술이 벌어져 검게 변한 혀와 잇몸이 훤히 들
여다보였다. 소녀는 여인의 입가에 앉은 파리들을 손을 휘둘
러 쫓아버리고 손바닥에 침을 묻혀 얼굴을 닦아낸 다음 그
위로 이불을 덮었다. 자신이 죽으면 그렇게 하라고 여인이
말했다고 한다. 그러고 나서 우리는 조그만 툇마루에 무릎을
모으고 나란히 앉아 산너머로 기울어가는 석양을 바라보았
다. 그날 석양은 지상의 가장 가까이 내려왔고, 초가집과 강
하구와 기찻길을, 그리고 마침내 우리를 붉은 혓바닥으로 집
어삼켜버렸다. 석양의 붉음 속에서 초가집의 지붕이 차갑게
활활 타올랐다. 석유등의 유리 갓이 쓰러지고 성냥이 쏟아지
며, 귀한 날을 위해 아껴둔 흰 양초가 녹아 흘렀다. 그늘진 집
안에는 불꽃과 그을음, 은은한 악취와 배고픔이 넘실거렸다.

가까운 곳에서 열차가 지나갔고 해병들은 여느 때와 마찬가지로 목이 터져라 고래고래 노래를 불렀다. 시간이 되었다. 재와 땅거미가 우리 위로 덮였다.

나는 잠시 후면 여인이 이불을 걷고 상반신을 벌떡 일으킬 것임을, 늘 그랬듯이 이해할 수 없는 외마디소리를 지를 것임을 조금도 의심하지 않았다. 그러면 소녀는 마루 한쪽의 항아리에서 물을 떠 여인의 입속에 흘려넣어줄 것이다. 집안에 다른 음식은 전혀 없었기 때문이다.

나중에 소녀는, 미스 해병 미인대회가 다시 열릴 날을 손꼽아 기다리게 되지만, 미스 해병은 오래전 단 한 차례만 선발된 단 한 번밖에 없는 미인대회였다. 기다리다못한 소녀는 어쩌면 도시에서 주관하는 미스 포항 선발대회 예선에 출전했을지도 모른다. 물론 소녀의 엄청난 뻐드렁니 때문에 애초에 그다지 큰 기대는 할 수 없고 예선에서 떨어졌을 것이 분명하지만, 그래도 그날의 소녀에 대해서 잠깐만 묘사를 해본다면, 그날, 심사위원들 앞에 선 소녀가 입을 가만히 다물고 있으면 아무도 뻐드렁니를 눈치챌 수 없고, 또 입을 약간만 벌리고 입술을 동그랗게 모아 내밀면, 붉은 입술 사이로 살짝 드러나는 커다란 뻐드렁니는 소녀의 짙은 눈썹과 검은 자위가 유난히 커다란 눈과 함께 어느 정도 성숙하면서도 신비로운 효과를 만들어내고, 그런가 하면 간혹 무의식중에 입술이 만들어내는 특별한 모양에 따라서는, 복사꽃 같은 다른 소녀들은 도저히 흉내낼 수 없는 병적인 관능을 풍기기도 했을 것이다.

그 기나긴 날의 저녁 어스름, 어째서 고아원의 그 소년이, 사냥개 몸매를 가진 사냥개 소년들 중에서도 가장 사냥개와 흡사했던 그 소년이 우리의 초가집 마당으로 들어서게 되었는지, 나는 알지 못했다. 석유등을 켤 생각도 못한 채 마루 위 어둠 속에 나란히 앉아 있던 우리는 소년의 모습을 유령인 양 빤히 바라보고만 있었다. 그 소년은 다른 소년 서너 명과 함께였고, 그들은 어깨에 삽을 메고 있었다. 죽은 여인을 위해서 보건소 의사를 데리고 왔던 이웃의 아낙네들이 그 뒤를 이었다. 아낙네들의 가족인 듯한 몇몇 남자의 모습도 보였다. 그중에는 심지어 보건소의 젊은 의사도 끼어 있었다. 여전히 부루퉁한 입 모양에, 원하지 않는 결혼식 자리에 억지로 초대받은 사람처럼 어색하고 불편한 기색은 여전했다. 여자들은 흰옷을 단정하게 차려입었고 머리에는 깨끗한 광목 수건을 둘렀다. 남자들은 대부분 검거나 짙은 색 양복 차림이었는데, 젊은 의사를 제외하고는 다들 팔꿈치의 올이 드러날 정도로 옷이 낡아서 원래는 검은색인 천이 회색으로 보이는 것이 보통이었다. 남자들은 죽은 여인을 이불째 들어서 엉성하게 짠 소나무 관에 넣고 서둘러 뚜껑을 못질했다. 소년들이 삽을 어깨에 둘러메고 가장 먼저 줄을 지어 산을 올라갔고, 관을 멘 남자들, 그리고 여자들이 뒤를 따랐다. 손수건으로 연신 목덜미의 땀을 닦는 젊은 의사가 행렬의 가장 꽁무니였다.

그리고 약간의 사이를 두고 소녀와 내가 그들을 따라갔다. 우리는 무슨 일이 벌어지는지 정확히 알지 못한 상태로 어리둥절하고 있었고, 아무도 우리에게 따라오라고 말하지 않았지만 텅 빈 집에 남기가 싫었던 것이다. 우리가 거리를 두고 따라간 것은 내가 어른들의 발걸음 속도를 맞출 수 없었기 때문이다. 산의 어둠은 빠른 속도로 짙어졌으므로, 우리는 행렬의 끄트머리를 놓쳐서 산길에 둘만이 남게 될까봐 두려웠다. 혹시나 호랑이나 늑대의 노란 눈이 뒤를 따라오지나 않는지 확인하려고 우리는 연신 뒤를 돌아보면서 걸었다. 사람들은 아무 말이 없었고, 울음이나 흐느낌이나 한숨, 그 어떤 두런거림도 들리지 않았다. 사방은 고요했다. 잎새들은 살랑거리지 않았고 새들도 둥지로 돌아간 다음이었다. 몇몇 여자는 주변을 끊임없이 힐끗거리면서 불안해하는 기색이었다. 우리처럼 호랑이나 늑대가 두려웠던 것일까. 그들은 죽은 여인을 훔쳐가는 도둑들 같았다. 누군가가 산언덕의 으슥하고 편평한 자리를 가리키자, 남자들과 소년들이 땅을 파기 시작했다. 고아원의 소년들은 항상 은밀한 무덤을 파는 인부가 필요할 때마다 한 푼의 보수도 받지 않고 동원되어왔기 때문에, 작은 몸집에도 불구하고 삽질에 능숙했다. 게다가 흙도 축축하고 물컹했다. 장례식에 쓰이는 흰 비단 대신 거친 새끼줄로 칭칭 감은 관을 대충 판 구덩이 아래로 내렸다. 나무 관이 바닥에 내려앉자, 돌부리에 걸려 덜그럭거리는 소리가 유난히 크게 났다. 사람들은 일제히 화들짝 놀랐다. 그리고 더욱 서둘러서 관을 내리고 쫓기는 것처럼 황급하게 흙을 퍼부었다. 집어던지듯이 퍼부었다. 구덩이를 평평하게 메우고 나자 그제야 안도의 한숨을 내쉰 사람들은 선 채로 한 술잔의 술을 돌아가며 한 모금씩 나누어 마셨다. 봉분은 만들지 않았다. 갑자기 희미한 달빛 아래서 낮고 규칙적인 수컷 부엉이의 울음이 들려왔다. 여자들이 수건으로 얼굴을 가렸다. 남자들이 구덩이를 메운 흙 위에 나머지 술을 뿌렸고, 여자들은 이파리와 잔가지를 흩어놓았다. 새로 덮은 부드러운 흙 위에는 발자국들이 어지럽게 남았다. 나중에 여인이 정신을 차리더라도, 가벼운 흙 알갱이들을 훌훌 털고 땅 위로 고개를 내밀 수 있을 것이라고 생각하니 나는 마음이 놓였다. 사람들은 주섬주섬 산을 내려갈 준비를 했고, 사내아이들은 다시 무거운 삽을 앙상하게 마른 어깨에 멨다. 돼지 장수가 경찰서에 잡혀갔다는 말이 들려왔다. "아아, 불쌍한 청년" 하고 흰 수건을 쓴 아낙 한 명이 한숨을 쉬었다.

"왜 불쌍하다는 건데?"

흰 수건을 쓴 다른 아낙이 한숨을 쉰 아낙에게 따지듯이 물었다.

"경찰서에 잡혀갔으니, 이제 두들겨 맞아서 죽거나 병신이 되겠지. 온전한 몸으로 나오지는 못할 거 아냐."

"돼지 장수는 원래 온전한 몸이라고는 할 수가 없잖아. 머리가 조금 모자랐으니까."

"모자라기는 했지만 그건 마음이 한없이 착하기 때문에 어쩔 수가 없는 거지."

"착하긴 했겠지. 그런데 여자애를 납치해 갔다던데."

"뭐라고? 설마, 그럴 리가 없어. 마음이 너무 착하니까, 누군가가 모함을 한 걸 거야."

"그런 반편이를 모함할 이유가 어디 있어? 어쨌든 자기 입으로 어린 여자애를 납치해서 죽여서 산에 파묻었다고 자백을 했다던데."

"설마, 그럴 리가 없어. 착하면 손해를 보는 세상이니까."

"착하다기보다는 모자라서 손해를 보는 거겠지."

"이제 두들겨 맞아서 죽거나 병신이 되겠지. 가엾은 사람. 잘못이라면 단지 너무 착한 것뿐인데."

"사람이 모자라면 죽은듯이 웅크리고 있을 줄도 알아야지. 사방으로 설치고 다니니 언젠가 사고를 칠 줄 알았어."

여자들은 우리를 지나쳐서 앞으로 걸어갔다. 소녀와 나는 다시 행렬의 가장 뒤로 처졌다. 어두운 산길을 내려가는 희끄무레한 사람들의 모습이 점점 멀어져갔다. 밤의 산길을 내려가는 것은 더욱 힘이 들었고, 달빛이 있다고 해도 발밑은 검고 음습했다. 길게 뻗어나와 꿈틀거리는 나무뿌리들이 우리의 발목을 붙잡았다. 차가운 가지들이 앙상한 팔을 뻗어 우리의 목덜미를 스윽 쓰다듬고 갔다. 걸음을 옮길 때마다 발아래서 달팽이의 껍데기가 부서지는 소리가 났고, 풀숲 사이에 있던 검은 개구리들이 펄쩍펄쩍 뛰어올랐다. 박쥐들이 날개를 퍼덕였다. 소녀는 손을 휘저어 끊임없이 달려드는 산모기들을 쫓았다. 하지만 우리의 종아리와 목덜미는 이미 모기에 물린 상처투성이였다. 나는 절망적으로 온몸을 긁었다. 나는 발을 헛디뎌 나동그라졌다. 나는 머리를 돌 위에 올리고 다시 일어나지 못했다. 나는 울지 않았다. 하늘에 별들이 가득했기 때문이다. 커다란 쥐가 냄새를 맡기 위해 나에게

다가왔다. 내 곁에 쪼그리고 앉은 소녀가 손을 휘저어 쥐를 쫓았다. 박쥐들을 쫓았다. 내 얼굴로 달려드는 모기들을 쫓았다. 그러고서 손바닥에 침을 묻혀 내 얼굴을 닦았다.

시간이 되면 원래 사람은 파리와 모기를 쫓고 얼굴을 아기처럼 깨끗하게 만들어야 한다고, 소녀가 말했다.

그러면 내가 죽은 거냐고 나는 물었다.

별이 죽으면 불가사리가 되어 해변에 떨어지는 거야. 소녀가 대답했다.

그러면 내가 죽은 거냐고 나는 다시 물었다.

어쩌면 그럴지도 모른다고 소녀가 말했다. 어머니가 도랑에 집어던진 너를 내가 건져올렸지만, 그건 어쩌면 너무 늦었을지도 몰라.

나는 고개를 끄덕였다.

언젠가 내가 죽으면 네가 이렇게 해줘야 해, 나는 네 언니니까, 나는 네 나이 많은 자매니까, 하고 소녀가 다시 덧붙였다.

나는 언약의 표시로 다시 고개를 끄덕였다.

그리고 마지막으로 이렇게 얼굴을 덮어주어야 해, 그러면 끝나는 거야. 소녀가 검은 광목 원피스 자락을 들어올려, 내 얼굴을 덮었다.

그러면 어디선가, 삽을 어깨에 멘 말없는 사내아이들이 나타날 것이다. 그들은 모래 묻은 발자국을 현관 타일 바닥에 남길 것이다.

사냥에 나선 수컷 부엉이의 울음소리가 더욱 가까이서 들려왔다. 소녀의 검은 광목 치마 아래서 나는 그것을 들었다. 이후로 평생 동안 나는 수컷 부엉이의 울음이 좋았다.

햇살이 눈부신 한낮이었다. 희고 거대한 하늘 한가운데 태양은 폭발의 순간 그대로 멈춰버린 섬광처럼 보였다. 소녀는 내 손을 잡고 있었다. 우리는 아치형 창살문 안쪽, 한 번도 들어가보지 못한 고아원 마당에 있었다. 세상은 너무 밝고 너무 눈이 부셔, 흐릿한 고아원 건물과 마당 가득히 깔린 눈부신 모래, 그리고 철봉대 말고 다른 것은 거의 보이지 않았다. 사내아이들도, 사냥개도 없었다. 그들은 다시 바다로 간 것일까? 바닷가에 그윽하던 보이지 않는 송진 냄새. 모래사장과 물속을 규칙적으로 왕복하던 사내아이들과 사냥개들. 그레이하운드면서 사냥개인 그들. 오직 파도의 마음을 따라 살면서, 일생 동안 그 누구도 행복하지도 불행하지도 않았다. 소녀가 철봉으로 다가가, 태양열에 새빨갛게 달구어진 철봉을 잡았다. 제철소의 용광로에서 시뻘겋게 익는 쇳물처럼 뜨거운 철봉을 아무렇지도 않게 잡은 소녀는 두 팔로 철봉에 매달리더니, 양다리를 철봉에 걸치고 몸을 아래로 늘어뜨렸다. 고요했고, 조금도 흔들림 없는 자세였다. 소녀의 원피스 자락이 뒤집어지면서 속옷을 입지 않은 소녀의 맨 하반신이 섬광과 같은 태양빛 속에 드러났다. 소녀는 철봉에 거꾸로 매달려 죽은듯이 가만히 있었다. 두 손을 가슴에 모은 소녀의 자세는 고요했고, 조금도 흔들리지 않았다. 소녀의 그림자가 모랫바닥에 움직이지 않는 단단한 얼룩을 만들었다. 그것은 마치 벌을 받고 있는 천사를 연상시켰다. 나는 모래 위로 뭔가가 끌린 듯한 자국, 돼지 장수가 새끼 돼지를 끌고 간자국을 발견했다. 공기 중에는 희미한 돼지 냄새가 떠돌았다. 햇빛 속에서 소녀의 목소리가 들려왔다. 내 얼굴에서 파리와 모기를 쫓아줘. 아기처럼 깨끗해진 내 얼굴을 덮어줘. 나는 네 언니야.

다음날 새벽, 깊은 샘물에 기도용 물을 뜨러 가던 무당은 산길에 쓰러진 나를 발견하고 흔들어 깨웠다. 만일 그때 내가 깨어났다면 나는 무당의 양딸로 살았을 것이다. 하지만 내가 눈을 뜨지 않자 무당은 할 수 없이 가던 길을 계속해서 갔다. 해가 뜨기 전에 샘에서 퍼올린 물로 하루의 기도를 올리는 것이 양딸을 구하는 것보다 당장은 더 급했기 때문이다. 두번째로 나를 발견한 사람은 시내 초등학교 여선생이었다. 여선생은 연두색 모자와 얇은 흰 면바지를 입었고, 어깨에는 곤충채집용 나무상자를 메고 있었다. 학교에 출근하기 전에 교실 뒤에 표본으로 전시할 곤충채집에 나선 길이었다. 이 년제 대학을 갓 졸업한 젊은 여선생은 키와 몸집이 작아서, 처음 보는 사람들은 그녀를 고학년 여학생으로 오해하는 일도 종종 있었다. 여선생이 유난히 열성적으로 일하는 것은 자신이 적을 둔 포항초등학교를 위해서가 아니라, 대구의 학교로 전근 가는 것이 꿈이었기 때문이다. 그녀는 신문을 읽었기 때문에 어린 여자아이가 누군가에게 납치되었다는 것을 알고 있었고, 나를 보자마자 돼지 장수가 산에 갖다 버렸다고 한 바로 그 아이와 비슷하다는 생각을 했다. 하지만 돼지 장수는, 개항제 축제날 납치한 여자아이를 산에 데려가서 돼지 죽이는 몽둥이를 이용해 머리를 때려 죽인 다음 산속 어딘가에 파묻었고, 파묻은 그 자리는 정확히 기억이 안 난다고 자백한 상태가 아닌가. 여선생은 잠시 망설였다. 그래도 신문 기사가 항상 백 퍼센트 정확한 것은 아니고 이렇게저렇게 옮겨지다보면 약간의 오차는 있기 마련일 테니까. 물론 돼지 장수가 잡히고 그의 자백이 나오고 나자 시내 전체에 붙어 있던 실종 아이 벽보는 이미 시효가 소멸된 것으로 간주되었고, 따라서 벽보 속의 보상금 액수가 여전히 유효한지에 대해서 사람들마다 의견이 분분하기는 했다.

돼지 장수는 조사를 받던 감옥에서 목을 매어 자살했다고 하므로, 왜 그가 그런 끔찍한 거짓 자백을 했는지는 영영 밝혀지지 않고 말았다. 나는 돼지 장수가 설탕 바른 뜨거운 도넛을 가져다주었다는 사실 말고는 그와 관련해서 아무것도 말할 수 없었기 때문이다.

그레이하운드, 하고 누군가의 목소리가 말했다. 도둑도 없고, 따라서 강아지도 없고, 삶은 그냥 거울 속에서 태어났다가 죽는 것이고, 그러므로 우리는 여기 저절로 있다가, 언젠가 그레이하운드를 타러 가게 될 것이라고.

머나먼 어느 날, 낡고 검은 광목 원피스 차림의 나는 가방을 들고 누군가의 집을 떠난다. 이미 사라진 도랑이 있던 자리를 지나 멀리멀리 간다. 거울이 걸려 있던 푸른 타일 바닥의 현관에 작별을 고한다. 한 번도 찾아가지 않았던, 도둑처럼 묻힌 어머니의 무덤에 영원한 작별을 고한다. 어린 시절이라고 불리는 거무스름한 낡은 주물 거울에 영원한 작별을 고한다.

가능하다면 대구의 학교로 발령을 받았으면 좋겠어요. 몇 년 뒤 키 작은 여선생은 유난히 정성 들인 단정한 필체로 관할 교육청의 장학사에게 긴 편지를 썼다. 그녀는 주변에서 권하는 것과는 달리, 수천 명이 똑같은 갈색 작업복 차림으로 자전거를 타고 출근하여 용광로에서 일하는 제철소의 남자들에게는 관심이 없었고, 앞으로도 관심을 두지 않을 것이기 때문이다. 그녀는 쇳가루 먼지가 싫었다. 그녀는 남자들의 뜨거운 열기와 핏발 선 눈동자가 싫었다. 어린 시절에 늘 꿈꾸던 대로, 학처럼 흰 옷자락을 훨훨 너울거리며 홀로 대문을 나서는 높고 맑은 남자를 찾아 결혼하고 싶었다. 그런 남자는 그녀가 한때 대학을 다녔던 도시, 대구에 있을 것이다. 소란스러운 바닷가 고향에는 불가사리 같은 갈색 노동자들뿐이었다. 이곳에서 그녀의 눈길과 손길을 사로잡은 것은 흰 피부의 젊은 보건소 의사뿐이었지만, 그는 어느 날 온다 간다 한마디 말도 없이 도시를 떠나버렸다.

돼지 장수가 경찰에 잡혀간 후, 그가 데리고 다니던 새끼 돼지의 모습도 더이상 시장에서 보이지 않았다.

머리에 포마드를 잔뜩 바른 멋쟁이 젊은 남자는 이후로도 오랫동안 함지박을 이고 가는 식모아이나 책가방을 든 여학생들이 나타나면 흙먼지 자욱한 길가에 지프를 세우고 "태워줄까?" 하고 물었다.

도둑은 누구였을까.

학교를 마친 여자아이들이 골목길에서 고무줄놀이를 하면서 병아리 같은 입을 벌려 노래를 합창했다.

나는 양다리를 철봉에 걸치고 몸을 아래로 늘어뜨렸다. 나는 고요하고, 조금도 흔들림이 없었다. 모래 위에는 뭔가가 끌린 듯한 자국, 사내아이들이 사냥개를 데리고 지나간 자국, 돼지 장수가 새끼 돼지를 끌고 간 자국이 나 있었다. 나는 그것을 가만히 응시했다.

내 얼굴에서 파리와 모기를 쫓아줘. 나를 아기처럼 깨끗하게 만들어줘. 그리고 너의 옷자락으로 내 얼굴을 덮어줘.

주인이 고문을 견디다못해 첫번째로 기절하기도 전에, 예쁜이는 경찰서 뒷마당에서 도살당했다.

나중에 나는, 미스 해병 미인대회가 다시 열릴 날을 손꼽아 기다리게 되지만, 미스 해병은 오래전 단 한 차례만 선발된 단 한 번밖에 없는 미인대회였다. 기다리다못한 나는 어쩌면 도시에서 주관하는 미스 포항 선발대회 예선에 출전했을지도 모른다. 물론 나의 엄청난 뻐드렁니 때문에 애초에 그다지 큰 기대는 할 수 없고 예선에서 떨어졌을 것이 분명하지만, 그래

도 그날의 나에 대해서 잠깐만 묘사를 해본다면, 그날, 심사
위원들 앞에 선 내가 입을 가만히 다물고 있으면 아무도 뻐
드렁니를 눈치챌 수 없고, 또 입을 약간만 벌리고 입술을 동
그랗게 모아 내밀면, 붉은 입술 사이로 살짝 드러나는 커다란
뻐드렁니는 내 짙은 눈썹과 검은자위가 유난히 커다란 눈과
함께 어느 정도 성숙하면서도 신비로운 효과를 만들어내고,
그런가 하면 간혹 무의식중에 입술이 만들어내는 특별한 모
양에 따라서는, 복사꽃 같은 다른 소녀들은 도저히 흉내낼 수
없는 병적인 관능을 풍기기도 했을 것이다.

　나이 많은 자매는 시간을 앞서 비추어진 거무스름한 거울
이다.

　도둑은 타일 바닥 현관으로 들어오지 않았고, 도둑은 어머
니가 일본에서 가져온 거무스름하게 낡은 주물 거울을 깨뜨
리지 않았고, 거울은 저절로 떨어져 깨졌으며, 강아지는 저
절로 없어진 것이 맞고, 거울이 깨진 다음에는 원래 실제로
는 아무 일도 일어나지 않는 법이니까, 왜냐하면 거울이 한
번 비춘 것이 다시 세상으로 반사되지 못하므로, 도둑도 없
고, 거울도 없고, 따라서 나도 없고, 강아지도 없고, 그러니
그것은 정말로 일어나지 않았다고, 그러므로 우리는 여기 이
렇게 거울 속처럼 저절로 있다가, 언젠가 그레이하운드를 타

러 가게 될 것이라고, 나를 사랑하는 누군가의 목소리가 그렇게 대답했다.

만일 그것이 정말로 일어났다면, 모든 기억이 이토록 생생할 리가 없다.

뱀과 물

"난 너를 알아. 1972년에 넌 전학생이었잖아. 우리는 같은 책상에 나란히 앉아서 수업을 들었고……"

어느 날 영국에 있던 나에게 모르는 이가 전화를 걸어 이렇게 말했다. 그때 나는 터너의 그림 〈The Cave of Despair〉 앞에 서 있었다.

이미 일어났다고 알려진 일은 일어나지 않은 일보다 신비롭다. 그것은 동시에 두 세계를 살기 때문이다. 어슴푸레한 빛 속에서 비순차적인 시간을 몽상하는 어떤 자의식이 있고, 우리는 그것에서 태어난 아이들이었다. 나는 1972년의 일을 기억하지 못한다고 대답했다. 내 최초의 기억은 그보다 한참 뒤에 시작한다고. 박물관 직원이 다가왔으므로 나는 얼른 전화기를 껐다. 내가 없는 1972년 여름 어느 하루는 존재했을 것인가? 모든 것이 시작과 동시에 늙었고, 살기도 전에 너무도 오래되었던 어느 날 나는

(첫 기억이 유난히 늦는 나는 예전에도 종종 어린 시절의 나를 안다고 주장하는, 하지만 내가 전혀 모르는 사람들과 마주치곤 했으므로 그런 일에는 어느 정도 익숙한 편이다. 하지만 그들의 말은 기이하게도 모순되었다. 나를 바닷가 고아원에서 보았다는 사람이 있는가 하면, 어떤 사람들은 같은 시기에 혜화동을 지나가는 서울의 마지막 전차 안에 내가 타고 있었다고 말하기도 했다. 나에 대한 그들의 기억 중 공통점은 하나뿐이었다. 길라, 너는 그림자같이 걸었어.)

먼길을 갔다고 했다.

등에 메는 가방에는 교과서와 필통, 그리고 봉투에 담은 전학 서류가 들어 있었다고 했다. 새 학교의 교무실로 찾아가서, 김길라 선생님에게 서류 봉투를 건네는 것이 내가 할 일이었다.

어머니도 아버지도 죽었다고 했다. 나는 내가 누구인지 몰랐다. 그 사실을 피부 아래의 아득한 감각으로 느꼈다. 모든 일은 오래전에 일어났다. 오래전에 나는 아이였다고 했다. 그보다 더 오래전에 나는 세상에 없었다고 들었다. 아니 세

상이 없었다고 알았다. 내가 세상에 없을 때, 혹은 세상이 없을 때, 나는 파도 모양으로 주름진 함석지붕 오두막에 사는, 배가 터진 한 마리 개였다고 했다. 기나긴 어린 시절 내가 가장 좋아한 것은 나를 상상하는 놀이였다. 나는 내가 닭이라고 상상했다. 내가 개라고 상상했다. 상상 속에서 나는 복숭아였고, 꿈속에 늘 나타나는, 검은 물속을 헤엄치는 큰 뱀이었고, 때로는 나이든 여자들이 눈물을 뿌리는 검고 긴 공단 치마였다. 김길라를 잊으면 안 돼, 하고 누군가의 목소리가 말했다. 아마도 내게 봉투를 건넨 사람일 것이다. 김길라. 그래서 나는 내가 김길라라고 상상했다.

길을 걷다가 집들이 다닥다닥 붙은, 그을린 냄새가 진동하는 언덕길로 접어들었고, 이미 온갖 낙서로 지저분한 어느 담벼락에서 '김길라'라고 적힌 글자를 본 것 같았으므로, 내가 길을 잃지는 않은 거라고 믿었다. 이름 뒤에 이어진 것은 지저분하고 난폭한 욕설이 분명했지만 그것은 내 흥미를 끌지 못했다. 공기 중에는 곰팡이 냄새에 섞인 연기 냄새.

언덕길을 내려온 곳에서 어지럽게 흔들리는 붉은 하늘을 보았다. 불붙은 문이 활활 타고 있었다. 주름진 함석지붕을 얹은 길가의 오두막에 누군가 휘발유를 붓고 불을 붙였다. 구청에서 나온 몇몇 남자가 코를 막은 자세로 불 앞에 서 있었다. 어제까지만 해도 오두막집에서 살았던, 하지만 당장 오늘부터 그들이 어디서 잠을 자야 할 것인지를, 죽은 그들의 부모가 어디로 갔는지와 마찬가지로 알지 못하는 다섯 명의 아이가, 속옷 바람으로 옹기종기 모여 경이에 찬 시선으로 자신들의 집이 불타는 광경을 구경하고 있었다. 구청에서 나온 남자들이 아이들의 온몸에 소독약을 뿌렸다. 맵고도 향긋한 소독약 냄새가 공기 중에 확 퍼졌고, 불투명한 흰 안개가 눈앞을 가렸다. 흰나비처럼 팔락거리며 내가 안개 속을 통과하는 순간 누군가의 억센 손에 어깨를 붙잡았고, 나는 머리부터 발끝까지 소독약을 듬뿍 뒤집어썼다. 하지만 나는 계속해서 갔다. 나를 오두막집의 아이들과 혼동한 누군가가 뒤에서 소리치기를, 내 가족은 콜레라에 걸렸고, 그래서 부모가 죽은 것이므로, 그래서 내가 살던 오두막집을 불태운 것이므로, 나도 형제자매들과 함께 보건소로 가서 검사를 받아야만 한다고 했다. 나는 개의치 않았다. 그들은 잘못 알고 있는 것이다. 나는 더욱 빠른 걸음으로 계속해서 갔다.

학교에 도착했을 때는 한낮이었다. 낮게 걸린 커다란 태양이 머리 위에서 하얗게 연소하고 있었다. 운동장에는 아무도 없었다. 나는 거칠고 굵은 모래 알갱이가 깔린 운동장을 자박자박 걸어서 건물로 다가갔다. 학교는 인적 없이 너무도 고요하고, 교실 창문 뒤편에서 어른거리는 선생이나 아이들의 그림자도 없고, 쉬는 시간을 알리는 종소리도 울리지 않고, 처마에는 비둘기들도 없고, 건물 뒤편 쓰레기장에서는 검은 연기도 피어오르지 않으며, 음악실의 풍금 소리도 들리지 않고, 고장난 펌프 주변을 기웃거리는 집 없는 개도 한 마리 보이지 않았다. 단지 건물 안으로 들어서는 문에 붓으로

休校公告

夏季 水因性傳染病 發生으로 因하여 敎育法施行令에 依據, 無期限休校함.

學校長

이렇게 적힌 종이가 붙어 있을 뿐이었다.

복도는 텅 비었다. 하지만 교무실은 금방 알아볼 수 있었다. 문이 열려 있었고, 커다란 방에 책상이 많았지만 사람은 단 한 명뿐이었다. 교무실 한가운데 한 여자가 반듯한 자세로 앉아 있었다. 노란색 여름 스웨터를 입고 머리를 뒤로 모아 묶었으며 내게 등을 돌린 자세였다. 가까이 다가가자 두 개의 전구처럼 하얗게 빛나는 여자의 귀가 보였다. 그러나 내가 가까이 가도 그녀는 몸을 돌리지 않았다. 내가 들어온

것을 알아차리지 못한 것 같았다. 나는 키가 작아서 책상보다 그리 크지 않고, 체격도 또래보다 작았으며, 무엇보다도 내가 움직일 때는 소리가 거의 없었기 때문이다. 그래서 오래전에 누군가는 말했었다.

너는 그림자같이 걸었어.

앉아 있는 여자는 등을 곧게 세운 자세로 정면의 벽에 시선을 고정하고 있었다. 그녀의 눈길이 닿은 벽에는 국기와 대통령의 초상이 나란히 걸려 있었다. 하지만 그녀는 국기도 대통령도 보고 있는 것 같지는 않았다. 눈을 거의 감고 있었기 때문이다. 나는 그녀의 곁으로 가서 섰다. 등에 멘 가방을 벗는 데 힘이 들었다. 뙤약볕 아래 한 시간도 넘게 먼길을 걸었으므로 등은 비참하게 땀에 젖어 있었다. 아직도 소독약 냄새가 풍기는 가방을 열고 봉투에 든 서류를 꺼냈다. 봉투에는 푸른 볼펜으로 '김길라'라고 적혀 있었다. 나는 그 봉투를 가만히 여자에게 내밀었다. 그녀가 김길라인지 아닌지는 몰랐지만, 지금 이곳에서 그녀 말고 다른 이가 김길라 선생님일 가능성은 전무했다. 그러나 그녀는 여전히 꼼짝도 하지 않았고, 국기와 대통령을 향한 시선을, 하지만 국기도 대통령도 보고 있지 않은 눈먼 시선을 움직이지도 않았다. 나는 할 수 없이 그녀의 무릎 위에 봉투를 살그머니 내려놓았다. 그녀는 검은색 스커트 차림인데, 앉아 있는 자세 때문인지 스커트가 무릎 위로 말려 올라가 황금색 나일론 스타킹을 신은 허벅지가 드러났다. 스타킹은 종아리 부분에 길게 올이 나가 있었다. 책상 위에는 두툼한 흰 종이 묶음이 있었다. 그녀는 주먹을 살짝 쥔 왼손으로 종이를 받치고, 오른손으로는 펜을 쥐고 있었다. 막 뭔가를 쓰려고 하는 자세였다. 백지 위에는 아무것도 적히지 않았고, 펜촉에서 떨어진 잉크 방울이 얼룩져 있었다. 까만 개미 한 마리가 그녀의 허벅지 위를 기어갔다. 나는 그녀의 얼굴을 올려다보았다. 거의 닫힌 눈꺼풀은 전혀 움직임이 없었다. 그녀는 앉은 채로 잠이 든 사람 같았다.

어디선가 비행기가 날아가는 소리가 들렸다. 나는 창가로 달려가서 밖을 내다보았다. 높이 뜬 흰 구름 사이로 비행기가 보였다. 비행기가 학교 운동장의 미루나무를 스칠 듯이 낮게 내려왔을 때, 나는 심지어 조종실 내부까지 들여다볼 수 있었다. 수많은 단추와 시계들이 복잡하고 촘촘하게 들어찬 좁고 답답한 방에서, 커다란 검은 선글라스를 쓴 조종사가 목에 프랑스 자수로 제비꽃이 수놓인 손수건을 감고 앉아 있었다. 나는 그의 낮고 평평한 코와 길쭉하게 찢어진 거무스름한 자주색 입을 보았다. 그가 나를 보고 웃었다는 느낌이 들었다. 지극히 짧은 순간이지만 나는 비행기가 텅 빈 운동장에 내려앉고, 마치 달착륙선에서 내려오는 암스트롱처럼 느리게 부유하는 동작으로 비행기 밖으로 걸어나온 조종사가, 내 운명에 상상할 수 없이 엄청난 영향을 미칠 어떤 행동을 할지도 모른다는 불안한 기대감에 사로잡혔다. 나는 내가 김길라라고 상상했으므로…… 어지럽게 흔들리는 붉은 하늘을 본다. 문이 활활 불타고 있다. 그는 정말로 운동장에 비행기를 착륙시킬까? 내가 그것을 기다리는 사이, 비행기는 아슬아슬하게 고도를 높여, 보이지 않는 하늘의 벼랑 너머로 사라져버렸다.

그러고도 한동안 나는 여전히 잠에서 깨지 않고 있는 여자의 앞에 말없이 서 있었다. 하지만 아무리 기다려도 여자가 잠에서 깰 기미가 보이지 않았으므로, 혼자서 교실을 찾아가기로 결심했다. 그녀의 무릎에서 봉투가 떨어지지 않는지 확인한 뒤에, 교무실을 나왔다. 복도는 한없이 길어 보였다. 복도의 맞은편 끝은 이글거리는 한낮의 빛에 싸여 있었다. 똑같은 모양의 빈 교실들이 나타났다. '연극반'이라는 표찰을 단 교실 앞을 지나가는데, 갑자기 누군가가 내 앞으로 불쑥 걸어나왔다. 느닷없는 마주침에 나는 깜짝 놀라서 눈을 크게 떴다. 그것은 승복을 입은 몸집이 작은 승려였다. 승려는 갈색 소가죽 가방을 왼쪽 어깨에서 오른쪽 허리로 비스듬하게 멨고, 손에는 연극 팸플릿을 들고 있었다. 나를 발견한 승려가 먼저 말을 걸어왔고, 흰 피부의 얼굴과 목소리에서 나는 그녀가 아주 젊은 여승인 것을 알았다.

"연극 공연이 취소된 것이 아니로구나!"

여승의 말을 이해하지 못한 나는 말없이 고개를 저었다.

"이 연극에 출연하는 게 아니었어?"

여승은 내게 팸플릿을 내밀었다. 거기에는 '극단 해적, 사르트르의 연극 〈非公開, Huis clos〉 낭독 공연, 장소: ○○초등학교 연극반'이라고 적혀 있었다.

나는 다시 한번 고개를 저었다. 여승은 그다지 실망하지 않는 표정이었다.

"그렇다면 연극은 정말로 취소된 모양이로군. 넌 그냥 연습하러 나온 연극반 아이인 거고."

"난 연극반이 아니에요. 오늘 이 학교로 전학 왔어요. 지금 교실을 찾는 중이에요."

내가 대답했다. 여승은 대답 대신 갈색 가죽가방을 열고 보온병을 꺼내더니 뚜껑을 열고 내게 내밀었다.

"좀 마실래?"

나는 목이 말랐으므로 거절하지 않고 보온병을 받아들고

그대로 마셨다. 놀랍게도 그것은 차가운 초콜릿이었다. 달콤하고 시원했다. 나는 갈증이 사라질 때까지 꿀꺽꿀꺽 마셨다. 한참 동안 정신없이 마시다보니 보온병의 바닥이 드러나버렸고, 나는 좀 당황했지만 여승은 친절한 미소를 지으며 괜찮다고 말했다.

여승은 나와 함께 나란히 복도를 걸어갔다. 복도의 맞은편 커다란 빛 덩어리가 너울거리던 곳에 밖으로 나가는 또다른 문이 보이기 시작했다. 우리는 그곳까지 함께 걸어갈 터였다. 나는 여승에게, 왜 일요일도 아닌데 학교가 텅 빈 거냐고 물었다.

"오. 그건 여러 가지 이유가 있지."

여승은 다정한 태도로 내 어깨를 가볍게 토닥였다.

"말하자면 좀 긴 이야기인데, 그전에 먼저 오른손을 한번 보여줄래?"

나는 오른손을 내밀었다. 여승은 내 손을 건드리지는 않고 손바닥을 유심히 들여다보기만 했다.

"전염병 때문이야."

여승은 시선을 내 손바닥에서 떼지 않고 말했다.

"오염된 펌프 물 때문에 이 동네는 지금 콜레라가 한창이라는구나. 가난한 동네라서 수도시설이 충분하지 않거든. 그래서 학교가 문을 닫은 거야. 하지만 난 연극 공연까지 취소됐을 거란 예상은 못했단다. 너를 처음 봤을 때, 연극의 첫 장면이라고 생각했지 뭐니. 아무런 설명도 없이 배우들이 한명 한 명 복도 끝에서 나타나 교실 안으로 들어오는 거라고. 물론 원래 연극 내용과는 좀 다르지만, 그렇게 연극이 시작되는 거라고 생각했어."

"난 연극에 대해서는 아무것도 몰라요. 그런데 콜레라가 내 손과 무슨 상관이 있어요?"

"네 손금은 네가 어디에 있는지 말해주는 거니까."

"그게 무슨 말이에요?"

"말하자면 네가,"

놀랍게도 우리는 어느새 문 앞에 당도해 있었다. 마치 문이 우리를 향해서 번개처럼 빠르게, 눈치챌 틈도 없이 순식간에 스스로 다가온 것만 같았다. 윗부분 절반쯤은 불투명한 유리가 박혔고 아랫부분은 목조로 된 푸른색 낡은 문이었다. 유리에는 커다란 파리가 앉아 있었다. 파리는 꼼짝도 하지 않았다.

"말하자면 네가 파리의 시간과 콜레라의 시간 사이 어디쯤을 살고 있는지 알아야 할 것 아니겠니."

나는 여승의 말을 이해할 수 없었지만 더이상은 묻지 않았다. 담벼락에 적힌 난잡한 욕설처럼, 나와 관련되었을지도 모르나 어쩐지 개의치 않은 채 훨훨 날아가도 될 것 같은, 그런 느낌이 들었기 때문이다.

"하지만 다른 소문도 있지."

말을 나누다보니 우리는 어느새 건물을 나섰다. 여승은 가죽가방에서 담배와 성냥을 꺼내더니 고혹적인 손놀림으로 담배를 입에 물고 불을 붙였다. 그러고는 내가 한 번도 보지 못한 관능적인 모습으로 연기를 빨아들인 후 길게 내뿜었다.

"공상을 좋아하는 사람들은 비밀스러운 전쟁을 믿고 싶어해. 그들의 말에 의하면 지금 이 나라는 전쟁중이고, 우리는 모르지만 보이지 않는 곳에서 군인들이 전투를 치르고 있다는 거야. 그것도 몇 년 전부터 말이야. 얼마 전에는 비행기가 날아와 학교 어딘가에 폭탄을 떨어뜨렸는데, 그건 자동판단장치가, 그런 기계를 뭐라고 부르는지 정확한 이름은 모르겠다만. 하여간 그런 장치가 부착된 거라서, 폭발하기에 가장 적절한 순간을 스스로 알아서 판단한다는 거야. 그 적절한 순간이 어떤 기준을 의미하는 건지도 짐작할 수 없어. 우리는 폭탄이 언제 터져버릴지 모르고, 심지어 어디에 있는지조차 몰라. 폭탄은 우리의 불안을 공기 삼아, 어딘가에서 조용히 숨쉬고 있는 거지. 그래, 폭탄은 터지지 않을 수도 있어.

폭탄이 스스로 그렇게 결정한다면 말이지. 말하자면 그건, 자의식을 가진 폭탄이야! 그 폭탄 때문에 갑작스러운 휴교령이 내려졌다는 소문이 있어. 폭탄 때문에 쓰레기도 소각하지 못하고 양계장의 닭들도 다른 곳으로 옮겨졌다고. 콜레라는 핑계일 뿐이라고. 하지만 전쟁이나 폭탄은 소문일 거야. 군인들을 본 사람도 없고, 폭탄을 싣고 왔다는 비행기는 더더욱 본 사람이 없어. 심지어는 그 폭탄이 핵폭탄이라는 말도 있단다! 미국은 항상 멀리 떨어진 작은 나라에서, 말하자면 우리나라와 같은 곳, 핵폭탄의 위력을 시험하고 싶어했으니까. 그래서 어떤 사람들은 방사능 때문에 양계장의 닭들이 다 죽어버린 거라고 장담하기도 한단다! 하지만 무서워할 필요는 없어. 그건 모두 소문이니까. 소문은 그냥 꿈같은 거란다. 소문은 우리를 해치지 못해."

나는 아이였지만 전쟁이 무섭다는 것을, 핵폭탄이 무섭다는 것을, 그리고 아마도 죽음 또한 무섭다는 것을 이미 알고 있었다. 내 표정을 알아차린 여승은 의미심장한 미소를 지었다.

"그런데 말이다, 소문은 그것만이 아니야. 학교가 문을 닫은 이유는 자의식을 가진 폭탄 때문이 아니라, 어느 광인이 학교로 몰래 들어와 소녀들을 살해했기 때문이라는 말도 있어. 눈동자와 머리카락이 유난히 검고 피부가 흰 여자아이들만을 노리는 살인자가 학교 어딘가에 숨어 있다는구나. 어떠냐, 이편이 훨씬 더 그럴듯하지?"

"……"

"그래서 휴교를 할 수밖에 없었다는 거야. 심지어는 텔레비전 뉴스 팀에서 와서 학교를 촬영해간 이유도 사실은 그것이라고 해. 그런데 말이다, 소녀들을 노린 연쇄살인범이 학교에 있었다고 해도, 지금까지 이 안에 틀어박혀 있을 이유가 없지 않겠니? 이미 진즉에 달아났을 거야. 흥이 사라졌으니 집으로 갔겠지. 아니면 소녀들이 있는 다른 곳으로 갔거나. 그러니 무서워할 필요는 없어. 게다가 그건 모두 소문이니까. 소문은 그냥 꿈같은 거란다. 소문은 우리를 해치지 못해."

"꿈은 우리를 해치나요?"

"꿈은." 여승은 담배를 바닥에 던지고 발로 문질러 껐다. "꿈은 글과 마찬가지로 직관의 일종이야."

"그게 무슨 말인가요?"

여승은 대답하지 않았다. 우리는 운동장 한가운데를 향해서 걸어갔다. 아무것도 심기지 않은 화단의 흙 속에서 수십 마리의 나비떼가 솟구치는 흰 거품처럼 한꺼번에 공중으로 솟아올랐다. 땅속에서 뭔가가 터지며 흰 폭발이 일어난 것 같았다. 아, 드디어. 현기증을 느낀 나는 눈을 감았다. 푸르스름한 커다란 유리병 속에서 춤추는 흰나비떼가 보였다. 나는 유리병의 투명하고 단단한 푸르스름함 속으로 걸어들어가는 나 자신을 보았다. 점점 멀어지는 나 자신을 보았다. 내 이름을 부르는 나 자신의 먼 목소리를 들었다. 언젠가 물잔에 맑은 술이 가득 담긴 것을 모르고 다 들이켠 다음 그대로 쓰러져 잠든 적이 있는데, 바로 그런 기분이었다. 여승이 뭔가를 말하고 있다는 느낌은 들었지만 나는 더이상 여승의 말에 귀기울이고 있지 않았다.

"……그리고 너는 아마도 훌륭한 우체국 직원이 될 거다."

계속 이어지는 여승의 목소리가 내 귓가를 흰나비떼처럼 스쳐갔다. 이마 한가운데와 왼쪽 옆구리, 그리고 오른쪽 가운뎃손가락 손톱 밑이 불에 달군 못에 찔리는 듯 뜨겁게 아팠다. 나는 콜레라에 걸린 것일까?

내 걸음은 점점 느려졌다. 나는 그림자처럼 너울거리며 천천히 걸었다.

"아니면 나 같은 승려가 될 거야. 운이 아주 나쁘다면 다른 것이 될 수도 있겠지. 운이 드물게 좋은 경우도 마찬가지고.

정말이지 난 네가 연극에 출연하는 아이인 줄로 알았단다. 이번 연극은 아역이 나오게 각색을 했다고 들었으니까. 난 그럴듯하다고 생각했어. 한 아이의 반들반들한 껍데기 아래에는 깜짝 놀랄 만큼 많은 삶이 들어 있기도 하잖니."

나는 여승의 말을 듣고 있지 않았다.

"마치 달걀처럼."

여승은 계속해서 말했다.

나는 콜레라에 걸린 것일까?

"어쩌면 너는 아이가 아닐지도 모르겠구나."

앞서가던 여승이 문득 나를 돌아보았다.

"네 안에는 아주 늙은 네가 살고 있을지도 몰라. 늙은 그녀가 너무 이른 시기에 밖으로 나오지 못하도록 해라. 만약 그녀가 미친 닭처럼 순식간에 훨훨 날아가버리면 너는 평생 그녀를 쫓아다녀야 하는 거야. 아니면 그녀가 너를 쫓아다니겠지. 운이 좋아서 그런 불행만 일어나지 않으면, 넌 훌륭한 우체국 직원이 될 거다."

나는 여승의 말을 듣고 있지 않았다. 길쭉하게 찢어진 입을 가진 조종사가 나에게 소독약을 분사했고, 나는 어지럽게 흔들리는 붉은 하늘을 보았다.

거울을 바라보자 거기 늙은 길라가 있었다. 여교사와 눈이 마주친 길라는 희미하게 웃었다. 의미를 추측할 수 없는 웃음이었다. 흐릿하게 탈색된 낡은 노란색 여름 스웨터를 입은 늙은 길라는 엉거주춤 서서, 두 손을 등뒤에 가리고 있었다. 여교사는 조금 망설이다가 길라에게 모르는 사람의 애매한 미소로 답했다. 길라의 눈동자에서 증오가 번득였다. 예의를 다했다고 생각한 여교사는 등을 돌리고 자신의 책상으로 돌아갔다. 그때 길라가, 등뒤로 감춘 손에 들고 있던 커다란 쇠망치를 머리 위로 치켜올린 채 여교사의 뒤로 다가왔다. 망치는 매우 무거웠으므로 길라의 이마에는 깊은 주름이 잡히고 콧등에는 땀이 송송 맺혔다. 여교사는 책상에 앉아, 검은 잉크병을 열었다. 펜을 들었다. 책상 위에는 흰 종이 묶음이 반듯하게 놓여 있었다. 한 장 한 장 뜯어내는 종류의 편지지 묶음이었다. 여교사는 글자를 쓰기 위해 펜을 종이 위로 가져갔으나, 펜촉 끝에 고인 잉크가 마침내 한 방울 뚝 떨어져 백지 위에서 번져갈 때까지 그녀의 손은 움직임 없이 허공에 정지해 있었다. 여교사는 아무것도 쓰지 못한 채 무의미하게 귀를 기울였다. 아무 소리도 들려오지 않았다. 학교는 얼마 전 폐업한 양계장과 담 하나를 사이에 두고 붙어 있었다. 하루의 삶은 죽은 닭처럼 적막했다. 여교사는 가방에서 보온병을 꺼내, 한 모금 마시고 잉크병 곁에 놓았다. 잠시 생각한 후, 다시 한 모금을 마셨다. 여교사는 늘 그렇듯이, 어젯밤에도 뱀과 물이 나오는 꿈을 꾸었다. 그녀는 그것을 편지에 써야 할까?

전화벨이 울렸기 때문에 여교사는 반사적으로 벌떡 일어나 종종걸음으로 전화가 있는 곳으로 다가가 수화기를 들었다. 물이 말라버린 꽃병에서 카네이션이 시들어갔다. 방향을 잃은 길라의 망치가 허공을 가로질렀고, 책상에서 굴러떨어진 꽃병은 바닥에서 산산조각이 났다.

"아, 당신이로군요."

그것은 사적인 전화였다.

"오늘 당직은 아니지만, 전학생이 있어서, 그래서 학교에 나왔어요."

여교사는 수화기 저편을 향해서 말했다.

"아니, 아직 도착하지 않았어요. 언제 올지 그건 몰라요. 학교는 아무 일도 없어요."

여교사는 이렇게 말하면서 운동장을 내다보았다. 풀 한 포기 자라지 않는 황량한 화단. 먼지투성이 미루나무 몇 그루. 오직 그뿐. 양계장에서 달아난 닭이 목이 반쯤 잘린 채로 운동장을 질주하고 있고. 오직 그뿐.

"……아무것도 보이지 않아요."

여교사는 반복했다. 그러고는 한참 동안 말없이 수화기 속의 목소리에 귀를 기울이고만 있었다.

"네, 맞아요."

잠시 후 여교사는 머뭇거리다가 대답했다.

"당신 말이 맞아요. 여긴 답답해요. 숨이 막히고, 오래 견디지 못할 것 같아요. 네, 당신 말이 맞아요. 행복하지도 불행하지도 않아요. 그것이 싫어요. 당신 말이 맞아요. 단 하루라도 더는 참을 수 없어요."

고무 앞치마를 두른 양계장 주인이 손에 커다란 칼을 든 채 운동장을 가로질러 달려갔다. 칼에서는 아직도 닭피가 뚝뚝 떨어지고 있었다. 건물 처마밑, 거무스름하게 그늘진 모래 위에 거무스름한 핏자국이 남았다.

"당신 말대로, 다른 일을 찾아봐야 할 거예요. 학교를 그만두려고 해요. 사실, 오늘 사표를 쓸 생각이에요. 그래서 학교에 왔어요. 이미 결심한 일인데, 오래 기다릴 이유가 있을까요? 교장의 책상 위에 놓아둘 거예요. 누구의 얼굴도 보지 않고, 누구에게도 인사하지 않고, 그렇게 떠나고 싶어요."

잠시 후 여교사는 이해하지 못하는 표정으로 되물었다.

"뭐라고요, 우리는 어떻게 되느냐고요?"

그러곤 이어서, 조금 안심하면서 당황하는 목소리로

"아, 우리가 아니라 전학생 말이로군요."

여교사의 얼굴에는 그다지 중요하지 않은 책임을 잊고 있다가 다시 떠올린 사람의, 죄책감과 성가심이 살짝 뒤섞인, 귀찮아하는 표정이 떠올랐다.

"그 아이는 사직서를 다 쓸 때까지는 도착할 거예요. 그러지 않는다면, 나도 몰라요. 어쩌면 난 그 아이를 영영 만나지 못할 수도 있어요. 난 그냥 떠날 거니까요."

그러고 나서 여교사는 책상에 걸터앉은 자세로, 수화기를 귀에 댄 채, 한동안 창밖을 내다보고 있었다. 아무 일도 일어나지 않았고, 아무것도 움직이지 않았다. 그것은 마치⋯⋯ 오직 야수일 뿐. 여교사는 피부 아래의 아득한 감각으로 그것을 느꼈다. 수화기 속에서는 상대방이 계속해서 뭔가를 말했지만, 그녀는 더이상 귀기울이고 있지 않았다. 그녀는 이 세계를 잊은 사람처럼 보였다.

"그렇다면 어디로?"

한참이 흐른 뒤, 정신이 든 여교사는 상대방이 뭔가 질문을 한 것 같다는 생각이 들어 문득 수화기를 향해서 이렇게 되물었으나 이미 전화는 끊긴 다음이었다. 그래도 여교사는 시간의 저편을 향해서, 속삭이듯이 한번 더

"그렇다면 어디로?"

여교사는 평생 동안 생명 있는 것들과 불화해왔다. 그중 최초는 자신의 아버지였다. 그가 조금이라도 친절한 사람이었다면 그냥 그녀를 강간만 하고 말았을 텐데. 그리고 가장 마지막은 여교사 자신이었다. 물론 그사이에는 수많은 다른 얼굴이 있을 터이나, 여교사는 더이상 그들에 대해 생각하지 않았다. 늙은 길라를 처음으로 만난 날 여교사는 이런 부탁을 했다. 날 죽여줘. 소리도 없이. 자의식도 없이. 내가 왜? 늙은 길라가 비웃었다. 넌 나에게 아무것도 아닌데 왜 그래야 하지? 나는 너를 몰라. 만난 적도 없어.

날 봐. 여교사가 길라를 똑바로 쳐다보며 말했다.

거짓말하지 마. 만난 적은 없지만 그래도 넌 나를 알아. 그렇지? 어쩌면 나보다도 나를 더 잘 알고 있을 거야. 더구나 넌 나를 증오해. 내가 없어지기를 바라고 있어, 그렇지?

늙은 길라는 대답하지 않았다.

여교사는 남편이 진료소에서 디스트라노이린을 가져오는 것을 알고 있었다. 그리고 그것을 책상 몇 번째 서랍에 숨겨두는지도 알았다. 남편은 시립 무의탁 알코올중독자 진료소에서 일했고, 알코올성 치매를 앓는 자신의 환자들에게 늘 디스트라노이린을 처방해주곤 했다. 그리고 남편 자신도 밤

낮이 바뀐 근무 때문에 불면증을 얻었다는 핑계로 종종 그 약을 복용했다. 여교사는 이미 오래전부터 디스트라노이린을 한두 알씩 남편의 서랍에서 훔쳐내고 있었다. 간혹 렌도르민이 섞여 있기도 했다. 남편이 사용하는 약들이 원칙적으로 노령의 환자들을 위한 것이고 장기간 투약은 위험하다는 것을 알았지만 최대한 주의하고, 며칠에 한 번씩 복용하면 문제가 없을 거라고 생각했다.

여교사는 오래된 도시에서 태어나 오래된 학교를 다녔고, 오래된 학교에서 교사로 일했으며, 오래된 남자와 결혼했다. 그들의 결혼은 그들의 삶과 마찬가지로 처음부터 오래되었으며, 행복하지도 불행하지도 않았다. 시립 진료소에 근무하는 의사는 여든 살이 넘어 보청기 없이는 단 한마디도 듣지 못하는 노의사와 남편, 둘뿐이었다. 노의사는 저녁 여덟시면 무슨 일이 있어도 잠자리에 들어야 했고, 한번 잠이 들면 곁에서 핵폭탄이 터져도 일어나지 못한다고 했다. 그래서 남편은 자연스럽게 매일 밤 야간 근무를 자원했다. 여교사가 출근한 뒤 남편은 집으로 돌아왔고, 여교사가 퇴근하면 남편은 이미 출근한 뒤였다. 그들은 좁은 길에서 마주친 모르는 두 행인처럼 서로의 발을 밟지 않으려고 조심했다. 그들은 소리 없는 두 마리 야수처럼 서로의 잠을 깨우기를 원하지 않왔다. 남편은 어느 날부턴가 여교사에게 다른 남자가 있다고 믿게 되었고, 이후 그들 부부는 더더욱 멀어졌다. 여교사는 남편에게 편지를 써보려고 한 번 시도했으나 곧 찢어버리고 말았다. 그들이 서로의 목소리를 들은 지는 참으로 오래되었다. 그들이 서로의 발소리를 들은 지는 참으로 오래되었다. 세계는 너무 오래되었다. 이 동네에서 콜레라가 발생한 것도 모든 것이 너무 오랫동안 고여 있었기 때문이라고 여교사는 생각했다. 여교사는 콜레라가 두렵지 않았다. 하지만 고여 있는 것은 두려웠다. 가장 두려운 것은 고여 있는 자기 자신이었다. 여교사는 디스트라노이린 두 알을 가루내어 초콜릿 음료에 넣어 마시고 잠이 들었다. 매일 밤 잠의 세계에는 뱀과 물이 너울거렸다. 그러다가 문득 눈을 뜨면, 거기 늙은 길라가 자신을 빤히 내려다보고 있었다. 늙은 길라는 백발이었고, 우아한 갈색 모직 정장을 입었으며 등에는 갈색 소가죽 바이올린 케이스를 비스듬히 메고 있었다. 여교사는 자신이 무슨 말을 하는지도 모르는 채 애원했다.

날 죽여줘. 소리도 없이. 잠도 없이.

여교사는 이렇게 말하는 자신의 목소리를 들으면서 소스라치게 놀랐다. 안 돼, 그러지 마! 하고 외치고 싶어서 입을 벌렸으나, 역시 이번에도 자신의 입에서 나오는 말은 변함이 없었나. 날 죽여줘. 소리도 없이. 말도 없이.

무대 한구석 커다란 거울 뒤편에서 뱀과 물이 나타났는데, 그것은 알몸에 검은 황소 마스크를 쓴 두 남자였다. 한 남자는 가슴에 커다란 백조 한 마리를 안고 있었다. 똑같은 황소 마스크를 쓰고 구별할 수 없는 몸을 가진 그들 중에서 여교사는 누가 뱀이고 누가 물인지 금세 직관으로 알아볼 수 있었다(글쓰기는 곧 직관이다. 꿈꾸기도 마찬가지일까?). 그러므로, 살아 있는 백조를 안고 있는 것은 뱀이었다. 어느새 여교사도 옷을 모두 벗고 있었다. 노란 여름 스웨터를 목 위로 허겁지겁 끌어올렸고 너무 서둘러 벗느라 황금색 나일론 스타킹의 올이 나갔다. 여교사는 혀로 마른 입술을 축이고 뱀에게 먼저 말했다. 날 때려줘. 물에게 말했다. 날 모욕해줘. 황소 마스크를 쓴 두 남자는 여교사의 벌거벗은 등과 엉덩이를 가시 달린 채찍으로 후려쳤다. 여교사는 웃으면서 신음소리를 냈다. 고개를 돌리고 거울을 훔쳐보며, 좀더 자극적인 자태로 죽임을 당하는 방법을 궁리했다. 가시 채찍이 두번째 날아오자 피부가 날카롭게 찢겼다. 쩍 벌어진 살갗 사이로 노랗고 하얀색의 더러운 내장 덩어리가 비죽 튀어나오자 여교사는 미칠 듯이 격렬한 수치심을 느꼈다. 세번째 채찍이 그녀의 이마 한가운데를 갈랐다. 부글거리는 회색 거품이 눈 위로 와락 쏟아졌다. 물이 허둥거리는 여교사의 허리를 붙들고 항문에 자신의 성기를 찔러넣었는데, 그것이 그녀의 몸안에서 점점 크게 자라면서 마침내는 여교사의 입을 뚫고 불쑥 튀어나왔다. 그 충격으로 여교사의 앞니가 두 개나 부러졌다. 기름투성이 오물, 배설물과 피가 사방에 흥건했다. 뱀이 백조 대가리를 여교사의 다리 사이로 밀어넣었다. 탐욕의 백조가 머리를 힘차게 펌프질하며 여교사의 장기를 물어뜯고 후벼파며 쪼아먹기 시작했다. 여교사는 이 모든 광경을 거울 속에서 분명히 보았다. 충격에 빠진 그녀는 발로 거울을 차서 깨뜨렸다. 거대한 날개를 퍼덕이는 백조 대가리를 손으로 잡아뺐다. 여교사의 피를 대가리에 잔뜩 뒤집어쓴 피투성이 백조는 목이 잡힌 채 뽑혀나오는 와중에도 부리를 딱 벌리고 기다랗게 늘어진 여교사의 장기 끄트머리를 마저 꿀꺽 삼켰다. 새빨갛게 피범벅된 백조가 잔인한 눈으로 여교사를 빤히 노려보았다. 여교사는 공포의 비명을 지르며 자신도 모르게 양손으로 잡은 백조의 목을 미친듯이 눌러댔다. 목이 졸린 백조는 방금 삼킨 물질을 토해냈다. 그것은 절반쯤 으깨진 채 아직 팔다리를 버둥거리는 태아였다. 더러운 회색의 탯줄 일부가 백조의 부리에 걸레처럼 축 매달려 있었다. 여교사는 머리카락을 쥐어뜯으며 태아를 발로 뭉개고 짓

밟았다. 이건 악몽이야! 분명 악몽이야! 태아의 내장이 발바닥 아래서 물컹하게 짓이겨지는 것을 느꼈다. 하지만 태아는 꿈틀거림을 멈추지 않았다. 안 돼! 안 돼! 살아나면 안 돼! 이 추악한 괴물! 징그러운 내장 덩어리! 하지만 태아는 죽지 않았고, 놀랍게도 여교사를 보면서 히죽히죽 웃기까지 했다. 책을 읽어줘, 엄마. 여교사는 엉엉 울면서 달아났다. 머리카락을 쥐어뜯으며 달아났다. 하지만 뱀이 달아나는 여교사의 머리채를 뒤에서 움켜쥐었고, 깨진 거울 조각으로 그녀의 목을 반쯤 잘랐다. 여교사는 목을 덜렁덜렁 흔들며 방향감각을 잃고 한자리에서 빙글빙글 돌았다. 피와 오줌, 내장 찌꺼기를 흘리며 비틀거렸다. 깨진 거울 속에서 처참하고 흉측한 자기 자신을 보았다.

날 죽여줘. 소리도 없이. 직관도 없이.

하지만 뱀과 물은 여교사를 죽이지 않았다. 아니, 그러기 전에 그들은 마지막 의례를 치르려고 하는 것 같았다. 그들은 여교사의 양쪽에서 나란히 서서, 천천히 마스크를 벗기 시작했다. 그것을 본 여교사는 극도의 패닉에 빠졌다. 지금까지의 일은 아무것도 아니었다. 지금까지는 자비로운 전희에 불과했다. 그녀는 제정신을 잃었다. 머리를 움켜쥐고 쓰러지며 발광했다.

안 돼, 안 돼! 마스크를 벗으면 안 돼! 그건 안 돼! 너희들 얼굴을 보고 싶지 않아! 너희들이 누구인지 알고 싶지 않아! 영원히 알고 싶지 않아! 날 계속 때리고 모욕해! 날 강간하고 살해해도 좋아! 날 고기 가는 기계에 넣고 갈아버려! 내 껍질을 벗기고 피와 기름을 끓여서 비누로 만들어버려! 하지만 제발, 제발 부탁이니 마스크는 벗지 마! 마스크는 벗지 마! 내가 너희의 얼굴을 보게 하지는 마! 너희가 누구인지 알게 하지는 마! 차라리 내 눈을 찔러 맹인으로 만들어줘! 뭐든지 할게, 시키는 대로 뭐든지 다 할게! 내가 뭘 하면 될까, 아, 그래, 저게 있었지, 저걸 먹을게! 먹고, 토하고, 그 토사물까지도 다 먹을게!

여교사는 엉엉 울면서 태아에게 기어갔다. 필사적으로, 허겁지겁 기어갔다. 여전히 히죽히죽 웃는 태아를 붙잡고 머리를, 몸통을, 뜯어먹었다. 팔다리를 뚝뚝 잘라서 어금니로 우걱우걱 씹었다. 책을 읽어줘, 엄마. 태아는 절반쯤 남은 얼굴로 여전히 또랑또랑하게 말했다. 여교사는 손가락으로 태아의 새빨간 혓바닥을 쑥 뽑아서 꿀걱 삼켜버렸다. 살아 있는 태아의 살코기를 점점 더 사납게 갈기갈기 찢고 물어뜯었다. 바닥에 굴러떨어진 태아의 눈동자까지도 집어들고 오도독오도독 씹어먹었다. 마지막으로 목구멍이 찢어져라 입을 크게

벌리고 태아의 성기를 입안에 쑤셔넣었다. 질겅질겅. 날 죽
여줘. 소리도 없이. 몸도 없이.

　편지를 쓰고 있던 여교사는 한동안 몰입하여 자신이 있는
곳을 잊었다. 이 세계를 완전히 잊었다. 전화벨 소리가 정적
을 깼을 때는, 마치 영원만큼의 시간이 흘러가버린 듯했다.
불현듯 정신을 차린 여교사는 잉크병의 잉크가 이미 반이나
줄었다는 사실에 깜짝 놀랐다. 몇 장인지 셀 수도 없는 종이
가 글자로 가득 메워진 채 여교사 앞에 놓여 있었다. 참으로
긴 편지를 썼구나! 일생만큼 길구나! 마치 어린 시절, 맑은
술이 가득 든 물잔을 모르고 마신 후 그대로 잠이 들어버린
때처럼, 그렇게 정신을 잃은 채 오랜 세월을 흘려보낸 것 같
구나! 여교사는 전화벨이 끊임없이 울리는 동안 이렇게 생각
했다. 전화를 받기 위해 자리에서 일어서자, 그녀의 무릎에
서 봉투가 툭 떨어졌다. 봉투에는 '김길라'라고 적혀 있었다.
전학생이로구나, 하는 생각이 여교사의 머리를 퍼뜩 스쳐갔
고, 전화벨은 끊임없이 울렸다. 공기 중에는 코를 찌르는 달
콤한 약품 냄새가 희미하게 남아 있었다. 여교사가 편지를
쓰는 사이 학교 앞으로 소독차가 지나갔을지도 몰랐다. 아
아, 얼마나 오랫동안 편지를 쓰고 있었던 걸까. 그사이에 전

학생이 왔다 갔구나. 그사이 소독차가 왔다 갔구나. 편지 쓰는 데 열중해서 아무것도 알아차리지 못했다니. 도대체 나는 무엇을 쓴 것일까…… 전화벨은 끊임없이 울렸다. 여교사는 봉투를 책상 위에 올려두고 전화기에 다가선 채로 전화를 받았다.

"아, 당신이로군요."

그것은 사적인 전화였다.

"편지를 쓰고 있었어요."

"벌써 저녁인가요?"

여교사는 창밖을 내다보지 않고 말했다.

"그사이 전학생이 왔다 간 것 같아요. 전학 서류가 놓여 있어요."

"아이를 보았냐고요……?"

"얼굴은 보지 못했어요. 아니 사실은, 아이를 만나지 못했어요. 아이가 왔던 것도 알아차리지 못했으니까요. 아마도…… 무척 작고 조용한 아이였을 거예요. 그림자처럼 소리가 없는 아이였을 거예요. 그래서 보지 못한 거죠."

"내가 부주의했느냐고요?"

여교사는 흠칫 놀랐다.

"난 편지를 쓰고 있었거든요. 아주 중요한 편지였어요. 그

래요, 사직서를 말하는 거예요…… 난 주변을 살필 겨를이
없었어요."

"네 맞아요…… 난 사직할 거예요. 이곳을 떠날 거예요."

"우리는 앞으로 어떻게 되느냐고요?"

"뭐라고요?"

"잠깐 기다려요."

여교사는 수화기를 책상에 내려놓고 자신의 자리로 돌아
가 서랍에서 담뱃갑과 성냥을 꺼냈다. 담배 한 개비를 입에
물고 불을 붙였다. 그러곤 연기를 빨아들인 후 길게 내뿜었
다. 여교사는 잉크병 옆에 놓인 보온병을 집어들었다. 입에
대고 마시려다가 내용물이 하나도 남지 않은 것을 알아차리
고 멈칫했다. 멍한 표정으로 잠시 굳어 있던 여교사는 다시
보온병을 책상에 내려놓았다.

"미안해요. 담배를 가지러 갔어요."

수화기를 집어들고 이렇게 말했다.

"그런데 아무래도 난 초콜릿 음료를 너무 많이 마셨나봐
요…… 그래서인지 현기증이 나요."

"지금 보니 어느새 병이 비어 있어요. 한가득 담아왔는
데…… 편지를 쓰면서 무의식중에 전부 마셔버렸나봐요."

"중요한 편지라고 했잖아요. 그래서 긴장했을 거예요. 목

이 말랐겠죠."

"뭐라고요? 우리는 어디로 가느냐고요?"

그리고 이어서, 조금 안심하면서 당황하는 목소리로

"아, 우리가 아니라 전학생 말이로군요."

"몰라요. 아마 서류를 여기 두고 집으로 돌아간 것 같아요. 어차피 휴교중이고 수업도 없으니까요."

"네, 맞아요…… 난 떠날 거예요."

"전학 서류는 사직서와 함께 남겨둘 거예요. 사람들이 알아서 처리하겠죠."

잠시 침묵이 흘렀다.

"미안해요."

잠시 침묵이 흘렀다.

"글쓰기는 직관이라고, 당신이 말하지 않았나요? 그렇다면 꿈꾸기는?"

잠시 침묵이 흘렀다.

"그렇다면 어디로?"

"사실, 아까부터 이 말을 하고 싶었어요. 난 떠나요. 그래서 우린 이제 끝이에요."

"콜레라 때문이냐고요?"

"네, 맞아요. 난 콜레라가 싫어요. 하지만 다른 것도 마찬가지예요."

"난 모든 것과 끝내기를 원해요. 당신도 마찬가지예요."

"앞으로는 두 번 다시 당신을 만나는 일은 없을 거예요. 전화도 마찬가지예요."

여교사는 창을 향해 몸을 돌렸다. 텅 빈 교정에 적막한 저녁이 내리고 있었다. 보이지 않는 야수가 막 덤벼들기 직전의 적막이었다. 저녁의 눈동자는 소름끼쳤다. 운동장 한가운데 한 아이가 쓰러져 있었다.

"아뇨, 난 그 아이를 보지 못했다고 말했잖아요."

여교사의 입가에 무의식적인 비웃음이 살짝 떠올랐다 사라졌다.

"네, 맞아요. 난 그 아이를 영영 만나지 못할 거예요. 난 그냥 떠날 거니까요."

여교사는 수화기를 든 채 창가로 다가갔다. 밋밋한 하늘은 텅 비었다. 구름도 태양도 없었다. 그러나 여교사는 하늘에서 무겁게 내려오는 비행기가 일으킨 먼지바람을 보았다는 생각이 들었다. 쓰러진 아이 주변의 모래가 자의식을 가진 듯 저절로 사각거리며 저절로 고통스러워했다. 정전기와 같은 불안이 일렁였다. 여교사는 연한 녹색으로 칠해진 낡은 나무 창턱에 비스듬히 걸터앉았다. 여교사는 계속해서 담배를 피우며 세계를 내다보았다. 스커트가 무릎 위로 말려 올라가 황금색 나일론 스타킹을 신은 허벅지가 드러났다. 종아리에 길게 올이 나간 것을 확인한 여교사는 이마를 찌푸렸다. 운동장에 쓰러진 아이는 꼼짝도 하지 않았다.

갈색 정장을 입고 바이올린 케이스를 멘 백발의 늙은 길라가 운동장 반대편 끝에서 아이를 향해 다가가고 있었다. 늙은 길라의 구두가 운동장의 굵은 모래를 밟는 소리가 희미하게 울렸다. 거울에 저절로 금이 가는 소리가 교무실의 정적을 교란했다. 개미 한 마리가 여교사의 허벅지 위를 기어갔다. 그 밖에는 모든 것이 고요했다. 그 밖의 모든 세상은 소리가 없었다. 몸도 없었다. 양계장 주인을 피해 달아나던 닭도 담장 아래서 동작을 멈추었다. 콜레라 환자를 태우는 불길도 너울거림을 멈추었다. 죽은 소녀들도 너울거림을 멈추었다. 어린 시절도 일생 동안 지속될 너울거림을 불현듯 멈추었다. 어린 시절. 그것은 막 덤벼들기 직전의 야수와 같았다고 여교사는 생각했다. 모든 비명이 터지기 직전, 입들은 가장 적막했다. 시간과 공기는 맑은 술처럼 여교사의 갈비뼈 사이에 고여 있었다. 염세적인 사람은 일생에 걸친 일기를 쓴다. 그가 어린 시절에 대해서 쓰고 있는 동안은 어린 시절을 잊는다. 갖지 않는다. 사라진다.

늙은 길라는 쓰러진 아이의 곁에 우뚝 멈추어 섰다.

여교사는 자신이 기억하지 못하는 시간을 피부 아래의 아득한 감각으로 느꼈다. 그림자처럼 쓰러진 자신을 보았고, 쓰러진 채 이렇게 말하는 자신의 목소리를 들었다.

날 죽여줘. 소리도 없이. 어린 시절도 없이.

저녁의 눈동자는 소름끼쳤다. 여교사는 담배가 손가락에서 필터까지 타들어가는 것도 의식하지 못한 채 이미 일어난 일이 일어날 것을 기다렸고

"그렇다면 어디로?"

한참이 흐른 뒤, 문득 상대방이 뭔가 질문을 한 것 같다는 생각이 들어

(불확실한 미래가 학교 위로 장엄한 빛을 드리웠다. 여교사 김길라는 그 세계의 유일한 증인이었다. 하지만 그녀는 끝까지 침묵할 생각이었다. 앞으로 두 번 다시는 생명 있는 것들과 연관을 맺고 싶지 않았다. 심지어 그게 자기 자신이라 할지라도.

고무 앞치마를 두른 양계장 주인이 화단 구석에서 닭을 붙잡았고, 덜렁거리는 닭의 목을 마저 잘라냈다. 피는 거의 흐르지 않았다.)

"그렇다면 어디로?"

수화기를 향해서 이렇게 되물었으나, 이미 전화는 끊긴 다음이었다.

기차가 내 위를 지나갈 때

나는 할머니의 푸른 양철 가방을 들고 역으로 갔다. 가방은 내 몸보다 컸다. 번득이는 태양에 팔월처럼 달구어진 가방은 완벽한 사물이 대개 그렇듯이, 뜨겁게 입을 다문 채 자신을 끌고 가라고 맹렬히 명령했고, 나는 완벽한 사물에게 예속된 존재가 대개 그렇듯이, 간절한 마음으로 거기에 순종했다. 울퉁불퉁한 노란 벽돌이 깔린 역 광장을 지나, 고장난 에스컬레이터 옆 계단을 한 칸 한 칸 올라갔다. 벤치에 누워 잠든 사람의 커다란 맨발이 비죽 튀어나와 있었고, 나는 지나가면서 그것을 건드리는 바람에 뒤를 돌아보면서 사과했다. 나는 아무것도 설명할 수 없다. 느리게, 이마의 땀을 닦으며, 고개를 숙이고, 낡은 구두 뒤축이 닳는 걸 속으로 겁냈다. 나중에 네가 여행을 하게 되면…… 하고 할머니는 자주 이런 식으로 말을 꺼냈었다. 이런 가방을 들고 역 광장을 지나 플랫폼을 찾아가는 건 중국 식당에서 게살 수프를 먹는 것처럼 흔한 일상이 될 거야.

"내 할머니에 대해서 말하기를 주저할 필요가 없다는 것이 매우 기쁩니다. 오늘은 세계 여성의 날이니까요."

잭은 시를 낭독하기 전에 이렇게 말했다. 그의 말이 아니었더라면 나는 그날이 세계 여성의 날이라는 것도, 시낭독회가 세계 여성의 날을 기념하기 위한 자리라는 것도, 그리고 빛 없이 깜깜한 저녁 하늘 높이 치솟은 언덕 꼭대기 테이블이 서너 개뿐인 작은 식당에서 열린 이 정체불명의 모임이 은퇴 철도 노동자들을 위한 명상 강좌가 아니라 시낭독회라는 것조차도 몰랐을 것이다. 아, 물론 나는 잭이 누군지도 몰랐고, 제대로 된 겉옷 대신 판초와 담요 등을 걸치고 모여 있는 서른 명 남짓한 사람 중 그 누구도 알지 못했으며 그들도 나를 모르는 건 마찬가지였다.

그런데 나는 어떻게 여기에 있게 되었을까?

이런 의문이 내 머릿속에서 사라지기도 전에, 인사를 마친 잭은 놀라울 만큼 빠른 속도로 놀라울 만큼 긴 시를 숨도 쉬지 않고 읽어나갔다. 내가 단 하나의 단어도 알아들을 수 없는 것은 당연했다. 나는 계속해서 다른 생각에 잠겨 있었다. 그것은 시였을까? 나는 계속해서 다른 생각에 잠겨 있었다. 나는 어떻게 여기에 있게 되었을까?

잭은 입에서 튀어나오는 노란 침방울이 보일 만큼 빠르게, 쉬지 않고 시를 읽어나갔다. 그의 언어는 실제로 망치처럼 단단하고 강했으므로 음파라기보다는 물질에 가까웠고, 그래서 나는 전혀 이해하지 못하면서도 차츰 그의 말이 갖는 성질과 형체를 감지하게 되었다.

그 결과 그의 언어가 진행되는 동안 내 감각과 직관이 어렴풋하게 그려낸 내용은, 그의 할머니가 젊은 시절 서로 다른 네 가지 종류의 암을 동시에 진단받았다는 것, 그러면서 네 명의 남자와 동시에 잠자리를 가졌고, 단 한 번도 정식으로 결혼하지 않은 상태로 낳은 네 명의 아이를 각각 다른 네 양부모에게 맡겼는데, 놀랍게도 그중 한 아이만 청소년기에 강간으로 한 번 유죄판결을 받았고, 그중 한 아이만 보건소 간호사의 실수로 백신을 바꾸어 맞는 바람에 부작용으로 실명했으니 그나마 행운이라고 했다. 그리고 자신은 그 네 아이 중 한 명의 아이이며 할머니의 살아 있는 유일한 후손인데, 지금 공교롭게도 자신과 함께 살고 있는 할머니는 머리카락도 절반밖에 남지 않았고 키도 이십 센티나 줄어들었지만, 어쩌면 자신의 할아버지일지도 모르는 그 네 명의 남자 중 한 명과 아직도 데이트를 계속하고 있다고, 왜냐하면 다른 세 명은 모두 죽었거나 감옥에 있으니까.

사람들은 발을 구르고 박수를 치고 환호성을 지르며 좋아했다. 팔십 세의 시인인 사회자는 북을 두드렸다. 사회자는 이중에서 내가 아는 유일한 얼굴이라고 할 수 있었다. 그는 내가 매일 정오경 빵과 커피로 아침을 먹는 이태리풍 카페 '트리에스테Trieste'에서 자주 마주치던 사람이었다. 항상 붉은 벽 앞 테이블에 앉아서 에스프레소를 마시던 그는 그날 처음으로 나에게 말을 걸었고, 이 주소를 가르쳐주면서 저녁때 찾아오라고 했다. 나는 그의 설명을 더이상은 이해하지 못했다. 하지만 그가 입고 있는 화려한 문양의 인디언 스웨터에 매혹된 나머지 고개를 끄덕였다. 그는 자신의 이름을 말했지만 나는 정확하게 알아듣지 못했고, '사슴'을 연상시키는 어떤 단어와 매우 흡사한 소리만이 끝내 완성되지 못한 형체로 내 혀끝에 남았다.

잭은 외모가 중국인처럼 보였으나 좀더 알려지지 않은 어떤 은밀한 민족 출신일 수도 있었다. 잭은 자신의 직업이 가수 겸 작곡가라고 했지만 아직 음반은 한 장도 내지 못했고,

노래를 한 곡 불러달라는 청중의 요청은 단호하게 거절했다.

내가 도착했을 때 이미 빈 의자는 하나도 없었으므로 나는 할머니의 푸른 양철 가방 위에 앉아서 객의 시낭송을 들었다. 내가 기억하는 할머니의 가방은 원래 무척 튼튼했고 푸른 칠을 한 표면에는 군데군데 파도처럼 규칙적인 작은 굴곡이 있었으며 먼바다처럼 균일하고 단단한 윤기가 흘렀다. 하지만 수십 년이 지난 어느 날 여행중에 우연히 들른 벼룩시장에서 내 눈에 들어온 그 가방은 오랜 세월 동안 이리저리 끌려다니느라 모서리는 다 닳아버렸고 칠이 벗겨진 자리마다 참혹할 정도로 녹이 슬었으며, 표면의 파도 모양도 형체를 알아볼 수 없게 찌그러진데다 누군가가 둥그렇게 구멍을 뚫어놓는 바람에—아마도 절단기를 가진 도둑이겠지—그 부분을 보기 흉한 흐릿한 회색으로 땜질해놓았다. 검은색 소가죽 손잡이도 한쪽이 떨어져 덜렁거리는 바람에 그걸 잡고 바닥으로 질질 끌고 다녀야만 하는 형편이었다.

나는 그 가방을 나 자신만큼이나 잘 알고 있었다. 할머니는 여행을 떠나기 전 가방을 싸는 일을 내게 맡겼고, 여행을 떠나는 날은 내가 직접 플랫폼까지 가방을 들고 갔기 때문이다. 할머니는 자주 여행을 떠났고, 한번 여행을 떠나면 한두 달은 돌아오지 않았다. 할머니가 돌아오면 나는 다시 가방을 풀어야 했다. 돌아온 할머니의 가방 안에서는 항상 특유의 묘한 냄새가 났는데, 나는 그것을 내가 모르는 나라의 냄새라고 생각했다. 고요히 발광하는, 오묘하고 경사진 달의 영토가 그 안에 있었다.

일본에서 사온 거란다. 처음 가방을 보고 그 크기와 아름다움에 놀라고 감탄하는 나를 알아차린 할머니가 말했다. 할머니의 젊은 시절, 아주 아름다운 물건은 모두 일본에서 왔다고 했다. 심지어 아주 좋은 사람도 마찬가지였다고 할머니는 말했다. 너도 아름다운 물건을 좋아하는구나, 하고 할머니는 덧붙였다. 기뻐하렴, 너에게 이 가방을 들게 해줄 테니. 나중에, 분명히 그렇게 될 텐데, 네가 먼 여행을 하게 되면……

원래 가방 안쪽은 고운 검은 비로드 천으로 감싸여 있었지만 벼룩시장에서 다시 만난 가방의 내부는 황량한 상처투성이 알몸이었고 검은 스프레이로—어쩌면 내가 잘못 읽은 걸 수도 있지만, 그리고 그럴 가능성이 더욱 크겠지만—'×××놈들 다 죽어라'라고 휘갈겨져 있었다. 가방에서는 수십 년 묵은 곰팡내와 바퀴벌레 냄새가 진동할 뿐이었다.

"오늘 우리가 계획한 프로그램은 이제 전부 끝났습니다만, 우연히 이 도시를 지나가던 여행자 한 명이 방금 전 우리 낭독회를 방문해주었습니다. 그녀를 초대해서 즉석에서 이야기를 들어보는 건 어떨까요?"

잭이 시낭송을 마치자, 사회자인 사슴 시인이 갑자기 큰 소리로 이렇게 말했다. 그는 아침에 내가 보았던 인디언 스웨터를 입고 있었다. 붉은색과 노란색, 분홍과 회색이 섞인 추상적인 문양의 스웨터였다. 나는 얼마 전 어느 인디언 기념품 상점에서 진짜 동물 털을 이용해 손으로 짰다는 그와 비슷한 스웨터를 본 적이 있었다. 당연히 가격은 상상을 초월할 만큼 비쌌고, 내가 보통 스웨터를 위해서 지출할 수 있는 최대 가격보다 동그라미 두 개가 더 붙어 있었다. 여분의 동그라미들은 혹시 센트를 의미하는 것인지? 궁금해진 나는 유리창에 바싹 얼굴을 갖다대고 살폈으나 동그라미들의 배열에서 그런 낌새를 알아챌 수는 없었다. 나는 혹시 그의 스웨터가 내가 기념품점에서 보았던 바로 그 스웨터는 아닐까 하여 낭독회 내내 사슴 시인의 스웨터만 눈으로 좇고 있었다. 물론 모양만 비슷한 물건일 가능성이 높았다. 노르웨이 관광객도 아닌 그가 인디언 기념품 상점에서 스웨터를 살 일은 없을 것이고, 게다가 그런 엄청난 가격을 지불할 만큼 부자로 보이지는 않았기 때문이다. 그는 등이 살짝 구부정했는데도 모임의 그 누구보다도 키가 컸고, 마치 나를 아주 잘 아는 사람인 듯이 윙크를 날렸다.

그는 양손으로 북을 둥둥둥둥 두드렸다.

나는 그가 한 말을 전혀 이해하지 못한 채로, 가슴이 쿵 내려앉는 충격을 느꼈다. 사람들이 일제히 나를 향해 고개를 돌려서가 아니라, 어느 순간 바로 옆으로 다가온 잭이 내 얼굴을 빤히 쳐다보면서 주먹으로 내가 걸터앉은 할머니의 푸른 가방을 미친듯이 빠르게 치고 있었기 때문이다. 나는 가방이 두 동강이 날까 두려워 잭에게 그만두라고 말하고 싶었으나, 어떻게 말해야 할지 방법을 몰랐다. 사회자가 두드리는 북소리에 섞여 양철 가방을 치는 소리가 좁은 식당 안에서 폭발할 듯이 울렸다. 사람들은 점점 더 요란하게 발을 굴렀다. 박수를 쳤다. 환호성을 질렀다. 손가락을 입에 넣고 찢어져라 휘파람을 불었다. 여자들이 소리 높여 웃었다. 남자들이 소리 높여 웃었다.

나중에 네가 여행을 하게 되면……

나는 흰 유리병에 든 액체 구두약과 끝에 동그란 스펀지가 달린 철사 막대를 손에 들고 있었다. 그 유리병은 목이 간절하게 좁고 길었으며 은색의 멋진 마개가 달려 있었으므로 누구나 다 탐을 냈다. 이웃집의 식모아이는 구두약을 다 사용하면 병을 자신에게 달라고 나와 마주칠 때마다 졸랐다. 기름병으로 사용하고 싶다는 거였다. 할머니는 검은 모슬린 장갑을 끼고 작은 초록색 구슬이 촘촘히 박힌 핸드백을 들고 방에서 나왔다. 그리고 쪼그리고 앉은 내가 철사 막대를 유리병에 넣어 스펀지에 구두약을 흠뻑 적신 다음 할머니의 구두에 흰색 액체 구두약을 꼼꼼하게 다 바르기를 기다렸다. 내가 그 일을 마치자, 할머니는 구두를 신었고, 앞서서 걸었다. 나는 가방을 들고 그 뒤를 따랐다. 하늘은 옅은 푸른빛이었고 가벼운 깃털구름이 높이 떠 있었다.

엄청나게 큰 가방이로구나. 너 같은 아이가 세 명은 너끈히 들어가겠어.

누군가 내 곁을 지나가면서 그렇게 말했는데, 나를 측은히 여긴 것인지 아니면 단지 그 상황을 재미있게 여긴 것인지는 알 수 없었다.

"당신 할머니에 대해서 말하기를 주저할 필요가 없어요!"

잭이 내 귀에 입을 바싹 갖다대고 소리쳤다. 그의 뜨거운 입김이 갑자기 귓속으로 불화살처럼 쑥 들어와 박히는 바람에 나는 소스라치게 놀랐다. 하지만 모든 사람이 미친듯이 박수를 쳐대고 발을 구르는데다 사회자가 여전히 큰 소리로 북을 둥둥둥둥 울려대고 있었기 때문에 잭이 그렇게 입을 갖다대지 않았다면 나는 그의 말을 듣지 못했을 것이다. 할 수 없이 나는 앞으로 나가야만 했다. 내가 움직이기 위해서는 내 몸이나 다름없는 할머니의 가방을 끌고 가야 했는데, 촘촘하게 들어찬 의자뿐 아니라 바닥에까지 빼곡하게 앉아 있는 사람들 사이를 지나가기란 결코 쉬운 일이 아니었다. 불쑥 튀어나와 있는 누군가의 커다란 맨발을 건드리는 바람에 사과를 하고, 뒤를 돌아보고, 느리게, 이마의 땀을 닦으며, 고개를 숙이고……

어차피 피할 수 없는 일이라면, 가능한 한 빨리, 힘차게, 그리고 슬픔 없이 끝내는 편이 나았다. 나는 전혀 준비되지 않은 상태였고 시라고는 평생 한 편도 써본 적이 없었지만, 그리고 그 자리에 모여 있는 사람들이 내 말을 한마디도 알아듣지 못할 것을 잘 알았지만, 주저하지 않고 입을 열었고, 오직 직관에 기대서 슬픔 없이 말하기 시작했다.

"존경하는 철도 노동자 여러분!"

왁자한 웃음이 터지면서 박수 소리.

"내가 할머니를 마지막으로 본 건 삼십 년 전이었습니다. 아니 정확히 말하면 삼십 년까지는 날짜를 세었지만 그 이후로는 세는 걸 그만두었으니 삼십 년 플러스라고 말하는 편이 적절하겠네요. 그런데 놀랍게도 겨우 이 주일 전에, 나는 할머니의 죽음을 알리는 편지를 받았습니다.(이 말을 하면서

238

나는 실제로 주머니를 뒤져서 구겨진 편지지 한 뭉치를 꺼내 사람들을 향해 펼쳐 보였다. 물론 그들이 편지에 적힌 글자를 결코 읽을 수 없다는 것을 계산한 행동이었다.) 편지는 처음에 내가 사는 나라의 주소로 배달되었지만, 그곳 우체국에서 다시 이곳 여행지의 숙소로 보내졌습니다. 여러분도 보시다시피 나는 여행중인데, 여행을 떠나기 전에 고향의 우체국에 우편물 배달 전환 신청을 해두었거든요. 그런데 놀랍게도 편지는 내가 이해할 수 없는 언어로 적혀 있었어요. 하지만 편지의 내용을 어느 정도 추측하는 것은 가능했습니다. 왜냐하면 일단 편지의 글자 중에는, 할머니의 이름이 들어 있었거든요. 할머니의 이름은 아무리 많은 다른 글자들과 섞여 있어도 내 눈에 금방 들어올 수밖에 없습니다. 왜냐하면, 할머니의 이름은, 내 이름과 똑같으니까요. 봉투에 적혀 있는 수신인, 바로 그 이름 말이죠. 그런데 편지 속 할머니의 이름에는 십자가 표시가 되어 있었고, 날짜와 시간이 나와 있었어요. 그래서 나는 비록 편지를 읽을 수는 없었지만 내용을 금세 짐작할 수 있었습니다. 말하자면 할머니가 죽었고, 그래서 장례식이 열릴 예정이니 할머니의 유일한 후손인 나를 장례식에 초청하는 부고라고 말입니다. 일단 이렇게 단정하고 나자 이 편지는 내게 무척 놀라운 소식으로 보였습니다.

할머니가 죽었다는 것이 아니라, 할머니가 이제야 죽었다는 것 때문이죠. 내 기억에 의하면 할머니는 삼십 년 플러스 전에도 거의 백 살은 되어 보였거든요. 물론 내가 너무 어려서 잘못 판단했을 수도 있습니다. 어린 시절에는 스물일곱 살이 넘은 어른은 모조리 노인으로 보이는 법이니까요. 사실 보시다시피 편지는 여러 장이나 되고 무척 길어서, 단순히 장례식을 알리는 것뿐만 아니라 그동안 할머니가 어디에서 어떻게 살았는지에 관한 내용일 것이 분명한데, 그 또한 마찬가지로 짐작과 상상만이 가능했죠. 오랫동안 할머니는 사라진 사람이었습니다. 매장되지 않은 죽은 자나 마찬가지였어요. 삼십 년 플러스 전에, 할머니는 바로 이 가방을 들고 여행을 떠났고, 다시는 돌아오지 않았으니까요.(이 부분에서 나는, 연극배우 같은 몸짓으로, 발아래 놓인 양철 가방을 가리켰고, 내 말을 전혀 알아듣지 못한 사람들의 눈길도 일제히 가방으로 쏠렸다.) 할머니가 돌아오지 않았다면 내가 도대체 어떻게 이 가방을 갖고 있느냐구요? 그것이 놀라운데, 사실 나는 몇 년 전에 어느 여행지의 벼룩시장을 구경하다가, 그만 내 할머니의 여행가방과 정면으로 마주쳤던 겁니다. 그 순간 나와 여행가방은 동시에 놀라서 비명을 질렀죠. 절대로 잘못 본 게 아니에요. 할머니의 가방이 맞아요. 내가 직접 할머니의 여행가방을 싸고, 역 플랫폼까지 운반했기 때문에 잘 알고 있습니다. 벼룩시장의 고물상 노인에게 이 가방을 어디서 가져왔느냐고 물었습니다. 그는 자신의 형제들이 아시아의 벼룩시장과 고물상을 돌아다니면서 오래된 물건을 사 모은다고 했습니다. 그러니 이 가방도 아시아의 오래된 시장에서 발견한 거라고 말이죠. 하지만 정확히 아시아의 어디인지는 당장 말하지 못했습니다. 그의 형제들은 일곱이나 되는데다가, 모두 각자 흩어져서 매번 다른 나라의 고물상을 뒤지고 다니기 때문에 누가 어디서 그 가방을 가져왔는지 정확히는 알 수 없다고 했죠. 아마도 반두가 아닐까요……? 하고 그는 아쉬운 듯이 덧붙이기는 했어요. 하지만 그의 말을 그대로 믿을 수는 없었습니다. 반두가 어디 있으며 어떤 나라인지 내가 되물었을 때 그는 전혀 대답을 하지 못했거든요. 그는 반두에 대해서 이름 말고는 아무것도 아는 게 없었어요. 가본 적이 없는 것은 당연했구요. 하지만 그가 가방을 어디서 구했건, 그건 사실 내게는 중요하지 않았죠. 난 가방을 쓰다듬었고, 그래서 그것이 정말로 할머니의 가방인 것을 확신했답니다. 그래요, 아주 좋은 시절에만 있던, 아름다운 옛날 물건이에요. 마치 낡은 캐비닛처럼 차갑고, 딱딱하고, 부딪힐 때마다 요란한 소리가 나고, 바퀴도 달려 있지 않으며,

게다가 불필요하게 크기까지 해요. 이미 오래전부터 이런 종류의 가방은 더이상 여행자의 손에 들리지 않았고, 아주 간혹 사막 유목 부족의 텐트에서 이동식 옷 보관함으로 사용되는 것을 『내셔널 지오그래픽』 잡지에서 본 적이 있을 뿐이죠. 그런데도 벼룩시장의 고물상은 눈이 튀어나올 만큼 비싼 가격을 불렀습니다. 내가 이 가방을 무조건 사고 싶어한다는 것을 쉽게 알아차렸으니까요. 여기서 문득 궁금한 것이, 가난한 여행자인 내가 무리를 해서까지 이 가방을 사야만 했던 타당한 이유가 있을까요? 설사 이것이 삼십 년 플러스 전에 사라진 진짜 내 할머니의 가방이 맞는다고 해도 말입니다. 게다가 이렇게 불편하고 번거로운데다가, 안타깝게도 더이상 예전처럼 아름답지도 않습니다. 하지만 그 문제는 그냥 나 스스로를 위한 질문이고, 지금 이 자리의 여러분에게는 크게 중요하지 않을 테니 그냥 넘어가기로 하죠.

너는 여행을 떠나게 될 거야…… 하고 할머니는 오래전 어린 나에게 말했습니다. 할머니가 여행을 떠나던 그때는 지금처럼 많은 여자가 동시에 전 세계를 여행중인 시절은 아니었습니다. 여자들은 집에서 가족들의 양말을 빨거나 감자 껍질을 벗겼고 그 대가로 밤에는 라디오의 첼로 음악을 들으며 『가정의 여왕』 잡지를 읽는 호사를 누렸습니다. 그들은 자수를 놓거나 열대어 어항을 청소하면서 충분히 바쁘게 일평생을 보낼 수 있었습니다.

그런데 왜 여자들은 여행을 떠나게 된 걸까요? 나는 어느 해 겨울, 낮은 밤처럼 어둡고 밤은 밤보다 더욱 검게 흘러가며, 소리도 형체도 없이 내리는 비에 으슬으슬 몸이 떨리고 축축하게 추웠던 어느 날 밤, 버스를 잘못 타는 바람에 예정에 없던 어느 고성이 있는 도시에 내려 첫 버스가 출발하는 다음날 아침까지 밤새도록 신발이 다 젖도록 돌아다닌 적이 있는데, 그동안 내가 목격한 유일한 불빛은 '중국인 세례 요한의 머리'라는 이름의 식당 조명이었습니다. 커다랗고 붉은 간판, 플라스틱 구슬 커튼이 늘어뜨려진 입구, 커다란 유리창을 통해 보이는 식당 내부, 번득이는 전등 불빛 아래 훤히 드러난 흰 벽에는 날개를 펼친 금빛 용, 싸구려 테이블에 옹기종기 모여 앉은 십여 명의 여자, 십대 소녀와 백발의 노인을 포함한, 대부분 중년의 나이인 여자들, 혼자이거나 아니면 친구와 두셋씩 짝을 이루어 여행중인 여자들, 알록달록한 우산과 한껏 멋을 낸 레인코트, 검은 스타킹과 푸른 장화를 신고 서로 어색하게 약간의 거리를 유지하며 예의 바르게 앉아 있는 동아시아의 여자들이 있었죠. 나는 끌리듯이 그곳으로 다가갔습니다. 비에 젖은 축축하고 깜깜한 돌과 무덤의 세계에서 유일하게 빛나는 그 장소는 자신의 이름처럼 낯설고 부조리하며 이질적인 기운을 풍겼습니다. 관광버스에서 막 내린 단체 여행자처럼 보이지만 사실은 서로 모르는 관계인 그 여자들은, 아마도 그날 고성이 있는 도시를 보러 왔다가, 어둠과 빗속을 마찬가지로 천천히 돌아다니는, 같은 나라에서 온 여자 여행자들 말고는 아무것도 없는 음침한 밤을 절망적으로 헤매던 중, 유일하게 불을 밝히고 영업중인, 동양인 관광객 상대의 그 식당으로 하나둘 들어선 것 같았습니다. 수십 년 전 내 할머니도 버스를 잘못 타는 바람에 가방을 잃어버리고 그 여자들과 함께 그 식당으로 들어갔을까요? 할머니는 왜 나에게 엽서 한 장도 보내지 않았을까요? 내가 혼자인걸 잘 알고 있었을 텐데 말이죠. 유리창에 달라붙어 기묘한 여자들을 쳐다보고 있는 나를 그 여자들 중 한 명의 일행이라고 오해한 웨이터가 나에게 식당 문을 열어주었습니다. 나는 끌리듯이 스르르 식당 안으로 들어섰겠지만, 그래서 그 여자들 사이 어딘가에 앉아서 중국식 매운 게살 수프를 주문했겠지만, 그 이야기는 할머니와는 직접적인 관련이 없고 여러분도 관심이 없을 테니 계속하지는 않겠어요.

어쨌든 중요한 것은, 할머니가 죽었고 나는 부고를 받았으며, 할머니의 장례식에 가기를 간절히 원했다는 사실입니다.

그런데 어찌된 일인지 이 나라의 중국 대사관은 내 비자 신청을 거부했습니다. 내가 달라이 라마와 서신 교환을 했다는 것이 그 이유인데, 물론 나는 달라이 라마와 서신 교환은커녕 그에게 어떤 식으로든 편지를 보내야겠다는 생각은 꿈에서조차 해본 적이 없으므로 그들이 뭔가 오해하고 있는 것이 분명해 보이지만, 불행히도 그걸 입증할 방법이 없었습니다. 내가 무슨 수로 달라이 라마와 서신 교환을 할 수 있겠습니까? 그는 세계적으로 유명한 사람이고 나는 그저 수십 년 전 사라진 내 할머니의 손녀일 뿐인데요. 설사 나에게 그런 기회가 주어진다고 해도 불교 신자도 아니고 티베트 독립과도 무관한 나는 달라이 라마에게 아무런 할말이 없습니다. 하지만 중국 정부는 내 빈약한 해명 따위에는 관심도 없었습니다.

삼 년쯤 지나면 시효가 사라질 거예요. 그때까지 당신이 달라이 라마에게 다시는 편지를 쓰지 않는다는 조건이라면 말이에요. 그러면 아마도 비자가 발급될 수도 있으니, 그때 다시 한번 신청하세요, 하고 그들은 바로 오늘 오후에 내게 전화로 이렇게 알려왔습니다.

그리하여 나는 할머니의 가방을 들고 할머니의 장례식에 갈 수 없게 되었습니다. 게다가 편지가 지구를 반 바퀴나 돌아서 오는 바람에 시간이 오래 걸렸어요. 어차피 지금 당장 출발할 수 있다고 해도 할머니의 장례식에 참석하기란 이미 늦었습니다. 장례식은 바로 오늘이니까요. 그래서 나는 오늘 밤 이 도시의 높은 언덕 위에 올라가기를 원했고, 거기서 바다 건너 중국을 바라보며, 혹시 할머니의 몸을 태우는 연기를 볼 수 있지나 않을까 기대하였습니다. 만약 내가 멀리 중국에서 피어오르는 불그스름한 연기를 볼 수 있다면, 편지가 할머니의 부고일 거라는 내 짐작은 맞는 거겠죠.

언젠가 네가 이런 가방을 들고 여행을 떠나게 된다면……
하고 할머니는 가난한 어린 소녀이던 나에게 말했습니다.

그런데 여자들은 왜 여행을 떠나는 걸까요?

할머니는 앞서서 걸었습니다. 검은색 모슬린 장갑을 끼고 작은 초록색 구슬이 촘촘히 박힌 핸드백을 들었죠. 나는 할머니의 뒤를 열심히 따라갔지만, 가방이 너무 크고 무거웠기 때문에, 역의 에스컬레이터는 늘 그렇듯이 고장난 상태이고 벤치마다 잠든 사람들이 커다란 맨발을 바깥으로 내뻗은 채 누워 있으며, 길은 울퉁불퉁하고 플랫폼은 아득하게 멀었기 때문에, 할머니의 모습은 점점 내게서 멀어지는 것만 같았고, 나는 울지 않으려고 입술을 깨물었습니다. 운다는 것은 무엇일까요……? 그것은 물이 되는 것, 형체가 사라져버리는 일이었어요. 할머니의 작고 고운 물건들이 양철 가방 속에서 은밀하게 몸을 부딪칠 때마다, 고유한 형체를 가진 것들이 서로를 건드리며 달그락거리는 소리를 냈습니다. 리본과 구슬, 만년필, 브로치, 상아 장식품, 비단 필통, 은은하게 향기 나는 편지지, 눈부신 네글리제, 보라색 팔찌, 레이스 손수건, 보석이 박힌 머리핀, 그리고 기차에서 읽을 부인용 잡지까지, 가장 아름다운 것들의 소리, 가장 아름다운 내용을 담고 있는 가장 아름다운 형체의 소리.

엄청나게 큰 가방이로구나. 너 같은 아이가 세 명은 너끈히 들어가겠어.

필사적으로 안간힘 쓰며 가방을 들고 가는 나를 보면서 누군가가 이렇게 말했습니다.

아마도 나는 그냥 가방 속으로 들어가버리는 편이 나았을 겁니다. 그렇다면 어느 친절한 역무원이 가방을 통째로 들어 힘들이지 않고 할머니에게 전달해주었을 테니까요. 그렇다면 할머니의 아름다운 사물 중의 하나인 나 역시 할머니의 여행에 자연스럽게 동행하게 되었을 것이고, 어쩌면 지금까지도, 기나긴 여행을 계속하고 있을지도 모르니까요. 나는 할머니의 가방 속에서, 경사진 달의 영토, 고요히 발광하는 외국의 언덕이 되어 있을 테죠. 할머니의 가방이 되어 있을 테죠.

그런데 보세요, 지금, 저 바다 너머 멀리

붉은 연기가 피어오르는군요.

(아무것도 이해하지 못하는 사람들은 똑바로 가리키는 내 손짓을 따라서, 일제히 고개를 창밖으로 돌리고, 깜깜한 밤의 허공 어딘가에서 흐릿하게 수직으로 피어오르는 불그스름한 안개를 응시했다.)

저건 바다 한가운데서 붉은 고래가 뿜어올리는 물의 호흡이거나, 아니면 지금 중국 어딘가에서 타고 있는 할머니의 몸이거나 둘 중 하나예요.

벼룩시장에서 할머니의 가방을 발견한 뒤로, 나는 어디나 늘 할머니의 가방을 갖고 다녔습니다. 간혹 내가 형체를 상실한 물과 같다고 느낄 때, 나는 할머니의 가방 안에 들어가 누웠습니다. 놀라운 일이죠. 기나긴 세월이, 거의 한 사람의 반생과도 같은 세월이 흘렀는데 여전히 할머니의 가방은 내가 세 명이나 들어갈 수 있을 정도로 크니 말입니다. 혹은 그 의미는, 내가 그만큼이나 전혀 자라지 않았다는 뜻일까요? 어쩌면 내가 이해할 수 없는 이 편지에는 할머니가 반두 언덕의 여왕이었다고 적혀 있을지도 모르지만, 그게 무엇이든 간에, 나는 편지에 적힌 것을 그대로 다 믿지는 않습니다. 할머니의 세계는 내가 도저히 이해할 수 없는 달의 자연과 도저히 이해할 수 없는 성분의 우주로 이루어져 있는 건 맞지만, 그렇다고 해서 외국에서 온 편지를 어휘 하나하나까지 그대로 신뢰할 수는 없으니까요.

내가 가방을 플랫폼으로 끌고 갔을 때, 할머니는 이미 객실 안에 자리를 잡았고, 기차는 막 떠나려던 참이었습니다. 차창은 커튼으로 반쯤 가려져 있었는데 할머니 곁에는 제복을 입은 차장이 서 있는 것이 보였죠. 나는 가방을 들고 기차에 올라타려고 했으나 어딘가에서 번개처럼 나타난 객실 사환이 기차 안에 선 채로 손을 뻗어 내게서 가방을 받아들었습니다. 그러곤 안으로 사라져버렸어요. 벨이 울렸고, 기차가 움직이기 시작했습니다.

처음에는 아주 느리게

나는 시선을 할머니에게 고정한 채 기차가 움직이는 방향으로 따라 걸었습니다. 할머니가 나를 봐주기를 원했습니다. 그 순간처럼 누군가가 나를 바라봐주기를 원한 적은 없었어요. 내 얼굴은 바로 그날 아침 내가 들고 있던 액체 구두약 병처럼, 간절하게 길고 좁은 모양으로 변했습니다. 할머니는 얼굴을 반대편으로 돌리고 차장과 이야기를 나누고 있었습니다. 기차가 점점 더 빠르게 움직이기 시작했으므로 나는 곧 뛰다시피 빠르게 걸어야 했죠. 할머니는 모슬린 장갑을 벗고, 차장이 건네주는 유리잔에 든 맑은 액체를 마셨습니다. 그동안 차장은 쟁반을 들고 기다리고 있었죠. 더운 날이었을까요? 나는 이미 온몸이 땀으로 흠뻑 젖었으나 개의치 않고 걸음을 더욱 빨리했습니다. 할머니에게 하고 싶은 말이 있었기 때문에 마음이 아주 급했습니다. 잠시 뒤면 플랫폼이 끝나버리고, 나는 더이상 기차를 따라 달릴 수조차 없게 될 테니까요. 할머니는 빈 잔을 차장에게 건넸고, 차장은 허리를 굽혀 절한 다음 할머니의 객실을 나갔습니다. 할머니는 비쳐들어오는 햇살을 가리기 위해 커튼을 닫으려는 몸짓을 하다가, 기차 곁에서 달려오는 나를 발견했습니다. 그 순간 할머니의 표정이 어땠는지 지금은 생각나지 않아요. 단지 그날 하루종일 생각하고 또 생각한 말을 할머니에게 전하기 위해, 필사적으로 입술을 움직였다는 기억밖에는.

할머니, 나를 데려가줘요, 나를 가방에 넣어줘요, 그러지 않으면 난 구두약을……

난 도대체 무슨 말이 하고 싶었던 걸까요? 하지만 그게 무엇이든, 말 비슷한 걸 할 수 있는 순간은 아주 짧았고, 번개처럼, 입술이 한 번 달싹거리고 눈꺼풀이 반사적으로 떨리는 시간보다 훨씬 더 짧았고, 플랫폼은 끝나버렸으며 기차는 로켓처럼 빠르게 역을 떠나버렸습니다. 나는 좁고 긴 얼굴로 기차가 떠난 방향을 향해 휘청거렸습니다. 모든 것이 간절한 채로 뒤에 남겨졌죠.

예전부터 나는, 언젠가 자라서 임신을 하게 되면 기차에 뛰어들어야겠다고 마음먹고 있었습니다. 소설이나 잡지를 읽으면 종종 여자들이 그렇게 하니까요. 물론 언젠가, 언젠가 먼 미래에 만약 임신을 하게 되면 말입니다.

하지만 그날, 오전의 햇살이 번득이는 환한 플랫폼 위에서 나는.

그런데 이렇게 할머니에 대해서 말을 하다보니, 내 할머니는 어쩌면 정말로 여왕이었을지도 모른다는 생각이 문득 드는군요. 내가 아는 할머니라면 충분히 가능하지 않았을까요. 내 말은, 반두에 가서 여왕이 되었다는 뜻이 아니라, 이미 여행을 떠나기 전부터 여왕이었을 거라는 말입니다. 할머니는 몸집이 풍만하고 키가 컸으며, 흔들리지 않는 분명한 발음으로 말했습니다. 할머니의 목소리는 그 누구에게도 굽힘이 없었죠. 혹시 할머니가 머리에 관을 쓰고 손에는 왕홀을 들고 있었는데 내가 너무 어려 알아차리지 못했거나, 아니면 너무도 오랜 세월이 흘러버려 잊은 건지도 모릅니다. 할머니는 누구보다도 건강했으니 백 살이 넘게 살았다 해도 이상하지 않아요. 게다가 어쩌면 할머니는, 남달리 강인한 의지와 능력을 지닌 사람이었을지도 모르죠. 기차처럼 앞으로 나아가는 일 말입니다. 그래서 마음만 먹으면 이 세계를 구원하는 일쯤이야 쉬웠을 것이고, 또 실제로 그렇게 하려고 마음먹고 있었을지도 모릅니다.

어쩌면, 우리가 아무도 모르는 사이, 할머니는 이미 그렇게 했을지도 모르죠.

나는 이해하지 못하는 언어로 적힌 편지를 어떻게든 읽어보려고 여러 번이나 시도를 했습니다. 할머니의 이름이자 내 이름이 적힌 철자를 기준으로, 자음과 모음의 음소를 각각 분리하여, 다른 철자의 소리를 추측해보려고 했어요. 그래서 어느 정도 들어맞는 모종의 발음 규칙을 발견했다고 생각했고, 그걸 토대로 한 글자 한 글자마다 갖는 고유한 소리를 찾았다고 믿었습니다. 그리고 각 소리에 가장 어울리는 의미를 내 상상으로 만들어 채워넣었습니다. 그러자 그럴듯한 이야기가, 아니 그림이 완성되었어요. 그 그림에 따르면, 할머니는 매년 봄에 언덕 꼭대기에서 북을 둥둥둥둥 쳤고, 그러면 바싹 마른 암소의 몸에서 송아지들이 미친듯이 태어났는데, 할머니는 즉시 갓 태어난 송아지들의 가죽을 벗기라고 명령했죠. 반두는 가죽 무역으로 생존하는 오아시스 도시였으니까요.

물론 외국에서 온 편지를 어휘 하나하나까지 그대로 신뢰

할 수는 없다고 생각하지만, 지금은 내가 소리를 토대로 하여 상상으로 해독한 편지의 내용을 그대로 옮길 수밖에 없군요. 그러니 설사 오류가 있다고 해도, 아마도 반드시 그렇겠지만, 이해해주기 바랍니다.

할머니는 생의 마지막까지 그곳 반두 언덕의 가장 높은 편평한 고원에서 살았어요. 살짝만 까치발을 들면 구름 속으로 고개를 집어넣을 수도 있을 만큼 높은 곳이죠. 할머니는 반두의 외로운 고원 가장자리, 노간주나무와 송아지 가죽으로 만든 오두막에 살면서, 언덕 아래 너른 골짜기와 계곡 너머 평원을, 벼랑 위의 독수리 둥지를, 물이 말라버린 강바닥과 끝없는 구릉과 낮은 언덕들, 슬픔의 혓바닥으로 암염을 핥는 말라빠진 암소들을 내려다보았다고 해요. 할머니는 왜 나에게 엽서 한 장도 보내지 않았을까요? 할머니는 그곳에서 혼자였을 텐데 말이에요. 낮에는 그늘 하나 없는 언덕 위로 정수리가 벗겨질 만큼 따가운 햇빛이 내리쬐고 밤이면 얼음덩어리로 변한 바위가 터져버릴 만큼 기후는 냉혹한데, 할머니는 매일 밤 꿈속에서 남쪽 평원 저멀리서부터 서서히 다가오는 송아지 가죽 중개상인 무리의 자욱한 먼지구름을 보았다고 해요.

할머니는 삼십 년 플러스의 세월 동안 반두 언덕 위에서 실다가 그 자리에서 죽었습니다. 할머니는 빈손으로 반두 언덕으로 왔고, 죽을 때도 마찬가지로 아무것도 남기지 않았다는군요.

할머니의 몸은 노간주나무와 송아지 가죽과 함께 태워질 거예요. 반두 언덕에는 나무라고는 한 그루도 없지만, 끊임없이 몰아치는 광폭한 바람이 평원 너머 머나먼 숲에서 실어오는 노간주나무 가지들을 모아 불을 붙이는 거죠. 그러면 눈앞을 자욱하게 가리는 흰색 연기가 솟구치면서, 숨막히는 짙은 향기가 피어나요. 처음에 나무에 불이 붙을 때는 아직 남아 있는 숲의 습기와 안개와 이끼, 벌레의 알과 미생물, 짐승의 오줌과 어린 동물의 털을 태우는 독한 냄새가 은은한 사향 냄새와 섞여 풍기지만, 그것은 곧 나무껍질이 연소하는 매콤하고 달콤한 향으로 변해가고, 껍질이 속까지 타들어가기 시작하면 사이프러스 향과 흡사해지는데, 그때 노간주의 초록 이파리를 불꽃 위로 살짝 뿌려주면, 순간적으로 코를 찌르는 쑥냄새, 축축한 도마뱀과 풍뎅이 냄새, 비누 냄새가 퍼지다가, 어느 순간 기름에 담근 진한 달맞이꽃 이파리와 신경독버섯 냄새가 살짝 피어오르면서, 이때부터 사람에 따라서는 두통과 환각이 나타나기도 하고, 마침내 이 모든 냄새가 각각 따로따로 혼재하는 자욱한 연기 속 어느 특정한 지점에서, 정신이 혼미해질 만큼 관능적인 시빗 향이 한 줄기 초록 광선처럼 날카롭게 뻗어나오며, 살이 타기 시작해요. 그 향기는 수십 킬로미터 밖에서도 맡을 수가 있답니다. 독수리들이 몰려들어요. 독수리들은 기회를 노리며 공중을 빙빙 돌아요. 노간주나무 더미는 불꽃 없이 흰 연기만으로 속으로 속으로 타들어가는데, 할머니는 가방도 없이 떠나는군요. 할머니는 여왕이 되었다가, 아무도 알아차리지 못하게 세상을 구원한 다음, 연기가 되었고, 마침내 대머리독수리가 되었어요."

사람들은 조용하게 귀를 기울였다. 아무도 입을 열지 않았다. 간혹 여자들이 가슴에 사무치는 한숨과 함께 낮은 소리로 소곤대며 말했다.

아아, 정말 아름다운 즉흥시로군요!

하지만 잠시 후, 잭이 홀로 자리에서 벌떡 일어나 크게 박수를 쳤다.

"정말 멋진 할머니예요! 당신 할머니에 비하면 내 할머니 따위는 담배나 축내는 대머리 쌍년에 불과하군요!"

그러자 사람들은 다시 발을 구르고 휘파람을 불면서 즐거워 어쩔 줄을 몰라 했다. 하지만 이상하게도 사회자의 북소리는 들리지 않았다. 우리가 돌아보자 사회자는 조명이 닿지 않는 어두운 구석의 조그만 의자에 쓰러지듯 걸터앉아, 다리를 앞으로 길게 쭉 뻗은 자세로, 인디언 스웨터 위로 고개를 푹 떨군 채 눈을 감고 있었다. 나는 그가 죽은 줄 알고 깜짝 놀랐으나 사실은 잠이 든 것임을 곧 알아차렸다. 그의 콧구멍이 규칙적으로 벌름거렸기 때문이다. 나는 내 낭송이 너무도 지루해서 그가 잠이 든 것이라고 생각했다. 하지만 잭이 위로하듯 내 어깨를 친근하게 두드렸다.

"당신 낭송은 문제없었어요. 그러니 걱정 말아요. 저 사람은 보다시피 나이가 너무 많아서, 스스로 잠을 조절할 수가 없는 거예요. 아무데서나 순간적으로 잠에 빠져들죠. 집으로 돌아가다가 길가의 벤치에서 잠들어버릴 때도 있다는군요. 어쨌든 덕분에 작별 인사는 따로 필요 없겠네요."

잠시 후 나는 할머니의 가방을 들었고, 잭과 함께 숙소로 돌아갔다. 우리는 가파르게 경사진 언덕의 비탈길을 내려갔다. 잭이 가방을 들어주겠다고 제안했지만 나는 가방이 비어서 무겁지 않다고 사양했다. 둥그렇고 커다란 달이 서로 가볍게 장난치는 우리의 그림자를 말없이 따라왔다. 밤의 높은 언덕에는 흰 백합꽃 향기…… 내 귀에 달콤한 농담을 지껄이던 잭이 문득 진지한 어조로 말했다.

"조금 전 당신의 시낭송을 들으면서 생각한 게 있는데

요……"

"그건 즉흥시였어요. 앞뒤가 맞지 않는 건 그 때문이고요."

나는 서둘러 변명했다.

"아, 물론 그랬겠죠. 당신이 원고도 없이 너무도 자연스럽게 낭송해서, 즉흥시일 거라고 짐작은 했어요. 그런데 내 말은……"

"난 기억력이 나빠서 세 줄 이상의 긴 시는 못 외워요."

"기억력 얘기를 하려는 건 아니에요. 당신 할머니가……"

"할머니에 대해서는, 아직 아무것도 확실하지 않아요. 어쨌든 난 장례식에 가지 못했으니까요. 이제 할머니는 다 타버렸고, 할머니는 더이상 없어요. 할머니에 대해서 할말도 없다는 뜻이에요."

"내 말은, 할머니가 아니라 할머니가 살았다는 곳에 관해서인데요."

"나는 그게 어디인지 몰라요."

"그런데 난 알 것 같단 말입니다."

나는 말없이 잭을 바라보았다.

"난 북경에서 태어나고 자랐지만, 내 아버지는 북방의 소수민족 출신이었죠. 그는 무역 일을 한다면서 주로 북쪽 지방을 떠돌아다녔어요. 단 한 번 아버지를 따라서 외몽골로

간 것이 기억나요. 너무도 어렸을 때라서 정확하지 않지만
요. 아버지는 나를 데려가고 싶어서가 아니라, 내가 태어난
지 몇 달 만에 어머니가 갑자기 죽는 바람에 당장 날 돌봐줄
사람이 없었고, 그래서 할 수 없이 아기인 나를 발가벗긴 채
로 바구니에 넣어서 당나귀에 싣고 갔다고 해요. 물론 여행
중에 내가 죽을 거라고 충분히 예상했지만, 아무도 없는 빈
집에 덩그러니 남겨두어 동네 개들에게 산 채로 먹히게 할
수는 없었으니까요. 그렇게 나는, 한 달도 넘게 당나귀 등에
서 흔들리고, 당나귀 젖을 먹으면서, 따가운 햇빛에 상반신
피부 껍질이 다 벗겨지고, 소나기가 쏟아지면 그걸 고스란
히 맞으면서 먼길을 갔죠. 내가 그 여행에서 살아남은 건 기
적이라고 해요. 다른 건 생각나지 않아요. 나무도 풀도 없는
황량한 언덕이 끝도 없이 이어졌어요. 그리고 마침내 저멀리
서, 구름 위로 높이 솟아 있는 꼭대기가 편평한 고원이 나타
났는데, 사람들이 그곳이 우리가 가야 할 반두라고 말했던
기억이 나요. 뭐 물론 비슷한 다른 이름이었을 가능성도 있
긴 합니다. 당시 난 혼자서 걸을 줄도 모르고 말을 배우기도
전이었으니까요. 말을 모르는데 어떻게 이름을 기억하느냐
고요? 그건 나도 설명할 수는 없지만, 어쨌든 기억에 그 이름
만은 생생해요. 너무 오래전 일이라서, 다른 건 아쉽게도 하

나도 생각나지 않아요. 당신의 시에서 반두라는 이름을 듣는 순간, 나는 몸이 부르르 떨리는 것을 느꼈어요. 내가 알지만 오래전에 잊은 그 무엇이, 별 모양의 유릿조각이 되어 내 언어의 중심에 와서 깊이 박히는 느낌이었죠. 나는 반두를 아는 걸까요? 나는 당신의 할머니를 만났던 걸까요? 어쩌면 내가 당신을 조금 도와줄 수 있을지도 몰라요."

"당신이 뭘 할 수 있겠어요? 이제 할머니는 타버렸고, 지금쯤은 노간주나무 연기도 모두 사라졌을 텐데요. 설사 당신이 어린 시절에 간 곳이 정말로 할머니의 언덕이라 할지라도 말이에요."

"그 편지."

"뭐라구요?"

"그 편지 말이에요, 당신이 시낭송 때 꺼내 보여주었던 편지. 그걸 내가 볼 수 있다면."

"당신은 그 편지를 읽을 수 없어요. 그건 중국어도 영어도 아니에요."

"물론 읽을 수는 없죠. 나는 반두어를 모르니까요. 편지는 반두어로 쓰인 거겠죠? 하지만 내 말을 들어봐요. 내가 아기일 때 반두에 갔다고 말했죠? 난 거기서 최초의 말을 배웠어요. 아니 정확히 말하면, 최초의 말을 들었다고 해야겠죠. 물론 내가 그것을 들었다는 건 그냥 정황일 뿐이지 특별한 기억이 있는 것도 아니에요. 그 언어를 습득한 것도 물론 아니고요. 난 갓난아기였으니까요. 그건 마치 우리가 어머니 뱃속에서 들었던, 하지만 지금은 전혀 기억할 수 없는 말처럼, 무의식의 언어였을 뿐이에요. 나는 얼마 지나지 않아 다시 북경으로 돌아왔고, 이후로 두 번 다시는 반두에 간 적도, 반두에서 온 사람을 만난 일도 없고 반두어를 듣지도 못했어요. 게다가 나는 유난히 말이 늦어서 거의 열 살이 다 되어서야 제대로 된 문장을 말하기 시작한 아이였답니다. 그래서, 오해를 피하기 위해 다시 말하는데, 지금 난 예전과 마찬가지로 반두어를 전혀 몰라요. 반두어의 음절이 어떤 소리를 갖는지, 꿈에서도 상상할 수가 없죠."

"당신 말의 의미는 알아들었어요. 우리는 아무도 반두어를 말할 수 없어요. 그건 나도 알아요."

"아니, 당신은 내 말의 의미를 몰라요. 내가 아직 다 말하지 않았으니까요. 바로 이겁니다. 당신의 시낭송을 듣고 있다보니 문득 기묘한 생각이 떠올랐어요. 만약 지금 다시 반두어를 듣게 된다면, 당신이 소리로 발견하고 상상으로 파악한 그 편지를 만약 내게 소리내어 천천히 읽어준다면, 그러면 나는 마치 생의 최초에 그랬던 것처럼, 자연스럽게 저절로 그 의미를 이해하게 될지도 모른다고 말입니다."

"신비로운 이야기로군요."

내가 말했다.

"말이란 신비하니까요."

잭이 대답했다.

"고맙지만, 난 이제 편지 내용이 하나도 궁금하지 않아요."

우리는 한동안 조용히 입을 다물고 나란히 걸었다. 우리는 말을 나누지 않았다. 집들과 거리는 잠든 듯이 고요했다. 몇몇 모퉁이에서 아직도 문을 연 식당의 불빛이 반짝일 뿐이었다. 우리의 눈앞에 붉은 간판의 중국 식당이 나타났다.

"'중국인 세례 요한의 머리'로군요."

잭이 혼잣말처럼 중얼거렸다. 우리는 식당 앞 빈 벤치에 앉았고, 나는 주머니에서 편지 뭉치를 꺼냈다. 그러고서 그 것을 소리내어 천천히 읽기 시작했다. 잭은 한 손으로 머리를 비스듬히 받친 자세로 귀를 기울였다. 따스하고 축축하고 우유처럼 흰 이른 봄밤이었다.

나는 손을 뻗어 할머니가 탄 열차의 유리창을 두드렸다. 땀에 젖은 손바닥 때문에 유리창에 얼룩이 생겼다. 할머니가 나를 돌아보았으나 그 얼굴 표정은 기억나지 않는다. 바로 그 순간 기차가 로켓처럼 빠른 속도로 플랫폼을 떠났기 때문이다. 그 반향으로 모든 사물들의 윤곽이 허물어졌고, 순식간에 터져나온 붉은 입자들이 파국의 방향으로 산란됐다. 나는 충격을 받고 비틀거렸다. 플랫폼이 흔들렸고 나는 육체의 한 부분에 붉은 입자를 뒤집어쓴 채 홀로 남겨졌다. 나는 내가 아는 곳 그 어디로도 돌아가고 싶지 않았다. 나는 파국을 향한 열망을 느꼈다. 나는 떨어지고 싶었다. 빌딩이나 계단이나 지붕이나 플랫폼 위에서. 생애 처음으로, 너무도 강렬하게, 추락의 열망을 느꼈다. 순식간에, 플랫폼에는 아무도 없었다. 나는 모든 파국적인 것에 대한 열망을 느꼈다. 나는 선로의 침목 사이에 들어가 눕고 싶은 열망을 느꼈다. 선로 위로 쏟아지는 햇살은 팔월처럼 번득였다. 기차가 내 얼굴 위로 지나가는 것을 두 눈으로 보고 싶은 열망을 느꼈다. 오직 그런 순간을 경험하고 싶었다. 둘도 없는 그 무엇을 경험하고 싶었다. 그래서 나는 내가 죽고 싶어한다는 것을 알았다. 분명히 알았다. 아무런 희망 없는 상태로, 할머니조차 없이, 이제 막 초경이 시작된 소녀는 임신한 여인과 마찬가지로 붉고 축축한 죽음과 가장 가까워졌기 때문이다.

다음번 기차가 지나갈 때 그 아래로 뛰어들어야지. 나는 무의식적으로 이렇게 마음먹었다. 플랫폼에서 꼼짝 않고 서서 기차를 기다렸다. 다리가 저렸으나, 울지 않으려고 애썼다. 한 시간쯤 기다렸지만 이상하게 기차는 오지 않았고, 태양이 높이 떠오르면서 햇살은 점점 더 강해질 뿐이었다. 나는 선로의 침목 사이에 들어가 눕고 싶었다. 뜨겁겠지만 그래서 더욱 내가 원하는 것에 가까워질 것이라고 믿었다. 침목 사이에서 기다리는 편이 플랫폼에 서서 기다리는 것보다 수월할 것이 분명했다. 플랫폼에는 아무도 없었고, 선로로 내려가 눕는 나를 발견하는 사람도 아무도 없었다. 너무 이른 죽음은 어리석은 결정이라고 사람들은 늘 말한다. 그런데 그들은 지금 내가 느끼는 것을 느낄까?

그런데 내 느낌이란 무엇일까? 형체가 사라지고 존재만 남은 가방과 같은 이것, 파국을 향해 산란되는 이것.

아마도 그날, 밤이었다. 나는 얼굴 위로 천지가 쏟아지듯 요란한 비가 내린다고 생각했지만, 곧 그것은 비가 아니라 소리라는 것을 알았다. 기차가 막 내 위로 지나간 것 같았다. 하지만 깜깜해서 아무것도 보지 못했다. 압도적인 강철과 압도적인 소리가 나를 멀리멀리 떠밀고 간 것 같았다. 너무 이른 죽음. 나는 어느덧 일어서 있었는데, 그건 서너 명의 사람이 나를 양쪽에서 붙잡고 일으켜세웠기 때문이다. 작업복 차림의 선로 보수 인부들이었다. 손전등 불빛이 내 얼굴을 정면으로 비추었으므로 눈이 부셔서 죽을 듯이 고통스러웠다.

애야, 여기서 잠들면 안 돼, 하고 누군가가 말했다. 기차가 지나다니잖아, 얼마나 위험한지 모른단 말이냐?

어서 집에 가거라, 하고 다른 누군가가 거들며 뜨거운 손바닥으로 내 등을 밀었다. 잠에서 완전히 깨어나지 못한 나는 방향감각을 잃고 비틀비틀 걸었다. 그러자 그들은 내 몸을 들어 플랫폼 위로 올려주었다.

저애 얼굴이 멍투성이로군, 약이라도 발라줘야 하는 거 아닐까, 하고 뒤에서 누군가가 혼잣말처럼 중얼거렸다. 아무도 대꾸하지 않았다. 바람이 조금도 없는 덥고 습기 찬 밤이었는데도 이상하게 추웠다. 미지근한 물에 젖은 듯 몸이 덜덜 떨렸다. 어둠이 드높은 벽처럼 겹겹이 서 있었다. 좀 떨어진 곳에서 망치 소리와 침 뱉는 소리가 들렸다. 강하고 확고한 인부들의 발소리가 멀어져갔다. 수직의 검은 벽에서 물줄기가 똑바로 떨어졌다. 밤의 꽃잎이 세차게 벌어졌다. 인부들은 어두운 선로를 따라, 투명한 밤의 벽을 따라, 똑바로 떨어져내리듯 순식간에 사라졌다. 커다랗고 뜨거운 손바닥 하나가 어둠 한가운데 걸려 있었다.

그들은 지금 내가 느끼는 것을 느낄까?

"신비한 이야기군요."

한참 만에 잭이 입을 열었는데, 그의 표정과 목소리는 과장된 들뜸과 장난스러운 기색이 완전히 사라져서 마치 다른 사람 같았다.

"말이란 신비하니까요."

내가 대답했다.

"내가 그 말을 이해할 수 있다니, 믿어지지 않습니다."

잭은 여전히 충격에서 빠져나오지 못한 얼굴이었다.

"난 당신이 소리내어 읽은 그 언어를 온전하게 이해할 수가 있었어요. 어쩌면 내게는 선험적 말이고, 말 이전의 말이었는데! 제안을 하긴 했지만, 크게 자신이 있었던 건 아니었어요. 아니 솔직히 고백하자면, 알아듣지 못하더라도 적당히 꾸며대서 당신을 웃겨볼 생각이었던 거예요. 정말로 내가 온전히 이해하리라고는 절대로 기대하지 않았습니다. 그런데, 그런데 내가 정말로 이해를 했단 말입니다! 어떻게 그것이 가능한지, 도저히 설명할 방법은 없지만요. 그건, 그건 당신의, 아니, 당신과 같은 이름을 가진, 어쩌면 당신 할머니일 수도 있는 소녀의, 뭐라고 표현하면 좋을까요, 매우, 매우, 아아 답답해 미치겠네, 뭐라고 표현하면 좋을까요, 매우 언유주얼한 이야기였어요. 그래서 더욱 놀랍습니다."

잭은 충격과 감동으로 몸을 부르르 떨면서 한숨을 쉬었다.

그러고는 이어서 말했다.

"놀랍게도, 우리의 경험이란, 사실 우리의 직관이 눈에 보이는 형체를 입고 나타나는 것에 불과합니다."

"그건 무슨 소리인가요?"

"정말 모른단 말인가요? 방금 당신이 읽은 편지의 마지막 구절이었잖아요."

나는 아무런 대꾸를 하지 않았다.

"알고 싶지 않나요? 방금 당신이 스스로 읽은 편지에 담긴 이야기 말입니다. 내가 이 자리에서 그대로 다 번역해줄 수 있어요. 정말이에요."

잭의 말투에는, 이상하게도, 이해할 수 없는 간절함과 애원이 묻어 있었다. 그의 얼굴에는, 내 앞에 무릎이라도 꿇고 싶다는 표정이 떠올랐다. 하지만 나는 거절했다.

"아니, 알고 싶지 않아요. 고맙지만, 이미 말했듯이 지금 나에게는 편지 내용이 뭐든 상관이 없으니까요."

우리는 어둡고 가파른 거리를 따라 계속해서 내려갔다. 우리가 떠나자, '중국인 세례 요한의 머리' 식당의 불이 꺼졌다.

그날밤, 나는 숙소의 부엌에서 할머니의 푸른 양철 가방 위에 걸터앉아 담배를 피우며 유리창 밖을 내다보고 있었다. 이상하게도 숨막히는 밤이었고, 이상하게도 나는 나체였다.

나는 아무것도 설명할 수 없다. 텅 빈 거리 흐릿한 가로등 아래 벤치에 한 남자가 길게 누워 잠들어 있었다. 두 발이 벤치 밖으로 튀어나온 남자는 화려한 인디언 문양의 스웨터를 입고 있었다. 나는 그가 죽은 줄 알고 깜짝 놀랐으나 사실은 잠이 든 것임을 곧 알아차렸다. 사슴을 연상시키는 어떤 단어와 매우 흡사하게 들리는 이름 하나가 멀고 투명한 언덕 위에 고요히 떠올랐다가 사라졌다.

달이 빛나는 맑은 밤인데도 불구하고 검은 자동차가 비에 젖은 듯 번득이며 지나갔다. 그리고 모든 것이, 내가 모르는 팔월처럼 번득였다. 내가 모르는 언어로 적힌 편지는 파국을 향해 붉게 산란됐지만, 그 소리의 여운은 여전히 내 혀끝에서 맴돌고 있었다. 그것은 나와 같은 이름을 가진 소녀에 관한, 길고, 늙고, 팔월처럼 번득이는, 한없이 섬뜩하고 한없이 음란한 편지였다. 나는 아무것도 설명할 수 없는 채로, 홀로 몸서리쳤다. 침실에서 잭이 라디오를 켰다. 재즈가 흘러나왔다. 잭이 찰스 밍거스의 선율에 따라 몸을 움직이는 것이, 열린 침실 문을 통해서 보였다. 나는 벤치 위에서 잠든 남자의 발에서 눈을 떼지 않은 채, 먹다 남은 살라미 샌드위치 포장지 한 귀퉁이에 담배를 눌러 껐다. 그러고 나서 푸른 양철 가방을 쓰다듬으며 잠시 궁금해했다. 기차가 내 위를 지나갈

때 내가 느끼는 것을

지금 그도 느끼고 있을까?

해설 강지희(문학평론가)

영원한 샤먼의 노래

꿈과 같은 내면의 삶을 묘사하는 일이 운명이자 의미이고,
나머지는 전부 주변적인 사건이 되었다.
―카프카, 『꿈』

음악은 이렇게 속삭이는 것으로 시작된다.
"기억하나요, 어느 날, 옛날에, 당신은 사랑하던 것을 잃었잖아요."
―파스칼 키냐르, 『부테스』

1. 접신하는 꿈의 세계로

꿈과 음악. 이 두 가지만으로도 배수아의 『북쪽 거실』이
후의 작품들에 대해 설명할 수 있지 않을까. 서사들은 요약
되지 않고 끝없이 흩어지며 날아오른다. 사소한 특성이 반복
해서 겹쳐지는 인물과 사건들은 기시감을 불러일으키고, 이

는 무언가에 불가항력적으로 붙들려 있는 꿈의 구조를 상기시킨다. 불쑥 튀어나오는 누군가의 목소리, 미래를 선취하고 있는 주술 같은 말들은 반복 속에서 리듬을 만들어내며 음악을 향해 간다. 배수아만이 만들어낼 수 있는 이 꿈의 음악을 실재하는 음악에 비유한다면 어떤 절정의 구간도 허용하지 않는 무조음악일 것이다. 무조음악이 화성적인 기능관계를 해체시켜 하나의 지배음에 대한 다른 음의 종속관계를 부정하듯이, 배수아의 소설은 하나의 고정된 현실에 의해서 발생되는 꿈이라는 보조적 관계를 부정하며 이어진다. 그에 따르면 현실에서의 슬픔이 밤에 슬픈 꿈을 만들어내는 것이 아니라, 꿈의 슬픔이 흘러넘쳐 현실을 슬픔으로 물들이는 것이다. 그 꿈의 슬픔이 다른 슬픈 꿈들을 불러오는 것이다. 현실과 꿈 사이의 위계를 무너뜨림으로써 배수아는 삶을 단순명쾌하게 정리하기를 거부한다. 그리고 자신의 꿈과 타인의 꿈 사이의 경계 역시 무너뜨림으로써 나와 타인을 나누려는 주체의 욕망에 제동을 건다. 배수아의 꿈은 주체가 현실에서 겪은 강렬한 사건들이 흔적을 남기는 프로이트적인 방식이 아니라, 삶에서 감정의 열도를 소거한 뒤 남는 잔상들의 원형을 찾아가는 바슐라르적인 방식으로 쓰인다. 프로이트가 구축한 무의식의 세계가 한 개인을 향해 몰입해 들어간다면,

바슐라르가 구축한 원형적 상징들은 인류 보편을 향해 넓어진다. 오랫동안 사회로부터 자발적으로 고립을 택한 철저한 개인주의자였던 배수아는 이제 꿈의 세계를 통해 타인들과 육체 없이 뒤섞이기 시작했다.

이 무조음악 세계의 주인공은 유령들이다. 이들은 안개에 쌓인 듯한 희미한 배경과 인과관계가 불분명한 사건들 사이를 영원히 부유해 다닌다. 유령은 인물이라기보다 차라리 낯선 외국어나 읽을 수 없는 글자들, 점점 잦아드는 노이즈로 존재하다 결국에는 아무것도 적히지 않은 백지로 돌아가는 "소리의 그림자"(『알려지지 않은 밤과 하루』, 자음과모음, 2013, 11쪽)에 가깝다. 가장 최근에 발표된 장편 『알려지지 않은 밤과 하루』에서 배수아는 등장인물인 '볼피'의 사진론에 기대어 자신의 소설론을 드러낸 적이 있다.

카메라가 찍은 것은 사물의 옷을 입은 유령의 순간이다. 그것은 포괄적인 의미의 꿈이다. 꿈의 주체가 카메라맨도, 원본 대상도 아니라는 점이 바로 예술회화와 사진의 차이점이다. 사물에는 그 존재가 지배하지 못하는 비가시적인 영역과 성분이 있다. 그것이 사물의 비밀을 구성한다. 사진의 마법은 찍는 자와 찍히는 자 모두의 의지와 무관한, 매우 고요하고 정적인 경악이 깃들어 있다는 점이다. 우리가 더이상 없는 어느 날의 집을 상상해보자. 우리의 집안 어딘가에서 스윽 모습을 드러내며 침침하게 눈먼 거울 속을 홀로 지나가게 될 우리의 유령이 있다. (148~149쪽)

이 글의 스산함은 어디에서 오는 것일까. 그건 단순히 유령에 대한 언급들 때문이 아니라, 제안되고 있는 상상에서 비롯하는 것 같다. 우리는 어떤 상황 속에 놓인 스스로에 대해 상상하는 건 익숙하지만, 자신이 없는 순간을 상상하지는 못한다. 그런데 이 상상은 가장 친숙한 집이라는 공간 속에 오직 나만 사라진 삶에 대해서, 내가 어떤 것도 주관하지 못하는 곳에 머무는 아름다움에 대해서 말하려 하지 않는가. 이 글에서 가장 중요해 보이는 것은 "존재가 지배하지 못하는" "의지와 무관한" 이런 말들처럼 보인다. 배수아는 한 인간을 구성하는 고유한 욕망과 내면구조를 떠나, 인간 역시 세계 속의 사물에 불과하다는 건조한 진실을 직시하려 한다. 그것은 극도의 수동성, 살아가는 동안 끊임없이 소멸되어가는 인간의 운명에 가닿는 것이다. 이는 말과 관념이 아니라 감각의 영역을 통해서만 가까스로 가능한 것이 아닌가. 그러므로 배수아의 소설은 거리를 두고 감상하는 것이 아니라 온

몸으로 체험하며 통과하는 것이며, 그 과정 속에서 삶의 일부가 해체되는 경험을 하는 것이다. 유령으로서의 내 얼굴을 마주하고 "매우 고요하고 정적인 경악"에 사로잡히는 것이다. 오이디푸스 이래로 인간은 결국 자신의 무지를 인정하기 위해 글을 써왔을지도 모른다. 그러나 문학사가 '눈먼 인간'의 도취적인 어리석음과 절망을 그리는 데 바쳐져왔다면, 배수아의 소설은 '눈먼 거울'을 향한다. 눈먼 거울에는 나르시시즘이 없으므로 절망도 없다. 눈먼 거울 속을 홀로 지나가는 유령은 순간적으로 나타났다 사라져가는 사물의 감각일 것이다.

이 사물의 감각에 가까이 가기 위해, 배경과 사건과 인물을 지우고 급기야는 써내려가는 자까지도 모두 지워버리는 글쓰기가 여기에 있다. 한동안 배수아는 에세이스트로서 글을 썼다. 화자의 존재감이 두드러지는 그 소설들에는 누군가에 매혹되는 황홀한 떨림과 수치가, 소중했던 이의 죽음 앞에서의 절규의 흔적이 뚜렷이 새겨져 있었다. 그것은 삶이 불가능해 보이는 순간들 속에서 피할 수 없는 눈과 비처럼 쏟아져내리는 말이었다. 이번 소설집에서 배수아는 또 한번의 전회를 이룬 것처럼 보이고, 이는 죽음에 대한 인식의 전환과 연결되어 있는 듯하다. 여기에는 죽음이 외부로부터 도

래해 문득 직면하게 되는 기괴함unheimlich이 아니라, 우리가
단 한번도 죽음과 분리된 적 없이 친숙하게heimlich 살아왔으
리라는 깨달음이 있다. 지금의 나 역시 매 순간 망각과 함께
흘려보낸 과거의 죽음들로 구성되어 있음을 받아들일 때, 이
제 애도해야 할 대상은 지금의 내가 말살해온 또다른 자아들
이 된다. 망각 저편의 자아들은 꿈을 통해 눈먼 거울 속 유령
들과 어울리며 뒤섞인다. 그 모르는 삶들에 접신하듯 닿아
얽히고 풀리는 샤머니즘적 힘이 배수아의 이번 소설집『뱀과
물』의 단편들을 낳았다.

2. 꿈꾸는 샤먼-소녀들

이번 소설집의 입구를 여는 열쇠는 표제작「뱀과 물」이 시
작되자마자 나오는 터너의 그림 〈The Cave of Despair〉처
럼 보인다. 테이트 미술관에서 제공하는 설명에 따르면 이
그림은 본래 주제 미상으로 그림 가운데에 아이로 보이는 형
상이 모래시계를 잡고 있어서 '시간의 알레고리'로 분류되었
다가, 후에 에드먼드 스펜서의『선녀 여왕The Faerie Queene』에
나오는 장면을 그린 것으로 밝혀졌다고 한다. 사실 터너 특

유의 붓 터치로 인해 이 그림을 명확히 판별하기란 거의 불가능에 가깝다. 한참을 들여다보면 한가운데 있는 아이의 모습과 그 위의 작은 올빼미의 형상을, 왼편에 빛이 번져나가는 것처럼 보이는 동굴의 입구와, 오른편에 뿌옇게 몇몇 사람들이 자리하고 있는 걸 볼 수 있다. 하지만 이미지들이 단번에 명쾌하게 들어오지 않기에 한참을 들여다봐야 하는 불투명한 추상성이, 배수아의 세계에서 애도할 수 없는 상실을 의미해왔던 올빼미의 형상이나 그 아래 시간을 쥐고 있는 아이의 모습이 작가 마음의 뭔가를 건드린 것이 아닐까. 「뱀과 물」은 화자가 바로 이 그림 앞에 있을 때 모르는 이로부터 전화가 걸려와, 1972년의 자신을 안다고 하는 목소리를 듣는 것에서부터 시작한다. 이어 작가는 다음과 같이 쓴다.

　이미 일어났다고 알려진 일은 일어나지 않은 일보다 신비롭다. 그것은 동시에 두 세계를 살기 때문이다. 어슴푸레한 빛 속에서 비순차적인 시간을 몽상하는 어떤 자의식이 있고, 우리는 그것에서 태어난 아이들이었다.(「뱀과 물」, 191쪽)

　일어나지 않은 일을 경험할 수 있을까. 내가 존재하지 않았던 어느 하루를 살아낼 수 있을까. 배수아는 이 모든 것이

가능하다고, 우리는 "동시에 두 세계"를 산다고 말한다. 일어난 모든 일은 일어나지 않을 가능성을 안고 있으며, 모든 존재는 존재하지 않을 가능성을 동시에 지니고 있다. 시간의 혼돈 속에 잠재되어 있던 세계는 "아이들"을 잉태한다. 왜 아이들인가. 이를 이해하기 위해서 이번 소설집에 실려 있지 않은 단편「올빼미의 없음」(『올빼미의 없음』, 창비, 2010)으로 잠시 돌아가야 한다.

「올빼미의 없음」에서 화자는 자신이 애정했던 문학가 '외르그'가 죽기 전 함께했던 산책을 회상한다. 그때 외르그는 오래전 자신이 살았던 고향의 어두운 숲에서 어머니와 유모차에 있는 아기인 자신의 환영을 본다. 그는 아무도 모르게 죽음 가장 가까이에 있었지만, 동시에 가장 어린 시기를 살고 있기도 했다. 외르그의 환영은 단순히 죽음에 대한 막연한 예감과 두려움에서 파생된 것이었을까. 알 수 없지만, 그 시간의 겹을 함께 바라보고 싶었던 화자의 열망은 외르그에 의해 차갑게 거절당한다. 죽음이라는 것은 그런 방식으로 쉽게 함께할 수 있는 것이 아니라는 듯이. 하지만 배수아는 소설 속에서 끝내 외르그를 삶 바깥으로 보내지 않는다. 그를 삶 속에 붙들어놓기 위해서인 것처럼 소설은 카프카의 『꿈』(배수아 옮김, 워크룸프레스, 2014년)에 나오는 한 장면을 끌어온다. 그 꿈속에는 마을을 지나쳐서 가는 한 사람이 있다. 모든 사물이 고요한 가운데 문 앞에 서 있는 아이들이 그 사람이 다가오는 것을 그리고 뒷모습을 물끄러미 응시한다. 어쩐지 외르그처럼 보이는, 죽음과 삶의 아슬아슬한 틈새를 지나가고 있는 그 사람을 볼 수 있는 것은 오직 아이들뿐이다. 이 아이들은 영원히 림보에 머물러 있는 자, 불가능한 죽음을 주재하는 샤먼처럼 보인다. 바로 이 순간에 배수아는 자신이 그를 바라보는 아이가 되기를, 영원히 그의 꿈을 꾸는 샤먼이 되기를 선택한 듯하다. 그를 떠나보내지 않기 위해, 배수아는 자신의 삶 전체를 꿈으로 만들어버렸다.

그 꿈꾸기가 이번 소설집 『뱀과 물』 속에 꿈꾸는 샤먼-소녀들을 낳았다. 이 어린 소녀들에게는 어머니의 자리가 공백으로 남아 있다. 어머니는 여동생을 낳으러 가서는 돌아오지 못하고 죽었고, 얼이의 어머니는 미쳐 있다(「얼이에 대해서」). 서커스단의 어머니는 모습을 보이지 않게 하는 마술을 부리고(「눈 속에서 불타기 전 아이는 어떤 꿈을 꾸었나」, 이하 「눈 속에서」로 축약), 흥노의 마법사 어머니 역시 때때로 모습이 사라져서는 자신도 기억하지 못하는 여행을 하고 돌아온다(「노인 울라에서」). 할머니는 푸른 양철 가방을 들고 여행을 떠난 후 먼 나라에서 죽어 연기가 된다(「기차가 내 위를 지나갈 때」). 그런데 어머니의 부재는 결여로 느껴지기보다 오히려 이들의 세계 전체가 가볍게 일렁이는 어머니의 환영 안에 놓여 있는 것처럼 느끼게 만든다. 소녀들은 어머니의 흔적을 따라 여행하듯, 부모가 먼 곳의 왕이나 여왕이라는 백일몽 속에서 '반두'나 '스키타이족의 무덤' '노인 울라' 등과 같은 북쪽의 도시로 떠난다. 그리고 휘발되는 어머니의 운명을 따라간다. 이 과정이 카프카적인 환상성으로 잔혹동화처럼 구축된 작품이 「눈 속에서」와 「노인 울라에서」 연작이다.

「눈 속에서」는 유원지에서 아버지가 사라졌음을 발견한 화자가 스키타이족의 무덤으로 떠나기까지의 이야기이고, 「노인 울라에서」는 거인 아버지를 찾아 가장 북쪽에 있는 역인 노인 울라에 도착하면서부터 벌어지는 이야기다. 「눈 속에서」가 카프카의 『꿈』의 '옮긴이의 말' 대신에 삽입된 단편이라는 점을 유념한다면, 이 소설들에서 내용 요약만으로 추출할 수 있는 것이 그리 많지 않으리라는 것을 직감할 것이다. 소설은 거대한 배경과 증발하는 인물들로 인해, 마치 곧 사라질 수증기로만 이루어져 있는 느낌을 준다. 흰 비구름에 덮인 바위산이나 꼭대기가 구름 위로 솟아 있는 대관람차처럼 공간은 압도적으로 거대하고 광활해 전체가 다 보이지 않는다. 그러나 '바늘 없는 시계'로 드러나는 대관람차처럼, 공간은 시간화되며 추상적이 된다. 트럭에 탄 사람들의 얼굴 자리에 '매의 머리 모양의 회색빛 구름'만 있듯 인물들은 익명성 속에 묻힌다. 자주 사라지는 마법사 어머니들뿐만 아니라, 눈표범 조련사 아버지와 사령관 아버지 역시 부재한다. 사라진 아버지의 이름과 생김새는 너무 흔하고 평범해 찾을 수가 없으며, 화자가 자신의 이름이라고 둘러대는 '눈 아이' 또한 흔한 이름으로 드러난다.

그런데 이 추상적인 배경과 개별성이 상실된 인물들은 불안을 유발하기보다, 유사한 운명으로 밀착된 분신의 존재를 가능하게 하는 조건처럼 보인다. 배수아의 이번 소설집에 실린 대부분의 단편에서 소녀들은 짝을 지어 나타나는데, 「눈 속에서」와 「노인 올라에서」 연작에서는 '나'와 '눈먼 소녀'가 그렇다. 이들은 아주 사소한 표식으로 이어져 있기에, 숨은그림찾기 하듯 소설을 읽어나가야 한다. 「눈 속에서」에서 화자는 아버지가 읽어줬던 『눈snow 아이』라는 책으로부터 자신의 이름을 빌려오고, 그 책에서 화형당한 소녀의 '가느스름하고 엷은 눈꺼풀'은 경찰서에서 만난 머리에 커다란 '리본'을 단 장님 여자아이의 엷은 눈꺼풀로 이어진다. 이 눈먼 소녀는 「노인 올라에서」에서 붉은 리본을 달고 화자 앞에 다시 나타나 긴밀한 관계를 맺는다. 마지막에 절대로 뒤를 돌아보면 안 된다는 금기를 어기고 화자가 뒤돌아보았을 때, 눈먼 소녀는 아버지가 읽어주었던 책 속 '눈 아이'와 같은 모습으로 교수형을 당해 죽는다. 그리고 그날 일곱 살 생일을 맞은 화자는 그 '붉은 리본'을 자신의 머리에 묶고 그대로 사라진다.

이 소설의 모티프가 되고 있는 빨치산 소녀의 왼쪽으로 기울어진 긴 목과 잠든 것 같은 모습은 널리 알려진 역사 속 사진 한 장을 상기시킨다. 그 사진은 열일곱 살에 불과한 나이에 공산당 당원으로 레지스탕스 운동을 하다가 독일군에 붙잡혀 교수대에 목이 매달린 '마샤 브루스키나'라는 소녀다. 죽었다고 보기에는 너무나 평온한 얼굴과 기울어진 각도 때문에 그녀는 마치 성녀처럼 보인다. 이 이미지의 기이한 평온함은 이데올로기를 둘러싸고 벌였던 역사의 폭력성과 무의미함을 더욱 부각시킨다. 그리고 이는 소설 속에서 아버지로 대변되는 남성성의 세계로 이어진다. 빨치산 소녀가 나오는 책을 읽어주고, 다른 종족을 야만인으로 치부하며 죽음을 불사하는 무력으로 제압해나가는 것은 아버지들이다. 그들은 고정된 활자로 박제된 역사에 붙들려 있고, '언덕 위에 선 느릅나무'처럼 멀리서도 한눈에 들어오는 위용을 과시한다. 화자는 아버지를 위해 '연필 깎는 아이'가 되어 기다리지만, 돌아온 거인 사령관은 두께 없는 그림자처럼 펄럭이다가 '흰 화살촉'으로 변한 눈송이에 관통당해 말에서 떨어진다. 광활한 공간성과 날카로운 무력을 대변하던 남성의 세계는 자신들의 무기였던 연필과 화살이 심장에 되돌아와 꽂힌 것처럼 맥없이 스러져버린다. 그 허물어진 자리를 채우는 것이 부드럽게 흐르고 감기다가 증발하는 액체/기체와 같은 여성성이다. 이 여성성은 어머니가 흉노 여왕을 위한 젖 짜는 여자로 만들기 위해 눈을 멀게 하는 '검은 아네모네즙'처럼 섬뜩하고 잔인하면서도, 갑자기 어머니처럼 자라난 눈 아이가 입에 물려주는 '눈처럼 흰 젖'처럼 풍요롭고 편안한 양가적인 것이다. 하지만 눈을 멀게 하는 것은 제약이라기보다는 자유에 가깝다. 소설에서 남성들이 전체적인 판세를 읽고 대처하는 지휘관이 되어 조감하는 위치를 고집한다면, 여성들은 시각장場으로부터 완전히 벗어나길 택하기 때문이다. 이들은 조망하는 강력한 시선의 바깥에 있기에, 어디든 자유롭게 갈 수 있고 뚜렷한 목적지 없이 떠도는 유목민이 된다. 유랑하는 삶은 하나의 장소에 고정된 물리적 고유성을 분열시키는 것이며, 흘러가는 시간의 흐름을 망각하는 것이다. 이들은 두꺼운 역사와 명징한 지도를 지우며 가볍고 투명한 추상화를 만들어간다. 중력에서 떠난 시간은 소용돌이치고, 그

속에서 여성들은 시간에서 튕겨나가듯 자라난다.

　그래서 시곗바늘이 없는 이곳에서 소녀들의 성장은 발전론적인 선 위에 있지 않다. 아버지 찾기에서 시작된 「눈 속에서」는 「노인 울라에서」에 이르면 입사식initiation을 거치는 여성 서사로 변모한다. 흑노 어머니의 리본은 눈먼 소녀를 거쳐 화자에게 이른다. 붉고 가느다란 리본으로 서로 묶인 것처럼 여성들의 운명은 비밀스럽게 결속한다. 화자가 그 리본을 다는 순간이 일곱 살 생일을 맞은 날이라는 것, 이제 여자아이로 살게 된다는 것, 머리가 길고 검게 자랄 것이고 가슴도 커질 것이라는 아버지의 말은 무섭고 슬픈 예언처럼 들린다. 일곱 살 생일을 맞는 마지막 장면에서 불안은 급작스럽게 증폭되고 현실은 무겁게 덮쳐진다. 유년시절이 마치 영원히 깨어나고 싶지 않은 꿈이었던 것처럼, 더없이 달콤한 마법이었던 것처럼. 화자는 여성으로서의 성장이 암시되는 순간, 세상에서 사라져버린다. 이 여성들의 세계에서 성장이란 독일의 교양소설Bildungsroman에서처럼 전인간적인 자아를 공고히 형성하며 세계와 합치되는 것이 아니라, 자아를 망각하는 것이다. 어느 시간을 살고 있는지 알 수 없었던 내가, 자신이 누구인지조차 잊어버리는 것이다. 그런데 이렇게 사라지는 '나'와 '눈먼 소녀'와 허구 속 '눈 아이'의 운명은 기묘하게 겹쳐지지 않는가. 이들은 시간의 소용돌이 속에서 다른 이들의 운명을 무한 반복하는 한 사람처럼 보인다. 몰아의 상태가 되어 타인의 삶과 끊임없이 교접하는 자, 이들은 샤먼-소녀들이다.

성별이 여성으로 고정되는 입사식의 순간은 「얼이에 대해서」에서도 반복된다. 어머니와 여동생의 장례식이 끝난 후, 누나는 이제 이걸 입고 다니라며 옷장 서랍을 열고 흰색 원피스를 꺼내준다. 그러자 여성으로 성장해야 한다는 그 점이 마치 원인이었던 것처럼, 화자는 "쥐처럼 나직한 소리로"(77쪽) 웃는 미친 여자로 자라난다. 『뱀과 물』에 실린 소설 곳곳에서 여성으로서의 성장은 불안을 안겨주는 징후처럼 제시된다. 「1979」에서 유달리 성숙한 몸을 가지고 있는 키 큰 소녀의 뒤를 따라가는 소년들은 아무도 없는데, 그것은 "저녁 땅거미를 밟으며 집을 떠날 때처럼 막연한 불안감"(89쪽)을 유발하기 때문이다. 「노인 울라에서」의 눈먼 소녀 눈 아이의 급작스러운 성장과 흰 젖의 분출은 거인 사령관 아버지가 죽은 이후에 나타나고 그것은 눈 아이의 교수형으로 이어진다. 「도둑 자매」에서도 소녀의 성숙하고 신비한 성장 직후에 마주하게 되는 것은 악취를 풍기며 앓아왔던 어머니의 죽음이다. 이들에게 성장이란 죽음과 긴밀하게 연결되어 있으며,

성별이 분명해지고 고정되는 바로 그 순간부터 환상과 마법이 작동하지 않는 질서의 세계로 진입한다. 그러므로 이 유년의 왕국은 멈추지 않는 회전목마나 오르골처럼 영원히 계속되어야 할 것이지만

"어린 시절은 망상이에요. 자신이 어린 시절을 가졌다는 믿음은 망상이에요. 우리는 이미 성인인 채로 언제나 바로 조금 전에 태어나 지금 이 순간을 살 뿐이니까요. 그러므로 모든 기억은 망상이에요. 모든 미래도 망상이 될 거예요. 어린아이들은 모두 우리의 망상 속에서 누런 개처럼 돌아다니는 유령입니다." (「1979」, 94쪽)

어린 시절. 그것은 막 덤벼들기 직전의 야수와 같았다고 여교사는 생각했다. 모든 비명이 터지기 직전, 입들은 가장 적막했다. (……) 염세적인 사람은 일생에 걸친 일기를 쓴다. 그가 어린 시절에 대해서 쓰고 있는 동안은 어린 시절을 잊는다. 갖지 않는다. 사라진다. (「뱀과 물」, 223쪽)

소설들 곳곳에서 이런 강렬한 언어들이 어린 시절이라는 시기 자체를 강하게 부정한다. 자신의 유년기에 더없이 사랑

스러운 시선을 보내면서도 지극히 증오하는 일은 어떻게 가능한가. 이들에게 어린 시절은 환상과 마법의 세계가 아니라 망상에 불과하며, "누런 개"처럼 비루하고 "덤벼들기 직전의 야수"처럼 난폭하다고 비유된다. 그런데 이 연민과 공포로 분열된 비유들은 어린 시절에 대한 거리감을 유지하고 있다기보다, 오히려 긴밀하게 고착되어 있고 간절하게 욕망하고 있다는 느낌을 주지 않는가. 누런 개처럼 돌아다니는 유령 아이들은 우리가 망각했지만 잊어서는 안 되는 어떤 것들을 다시 전해주고 싶어하는 듯 보이지 않는가.

3. 지워진 얼굴은 거울이 되고

무엇을 잊었던 것일까? 멜랑콜리에 빠진 자들은 무엇 때문에 슬픈지, 자신이 상실한 것이 무엇인지 제대로 인식하지 못한다. 그런데 마치 무언가를 상기시켜주어야만 한다는 듯, 고요한 적막 속에서 진행되던 소녀들의 삶은 문득 불길한 그림자에 휩싸인다. 배수아는 장편 『서울의 낮은 언덕들』(자음과모음, 2011)에서 음성으로만 남은 '경희'라는 존재를 통해 "누구나 공통적으로 소유한 어린 시절의 불길함, 유괴당하기 직전의 울적하고 스산한 변두리의 인상 같은 것. 정체불명의 기시감"(142쪽)에 대해 말한 바 있다. 이번 소설집『뱀과 물』에서 가장 많이 변주되는 것은 바로 이 불길함과 기시감의 리듬이다.

　그리고 이를 가장 직접적인 표상으로 드러내는 것이 「얼이에 대해서」에서 "너희들 이리 와봐!"(48쪽)라고 소리지르는 곡괭이를 든 위협적인 남자일 것이다. 현실과 꿈을 오가며 "이리 와봐!"라는 남성의 커다란 목소리가 울려퍼지는 순간들은 끔찍한 순간에 대면해 깨어나는 악몽의 구조와 닮아 있다. 얼이의 죽음이 화자에게 새겨지는 것은 두 번의 꿈을 통해서이다. 첫번째의 꿈에서 화자는 서커스가 진행되는 수백 마리의 쥐가 우글거리는 무대 위에서 반두의 왕으로 지목당한다. 살균된 세계 속에서 무지의 상태로 살아가던 화자는 이 꿈을 기점으로 서서히 죽음에 대해 눈을 뜨는 듯 보이고, 얼이의 죽음이 여동생의 탄생과 교환된 것이라고 믿는다. 그때 두번째 꿈이 개입한다. 꿈속에서 바다에 둥둥 떠 있는 사내아이의 죽음이 반두의 여왕인 당신이 한 짓이라고 추궁당하던 화자는 여동생이 태어나기를 바라지 않았다고 격렬하게 부정한다. 뒤집힌 채 바다에 떠 있는 사내아이는 얼이인가. 보트 위의 흰 원피스 소녀는 여동생인가. 알 수 없다. 중요한 것은 꿈속에서 곡괭이 남자와 닮은 음산한 얼굴이 화자를 지목하는 순간들이 이 죽음들에 대해 화자가 겪고 있는 죄책감을 고스란히 노출하고 있다는 것이다. 여동생의 존재를 부정한 두번째 꿈 직후에 어머니와 여동생의 장례식을 치르게 되면서, 이 죽음들은 애도되지 못하고 화자의 내부로 우울증적으로 파고든다. 이는 장례식이 끝나고 누나가 꺼내주는 흰색 원피스를 통해 상징적으로 전달된다. 흰색 원피스는 여성으로서의 표상 이전에 상복처럼 보이고, 이 장면은 물위에서 본 소녀의 환영이 화자에게 영원히 전이되는 순간처럼 보인다.

배수아의 이번 소설집에서 죽음은 외부에서 도래해 일회적으로 발발하는 사건이 아니고, 반복해서 살아가야만 하는 어떤 것이다. "이리 와봐!" 하는 곡괭이 남자의 명령과 "그런 바보 같은 말 하는 거 아니야"(71쪽)라는 아버지의 힐난은 죽음을 암시하며 충격과 공포로 육박해온다. 이 남자들은 각각 지하의 죽음과 지상의 생명을 주관하는 강력한 존재자처럼 보인다. 그런데 화자는 그들의 지배로부터 추락하듯 빠져나간다. '나'는 아이들의 정부, 노인들과 외로운 개들과 쥐의 연인이자, 사랑하는 대상이면서 죄의 상징이기도 한 그 미친 여자의 세계로 간다. 어떤 행위를 하더라도 항상 "미친년이 간다!"(38쪽)고 말해지는 여자는, 이리 와보라는 명령을 거슬러버리는 매혹적인 금기의 세계다. 흰 드레스를 입은 채 나는 죽은 얼이가 되고, 끝내는 얼이의 미친 어머니가 된다. 나는 살아 있지만, 죽음과 광기를 산다. 이 죽음과 광기의 세계는 쥐들이 득실거리고 아무데서나 성기가 노출되는 더럽고 위험한 곳이지만, 동시에 가볍고 신비스럽게 빛난다. 몽롱한 졸음에 잠긴 화자가 기차 안에서 보았던 금빛 수면 위의 흰 드레스 소녀처럼.

이 소설의 마지막 장면은 더없이 슬프면서도 아름답다. 아주 오랜 시간이 지나 마을의 미친 여자가 되어 있는 화자는 확장된 크기의 얼이를 마주친다. 그는 얼이가 다가오기를 기다리고 있지만, 얼이는 마치 내가 그 자리에 없다는 듯 지나쳐서 위태로운 철교 위를 흔들흔들 걸어 떠난다. 하지만 내 얼굴, 내 웃음이 그의 어머니와 같았기 때문에, 그는 영영 떠나기 전 나를 오래오래 바라본다. 이것은 이해 가능한 세계에서 벌어지는 일이 아니다. 이해와 사유 이전에 있는 어떤 감각적인 것을 통해 세계의 타자와 마주하는 일이다. 어린 시절과 똑같은 복장을 한 얼이의 모습이 화자만이 볼 수 있는 환영이 아닐까 의심하면서도, 오랫동안 이어온 기다림이 서로의 얼굴을 마주보는 아주 짧은 순간에 도달하는 장면은 마음을 흔든다. 여기에는 죽음의 완고한 난폭함에 대응하는 부드러운 침묵이 있다. 이 침묵은 죽음을 넘어서서 다른 생을 끌어안는다는 점에서 전능하면서도, 떠나가는 뒷모습 앞에서 한없이 무력하다. 무한히 서로를 반사하는 거울들처럼 여성들의 운명은 구분되지 않는다.

「도둑 자매」에서도 "밤의 비밀스럽고 불길한 두런거림"(150쪽) 속에서 소녀들의 운명은 겹쳐진다. 소설은 길 한가운데를 느리게 지나가는 흰 배와 검은 물이 고인 악취 나는 도랑에 가라앉은 죽은 강아지를 보여주며 시작된다. 상여처럼 보이는 흰 배의 거대함과 도랑의 작고 검은 시체의 대비는 거대하고 힘센 죽음 앞에서 보잘것없이 무력한 생명을 부각시킨다. 화자가 자신이 잃어버린 강아지인지 확신하지 못하며 그 시체를 향해 손을 뻗었을 때, 갑자기 열 살쯤 된 소녀가 나타난다. 검은 광목 원피스에 굉장한 뻐드렁니를 가진 소녀는 "내가 네 언니야"(156쪽)라는 주술 같은 말을 던지더니, 작고 초라하고 어두운 집으로 데려가 악취를 풍기며 죽어가는 어머니에게 없어진 동생을 찾아왔다고 말한다. 그런데 결국 어머니가 죽고 산에 봉분을 만들던 날, 돼지 장수가 여자애를 납치해갔다는 소문이 파다하던 그날, 밤의 산길에서 넘어진 나는 다시 일어나지 못한다. 그리고 뻐드렁니 소너는 죽은 엄마를 두고 했듯이, 달려드는 벌레를 쫓고 손바닥에 침을 묻혀 얼굴을 닦아준다.

시간이 되면 원래 사람은 파리와 모기를 쫓고 얼굴을 아기처럼 깨끗하게 만들어야 한다고, 소녀가 말했다.

그러면 내가 죽은 거냐고 나는 물었다.

별이 죽으면 불가사리가 되어 해변에 떨어지는 거야. 소녀가 대답했다.

그러면 내가 죽은 거냐고 나는 다시 물었다.

어쩌면 그럴지도 모른다고 소녀가 말했다. 어머니가 도랑에 집어던진 너를 내가 건져올렸지만, 그건 어쩌면 너무 늦었을지도 몰라. (「도둑 자매」, 180쪽)

자신의 죽음을 선선히 확인하는 질문과 조심스러운 대답이 오가는 이 장면은 「얼이에 대해서」의 마지막 장면처럼 마주함에서 오는 따뜻함을 품고 있다. 희박해져가는 이들을 잠시나마 한 장소에 머무르게 하는 유일한 몸짓은 서로의 죽음을 살피고 어루만져주는 일뿐인 걸까. 화자가 아직 자신의 죽음을 실감하지 못하고 있는 이 장면에는 어떤 공포나 음울함도 배어 있지 않다. 모든 것이 심상한 일인 듯 서로의 운명

292

이 산산이 흩어졌다가 다시 겹쳐진다. 뻐드렁니 소녀가 얼굴을 닦아주는 동안 화자의 얼굴은 지워진다. 그리고 그 지워진 얼굴은 "시간을 앞서 비추어진 거무스름한 거울"(187쪽)이 되어 죽음 속에 잠긴 자들을 담기 시작한다. 거울 속에서 '나'는 도랑에 가라앉아 죽은 강아지이고, 이미 죽은 존재였으며, 이후로 평생을 이미 살아버린 존재이기도 하다. 고아원 철봉에 거꾸로 매달려 죽은듯이 가만히 있는 소녀와, 돼지 장수가 산에 갖다 버렸다고 했던 거짓 자백 속 소녀는 겹쳐진다. 전신주에 붙어 있는 붉은 벽보들 사이에서 얼마 전 생일날 현관 거울 앞에서 어린 강아지를 안고 웃는 나의 사진과, 먼 훗날 미스 대회에 나가 엄청난 뻐드렁니를 숨긴 채 입을 다물고 서 있는 나의 사진도 겹쳐진다. 도둑 자매는 죽음의 시간을 훔쳐 자기 것으로 살아낸다. 나의 죽음과 너의 삶은 함께 흐르고, 나의 과거와 너의 미래는 구분되지 않는다. 이런 중첩된 시간에 대한 믿음이 인간을 시간의 흐름과 함께 허무하게 사라지지 않게 한다. 배수아는 한 사람이 자기 안의 다른 시간을 동시에 살 수 있다면, 지금의 삶이나 죽음도 그저 또하나의 꿈일 것이라 믿는다. 이는 현실을 무상하게 바라보는 허무주의가 아니다. 여기에서 벌어지는 것은 다른 죽은 이에게 나의 삶을 내어주고, 진짜 나의 삶은 꿈으로 만드는 연금술이다. 자신의 고유한 얼굴을 지워낸 거울 속에 다른 이들의 짧고 고독한 생들이 무수히 겹치며 흐른다. 여성들의 생이 투명하게 중첩된 채로 삶-꿈은 끝없이 이어진다.

이 거울이 비추는 것은 가난과 광기의 세계다. 눈송이만큼 많은 시궁쥐떼들이 우글거리는 '반두'처럼(「얼이에 대해서」), 항시 먼지구름이 이는 이곳에는 전후의 비루함과 악취가 곳곳에 도사리고 있다. 외팔이 군인이 돌아다니고, 여인의 얼굴에는 미군의 네이팜탄이 남겨놓은 화상 자국이 있으며, 고아원에는 벌을 받고 있는 천사처럼 철봉에 거꾸로 매달린 사내아이가 있고, 새끼 돼지를 끌고 다니는 젊은 돼지 장수가 있다. 그런데 이 가난의 풍경은 부끄럽거나 힘겨운 것이라기보다 알 수 없는 생동감으로 요동친다. 도리어 허상의 세계처럼 위태로워 보이는 것은 백사장에서 혀를 길게 빼문 사냥개들이나 사내아이들이다. 이들은 매우 절도 있는 동작으로 날렵하고 재빠르게, 보이지 않는 엄정한 질서 아래 움직이지만, "해변에 유일한 얼룩을 선사하는 그림자"(167쪽)로 남을 뿐이다. 도시에 세워질 예정인 제철소에서 일하기 위해 돌아왔다는 엔지니어의 가족도 마찬가지다. 행복, 희망, 약속된 미래, 앞으로 닦여질 넓고 반듯한 도로, 광장에 자리잡을 위대한 황동상, 해변에 세워질 거대한 제철소에 대한 풍문은 거대하고 완강하지만 한낱 신기루처럼 흩어진다. 반대편에서 소녀들의 기원이자 미래는 생선 썩는 냄새를 풍기며 죽어가는 여인이나, 이가 몽땅 빠지고 앞니 두 개만 남은 달걀 행상 노파와 겹쳐지며 강렬하게 새겨진다. 여성들이 가닿은 궁핍과 죽음은 획일적인 아름다움이 아니라, 소녀가 철봉에 거꾸로 매달렸을 때 속옷을 입지 않은 맨 하반신이 섬광과 같은 태양빛 속에 드러나는 순간처럼 무엇도 의식하지 않는 단순함으로 아찔하게 환하고 강렬하다. 소녀들은 노래의 일부가 되어 가볍게 경계 너머로 증발하듯 사라진다. 그리고 서사의 끝에서 시간 역시 역행하며 지워진다. 이 지워지는 시간을 이루는 정조에 대해서라면 조금 더 부연이 필요할 텐데, 그것은 이 소설집 안에서 가장 극렬한 마조히즘과 에로티즘을 경유하며 이해할 수 있을 것 같다.

커다란 태양이 머리 위에서 하얗게 연소하는 한낮에 죽음으로 치달아가는 「뱀과 물」은 유독 극렬한 증오와 마조히즘이 이질적으로 드러나는 작품이다. 이 소설 속 인물은 어린 전학생 길라, 여교사 길라, 늙은 길라로 분열된 상태로, 서사는 꿈속의 꿈속의 꿈처럼 겹겹이 둘러싸인 채 진행된다. "푸르스름한 커다란 유리병 속에서 춤추는 흰나비떼"(205쪽)처

럼 어린 길라와 여교사 길라는 서로의 꿈속에서만 현기증 이
는 나비떼처럼 존재하는 듯 보이기도 한다. 이 서사를 거칠
게 요약한다면, 한낮에 교실 속에서 한 교사가 백일몽을 꾸
는 동안, 어린 전학생 길라가 학교에 왔다가 운동장에서 늙
은 길라와 마주치고 죽음에 이르는 이야기이다. 그러니 교
사가 꾸고 있는 백일몽은 자신의 미래(늙은 길라)가 자신의
과거(어린 길라)를 죽이는 상징적 사건에 대한 은유로 볼 수
있을 것이다. 그런데 왜 여교사는 백일몽 속에서 증오에 사
로잡혀 늙은 길라에게 자신을 죽여달라고 반복해서 애원하
는 것인가. 게다가 교사 길라의 한낮의 백일몽 속에서는 거
울 뒤편에서 뱀과 물이 "알몸에 검은 황소 마스크를 쓴 두 남
자"(214쪽)로 나타나 마조히즘적인 성관계를 시전한다. 벌거
벗은 교사는 채찍을 맞으며 비틀거리고, 피와 오줌, 내장덩
어리를 흘리며, 깨진 거울 속에서 처참하고 흉측한 자기 자
신을 본다. 그러다 그들이 마스크를 벗으려는 마지막 의례
앞에 교사는 돌연 발광하듯 제지하며, 히죽히죽 웃는 태아를
붙잡고 먹기 시작한다.

　다른 소설들에 흐르는 음악이 아름답고 단조로운 노래라
면, 이 소설의 백일몽은 이례적으로 강한 불협화음처럼 들린
다. 아니, 차라리 절규에 가깝다. 그런데 이상하게도 이 절규

는 섬뜩하지만 세계를 붙들려는 안간힘처럼 보인다. 자신을 파괴하는 쪽으로 향하는 여교사의 죽음충동은 단지 죽음 자체를 열망하는 것이 아니라, 그만큼 분리되고 싶지 않은 뜨거운 에로티즘을 내뿜는다. 무엇과 분리되고 싶지 않은 것인가. 블랑쇼의 『카오스의 글쓰기』(박준상 옮김, 그린비, 2012)에 대한 해제에서 박준상은 어린아이를 우리의 무의식 안에 결코 완전히 죽어서 사라지지 않는 원초적 나르시시즘의 표상으로 읽는다. 이 어린아이를 살해함으로써만 우리는 자신 안에 갇혀 동물이나 아이로 남아 있지 않고 사회로 진입할 수 있다. 하지만 어린아이의 살해를 완벽하게 실현시킬 수도 없는데, 그것은 불가능할뿐더러, 만약 그럴 수 있다면 각자는 삶의 모든 향유에 무감각한, 마치 조종당하는 기계와 같은 존재가 되어버린 채 살아갈 아무런 근거나 이유를 찾을 수 없게 되어버릴 것이기 때문이다.(박준상, 「한 어린아이」, 267~268쪽) 소설 속 여교사는 최초의 자신(태아)을 죽임으로써 가장 두려운 "고여 있는"(213쪽) 상태로부터 벗어나려 한다. 그런데 그 시도는 오직 절반만 성공하는 것처럼 보인다. 표독스럽고 신경질적인 예민함을 동반하고 있는 이 가학성이 끈적이는 에로티즘을 동반하고 있기 때문이다. 여교사는 태아를 단순히 죽이는 것이 아니라 먹는데, 이는 단절이 아니라 자신 안으로 흡수해 분리할 수 없는 하나가 되는 것이다. 보이지 않는 흔적으로 전환되어 자신 안에 침투하는 타자의 시간성을 용납하는 일이다. 이 치열한 쟁투의 끝은 소름끼치는 저녁의 눈동자 속에서 벌어지는 죽음의 장면에 닿는다. 이 장면은 섬뜩하면서도 "이미 일어난 일이 일어날 것을 기다렸"(224쪽)다는 말로 인해, 더없이 차분하고 절제되어 있다는 인상을 준다. 생의 혼돈은 모두 이 적막한 죽음의 질서의 세계에 닿기 위한 과정에 불과했던 것일까. 이곳에 닿지 않고 생을 계속 유지하기 위해서라면 우리는 스스로를 향하는 낯선 가학성과도 어쩔 수 없이 친밀해질 수밖에 없는 것일까. 자기 안에 어린 길라를 다시 한번 죽이고 하나가 되는 여교사 길라의 백일몽은 "펜촉 끝에 고인 잉크가 마침내 한 방울 뚝 떨어"(207쪽)지는 순간에, 하지만 "일생만큼"(218쪽) 긴 편지를 쓰는 시간 속에 일어난다. 순간과 영원은 그렇게 만난다. 한 뱀의 머리가 다른 뱀의 꼬리를 물고 있는 우로보로스처럼 끝없이 죽음과 재생이 이어지고, 물처럼 서로의 삶에 스며든다. "염세적인 사람은 일생에 걸친 일기를 쓴다"(223쪽)는 말이 더없이 쓸쓸하게 들려오는 이유는 인간은 언어를 사용하는 한 분열 속에서 존재와 완전히 하나가 될 수 없기 때문이다. 그 고독에 머무르고 있는 염세적인 사람의 일기는 오직 자신 안의 어린이를 다시 죽이고 하나가 되는, 시작도 끝도 없는 공회전 속에 있을 것이다. 완전한 이별이 불가능하다는 것을 계속해서 확인하면서.

이 마조히즘을 「1979」의 에로티즘이 극대화된 장면과 나란히 보면 어떨까. 반에서 가장 성숙한 '키 큰 소녀'에게 미묘한 성적 끌림을 느끼며 집착하는 남자 교사는 귀갓길에 우연히 그 키 큰 소녀와 작은 리우진을 마주친다. 그 둘을 다급하게 쫓아가던 그는 이상한 장면과 마주친다.

손을 잡고 걷던 거무스름한 아이들은 낡은 담벼락 앞에서 멈추어 서더니 각자의 손가락을 담벼락의 구멍 속으로 집어넣었다. 조금 떨어진 곳에서 그것을 지켜보던 교사는 거칠고 딱딱한 흙과 광물, 바스러진 뱀의 알과 곰팡이, 죽은 애벌레의 감촉을 손가락에 느꼈다. 마침내 구멍 깊숙한 곳에 숨어든 한낮의 꿈과 같이 미끈미끈한 온기에 손끝이 닿자, 교사는 자신도 모르게 온몸을 움찔거렸다. 잠시 후 손가락을 구멍에서 꺼낸 리우진이 이번에는 자신의 입속에 손가락을 넣어 붉은 사탕을 꺼냈다. (……) 교사의 입속으로, 마치 어린 시절과도 같은 혼몽하고 은은한 단맛이 퍼졌다. (「1979」, 113~114쪽)

이상한 장면과 마주쳤다기보다는 미지에 놓인 감각의 영역으로 들어가게 되었다는 표현이 더 적합할 것이다. 아이들이 손가락으로 만지는 감각과 내가 손가락으로 느끼는 감각은 서로 구분되지 않는다. 촉각의 영역 속에서는 적극적인 만짐과 수동적인 만져짐의 구별이 사라진다. 이들은 마치 한몸이 된 것 같다. 게다가 손가락을 작은 구멍 속으로 밀어넣는 행위 때문에, 그때 느끼는 한낮의 꿈과 같은 혼몽함과 미끈미끈한 온기로 인해, 본능적으로 온몸을 움찔거리는 이 교사는 극도의 오르가슴을 겪고 있는 것처럼 보인다. 그런데 거칠고 딱딱한 흙과 광물, 바스러진 뱀의 알과 곰팡이, 죽은 애벌레의 감촉은 매장된 시체가 허물어지면서나 가질 법한 감각이 아닌가. 에로스의 극점은 죽음과 맞닿아 있다. 그리고 이는 "마치 어린 시절과도 같은 혼몽하고 은은한 단맛" 안에서 연결된다. 이 극도의 도취 직전에 교사가 개천에서 쓰레기 더미에 섞여 있는 죽은 아기의 몸뚱이를 보았다는 사실은 의미심장하다. 그 죽은 아기는 마치 교사의 상징적인 죽음처럼 보인다. 우리는 죽음 이후에야 그 속에서 에로스와 만날 수 있는 걸까. 입가의 침과 설탕물을 닦아내는 교사는 더이상 여학생을 탐닉하고 싶은 어른의 자리에 있는 것이 아니라, 무력한 어린아이로 강등되어버린 것처럼 보인다. 그런데 이 갈등이야말로 불쾌한 욕망과 체제의 관습 속에 길들여진 교사를 처음으로 그 바깥으로 끌어낸다.

그리고 그 직후에 일어났던 사건들이 하나씩 지워지며 없었던 것이 되어간다. 이 소설집에 실린 어느 단편이나 어린 시절에 대한 기나긴 서술 뒤에 오는 시간의 지워짐은 유독 짧다. 이것은 마치 어린 시절에 극도의 불안에 흔들리는 감정의 아슬아슬한 아름다움이 밀집되어 있고, 이후의 삶 전체는 무의미한 환영에 불과하다는 언명처럼 보이기도 한다. 그 끝에 남는 것은 '새처럼 자유로울 권리의 선고'처럼 언제든 마음대로 죽을 수 있는 정도의 냉혹한 자유이거나(「1979」), "그렇다면 어디로?"의 대답 없는 질문만 울려 퍼지는 적막감이다(「뱀과 물」). 하지만 삶에서 어린 시절만 빼고 모두 버리려는 이 단호함에는 사회의 주변부에 머무르고자 하는 욕망이 있다. 콜레라, 전쟁, 핵폭탄, 방사, 광인과 소녀들의 살해 앞에 두려움에 빠지거나 길들여지지 않고, 차라리 더 적극적으로 가난과 광기와 죽음 쪽으로 끝까지 걸어가버리려는 완고한 의지가 있다. 주거지도, 가족도 없는 한 여자는 타인의 죽음과 자신을 일치시키고, 그로 인해 자신마저도 분열시킨다. 이 분열 앞에서 '뱀'처럼 사나운 마조히즘과 '물'처럼 부드럽게 합일되는 에로스는 서로를 휘감는다. 죽음 너머로 가는 너를 위해 나의 삶을 통째로 내어주고, 너의 가난과 죽음과 광기를 내가 대신 살겠다는 결기가 여기에 있다. 네가 없는 나는 더이상 존재할 수 없기에 나를 해체시키고 산산이 부서져내리는 동안, 어린 시절을 무한히 반복하는 삶은 기이하게 아름다워진다. 시간을 무화시키는 그 반복 속에 무엇이 남는가. 오직 "나를 사랑하는 누군가의 목소리"(「도둑 자매」, 188쪽)만이 남아 울린다. 그리고 그녀는 마침내 삶과 죽음이라는 관념들로부터 자유로워진다. 세상을 이루는 거대하고 단단한 것들이 결코 해치지 못할 소문이자 꿈이 되어. 사랑하는 목소리가 되어.

4. 얼굴 없는 샤먼의 노래

배수아는 어느 순간부터 죽음이 안개처럼 깔려 있는 이 세계를 해석되지 않는 긴 꿈, 풀리지 않는 비밀, 번역되지 않는 외국어로 인식하기 시작했다. 그는 누구보다 치열한 번역가임에도 불구하고, 번역을 믿지 않는 냉소적인 번역가이기도 하다. 그에게 인간의 말은 여러 사람의 입을 거치는 동안 최초에서 멀어진 이상한 웅얼거림이며, 원본을 상실한 상태의 무수한 복사본에 가깝다. 『서울의 낮은 언덕들』을 참조해 말해보자면, 인간의 삶이나 언어는 정체불명의 경로를 통해 온 세계를 돌아다니다가 그것을 쓴 사람은 이미 망자가 된 후에 되돌아온 '수취인 불명'의 편지 같은 것이다. 이번 소설집 『뱀과 물』에서도 언어는 쉬이 잡히지 않고 익명성 속으로 침잠한다. 「1979」에서 "어린아이들은 모두 우리의 망상 속에서 누런 개처럼 돌아다니는 유령입니다"라는 인상적인 대사는 육체성을 상실해가는, 목소리로만 남아 있는 남동생의 것이다. 그런데 모두에게 잊힌 과거형의 존재로 수신자 없는 편지를 계속 써온 남동생이야말로 어린아이─유령의 실체가 아닌가. 「뱀과 물」에서 눈먼 시선으로 반듯하게 앉은 여교사는 편지를 쓰다 멈춰 있는데, 잠시의 백일몽이 지나자 종이는 셀 수 없이 불어나 있다. 마치 그사이에 있었던 모든 일들이 내용이 기억나지 않는 기나긴 편지에 불과한 것처럼. 이 육체성 없는 목소리와 수신자 없는 편지들은 소설들을 투명한 막으로 감싸면서 해석으로부터 보호한다.

「기차가 내 위를 지나갈 때」는 이 소설집의 마지막에 놓여, 어린 시절과 꿈과 죽음의 온전히 이해되지 않는 지점들을 언어로 감싸안고 있는 소설이다. 이 소설은 세계 여성의 날에 한 외국 여행지에서 할머니의 푸른 양철 가방을 들고 시낭독회에 참석하는 내용으로 이루어져 있다. 그곳에서 낭독하는 긴 시를 전혀 이해하지 못하면서도 감각과 직관에 기대어 내용을 어렴풋하게 그려내던 화자는, 즉석에서 초대받아 앞으로 나가 사람들이 한마디도 알아듣지 못할 것을 알지만 직관에 기대 슬픔 없이 말하기 시작한다. 그 이야기는 삼십 년 전 떠난 할머니와, 이 주일 전에 받은 그 할머니의 부고에 대한 것이다. 할머니는 여행을 떠났고 다시는 돌아오지 않았지만 몇 년 전에 화자는 어느 여행지의 벼룩시장에서 할머니의 여행가방을 마주쳤다는 것, 달라이 라마와 서신 교환을 했다는 이유로 중국 대사관으로부터 비자 신청이 거부당해 할머니의 장례식에 참석하지 못하게 되었는데 바로 오늘이 그 장례식 날이라는 것, 반두에서 여왕이 되었다가 아무도 알아차리지 못하게 세상을 구원한 후 연기가 되었고 마침내 대머리독수리가 된 지난 삼십 년간 할머니의 삶이 말해진다. 이 서사 아래에는 할머니의 죽음과 함께, 이전에 할머니가 자신을 떠날 때 버려졌다는 강렬한 슬픔의 감각이 잠복해 있는 것처럼 보인다. 그런데 다시 찬찬히 보면 부고에 쓰여 있는 할머니의 이름과 나의 이름이 같으며, 할머니의 여행가방이 내 손에 들려 있고, 바로 오늘이 할머니의 장례식 날이라는 점이 우리로 하여금 다른 상상을 촉발시키지 않는가. 「노인 울라에서」의 붉은 리본처럼, 할머니의 푸른 양철 가방은 운명적 힘을 담은 것처럼 나에게로 전승된다. 화자는 할머니와 구분되지 않는 상태로, 할머니의 여행하는 삶을 이어받아 살고 있는 중이 아닌가. 그는 먼 곳에서 피어오르는 불그스름한 연기 속에 스며들어, 할머니의 장례식을 매일 반복중인 것이 아닌가.

그러나 슬픔에 잠긴 좁고 긴 얼굴을 한 채 휘청거리며 이어지던 이 이야기는 잭의 재기 어린 말과 박수 뒤에 이어진 사람들의 환호성과 휘파람으로 멀리 밀려난다. 이어 잭은 화자에게 자신이 태어난 지 몇 달 만에 외몽골로 갔으며 반두에서 최초의 말을 들었으므로, 그 편지를 자신에게 낭송해주면 그 의미를 이해할 수 있을 것이라고 제안해온다. 잭이 이 편지를 들은 후 온전하게 이해했다는 확신과 흥분, 충격과 감동의 표현들은 배수아의 서사가 지양하는 바를 말해준다. "망치처럼 단단하고 강"한 그의 언어는(231쪽) 거침없이 번역으로 뛰어들지만, 그 번역으로부터 건져낸 편지의 마지막 구절은 더없이 추상적으로 겉돌기 때문이다. "이해할 수 없는 언어"(239쪽)로 적혀 있는 편지는 거리를 둔 채 내용을 파악할 수 있는 것이 아니라, 오직 몸으로만 감각할 수 있을 뿐이다. 그와 달리 이해할 수 없음에 순응하며 편지를 천천히 낭독했던 화자는 "고요히 발광하는, 오묘하고 경사진 달의 영토"(234쪽)와 같은 할머니의 세계에 닿아 살아낸다. 그곳은 "파국을 향한 열망" "추락의 열망" "기차가 내 얼굴 위로 지나가는 것을 두 눈으로 보고 싶은 열망"(262쪽)을 통해서만 진입할 수 있는 곳이다. "기차가 막 내 위로 지나간 것 같"은 느낌과 함께 "너무 이른 죽음"(263쪽)을 반복하는 곳이다. 이 죽음을 향한 여정은 군중의 소리 높은 웃음과 환호성의 자리에서 가장 멀리에서, 존재들이 은밀하게 부딪치며 만들어내는 소리와 눈물에 도달한다. 왜 눈물인가. 운다는 것은 "물이 되는 것, 형체가 사라져버리는 일"(246쪽)이기 때문에. 그는 자신을 흐트러뜨려 죽은 할머니의 삶을 살고, 영원한 시간의 여행자가 되고자 한다. "형체가 사라지고 존재만 남은 가방과 같은 이것, 파국을 향해 산란되는 이것"(263쪽)은, 사랑하는 존재의 죽음과 합일되려는 자가 느끼는 슬픔의 황홀경이다. 그것은 세차게 벌어졌다 똑바로 떨어져내려 순식간에 사라지는 '밤의 꽃잎'처럼, 한낮의 방만한 번역과 해석들로부터 영원히 미끄러져간다.

그리하여 배수아가 말하는 이 '밤의 꽃잎'과 같은 언어를 이해하는 데 이르면, 우리는 『뱀과 물』에서 증발하듯 사라지는 인물들과 지워지는 시간 역시 이해하게 된다. 작가가 왜 붙잡을 수 없이 울림의 여운만 남긴 채 사라지는 음악을 사랑하는지 알 수 있게 된다. 언어를 해석 이전의 상태로, 들리지 않는 말로서 놓아두고자 하는 의지는, 결국 언어가 갖는 어떤 권력도 거부하는 것이다. 무엇도 지시하거나 명령하지 않고자 하는 것이다. 자신이 세계의 주인이 아니며, 온전한 주체 또는 인격이 아니라 자연에 가까운 존재라는 사실을 드러내는 것이다. 할머니의 푸른 양철 가방 앞에서 "완벽한 사물에게 예속된 존재"(229쪽)가 되어 순종하듯, 고유한 자신을 지우는 것이다. 그렇게 배수아는 자신의 삶이 아니라, 타인의 삶을 무한히 살아가는 얼굴 없는 샤먼이 된다. 이 샤먼의 노래는 선형적 시간의 질서를 흐트러뜨리고, 현재만을 사는 우둔한 육체를 떠나 새처럼 가볍게 활강하고 또 추락한다. 그건 삶에 대한 어떤 미련도 없이 오직 한 점으로 응축되는 순간만을 사랑하는 자에게만 허락된 음악이다. 얼굴 없는 샤먼의 노래를 우리는 이미 알고 있다. 역사로 기록되지 않은 이야기, 사회 주변부에 머물던 자들이 구술로 전승해온 야사와 전설, 머나먼 오지의 방언들, 나직한 속삭임과 귓속말, 언어를 배우기 이전의 여리고 순한 옹얼거림, 이것들은 문학이 되었다. 하지만 태초에 이는 노래였을 것이다.

세이렌이 있는 섬을 지나가기 위해 선원들은 홀려서 죽게 될까봐 두 귀를 밀랍으로 막았다. 오디세우스는 최초로 이 노래를 들으려고 했고, 배의 돛대에 자신의 손과 발을 묶었다. 그런데 이때 부테스만 노를 놓아버리고 바다로 뛰어든다. 이 부테스라는 인물을 위해 한 권의 책을 적어내려간 키냐르(『부테스』, 송의경 옮김, 문학과지성사, 2017)는 음악을 두 갈래로 나눈다. 세이렌의 매혹적인 노랫소리가 '파멸의 음악'이라면, 키타라 연주로 세이렌의 노랫소리를 무화시켜 자신과 선원들을 치명적 매혹에서 구한 오르페우스의 음악은 '구원의 음악'이다. 이 분류에 따르면, 배수아는 그 파멸의 음악으로 홀로 뛰어드는 부테스가 아닌가. 그의 소녀들은 바다의 길고 단조로운 노래에 서서히 홀리고, 넋을 잃고, 이해할 수 없는 그 노래의 일부가 된다. 그의 소설은 문자를 넘어 낭송되는 소리가 되고자 한다. 그 노래와 소리는 어느 순간 해석되길 거부하고, 그 미지의 매혹 속에서 삶과 죽음은 더이상 구별되지 않는다. 배수아의 소설은 가난과 광기의 세계로 추락해 그 파멸의 힘으로 영원한 꿈이 된다. 잃어버린, 사랑했던 것들이 그 꿈 속에서 다시 떠오른다. 키냐르는 자신의 정체성과 언어를 잃어버리기로 동의한 사람의 귀에, 음악은 이렇게 속삭이는 것으로 시작된다고 말한다.

"기억하나요, 어느 날, 옛날에, 당신은 사랑하던 것을 잃었

잖아요."(『부테스』, 94쪽)

　모든 것을 잃어버렸으나, 어느 한 순간도 잊지 않은 배수아가 답할 것이다.

　"이제 꿈이 시작되는 건가요?"(31쪽)

| 수록 작품 발표 지면 |

눈 속에서 불타기 전 아이는 어떤 꿈을 꾸었나 _ 프란츠 카프카,

『꿈』(워크룸프레스, 2014) '옮긴이의 말'을 대신하여

얼이에 대해서 _ 『문학과사회』 2012년 겨울호

1979 _ 『악스트Axt』 2015년 7, 8월호

노인 울라Noin Ula에서 _ 『현대문학』 2014년 4월호

도둑 자매 _ 『문학과사회』 2016년 봄호

뱀과 물 _ 『문학사상』 2016년 10월호

기차가 내 위를 지나갈 때 _ 『문학동네』 2017년 여름호

문학동네 소설집
뱀과 물
ⓒ 배수아 2017

1판 1쇄   2017년 11월 10일
1판 9쇄   2023년 4월 17일

지은이 배수아
책임편집 강윤정 | 편집 김봉곤 김영수 김필균
디자인 김이정 유현아 | 저작권 박지영 형소진 이영은
마케팅 정민호 이숙재 김도윤 한민아 이민경 안남영 김수현 왕지경 황승현 김혜원
브랜딩 함유지 함근아 박민재 김희숙 고보미 정승민
제작 강신은 김동욱 임현식 | 제작처 한영문화사(인쇄) 경일제책사(제본)

펴낸곳 (주)문학동네 | 펴낸이 김소영
출판등록 1993년 10월 22일 제2003-000045호
주소 10881 경기도 파주시 회동길 210
전자우편 editor@munhak.com | 대표전화 031) 955-8888 | 팩스 031) 955-8855
문의전화 031) 955-3576(마케팅) 031) 955-2678(편집)
문학동네카페 http://cafe.naver.com/mhdn
인스타그램 @munhakdongne | 트위터 @munhakdongne
북클럽문학동네 http://bookclubmunhak.com

ISBN   978-89-546-4892-9 03810
* 이 책의 판권은 지은이와 문학동네에 있습니다.
  이 책 내용의 전부 또는 일부를 재사용하려면 반드시 양측의 서면 동의를 받아야 합니다.

잘못된 책은 구입하신 서점에서 교환해드립니다.
기타 교환 문의 031) 955-2661, 3580

www.munhak.com